U0163950

中華章法學會主編

辭章章法學體系建構叢書　第六冊

篇章意象學

陳滿銘　著

萬卷樓圖書股份有限公司出版

目次

緒言（代序）

　　「意」與「象」，早就見於中國古代的哲學經典《周易》一書裡，所謂「立象以盡意」（〈繫辭上〉），將「意」與「象」兩相對待，當作兩個「詞」來用。而在文學理論中最早標舉出「意象」這一藝術概念的，則是劉勰《文心雕龍‧神思》，所謂「窺意象而運斤」，把「意象」以「偏義詞」的形式來呈現。對此「意象」，歷代雖有不同解釋，偶有將「意」與「象」分開來解說的[1]，但到了近現代的詩論界，大都還是把「意」與「象」合而為一，視為「偏義詞」，當作「形象」（景、事）來解[2]。

　　對這種「偏義」的看法，總是有人認為狹隘了些[3]，因此，個人一

1　有將「意」與「象」分開說明者，如宋代梅聖俞《續金針詩格》：「詩有內外意，內意欲盡其理，外意欲盡其象，內外意含蓄，方入詩格。」見宋‧魏慶之《詩人玉屑》卷九（臺北市：臺灣商務印書館，1968 年 6 月臺一版），頁 161-162。又如清代葉燮：「可言之理，人人能言之，又安在詩人之言之！可徵之事，人人能述之，又安在詩人之述之！必有不可言之理，不可述之事，遇之於默會意象之表，而理與事無不燦然於前者也。」見《原詩‧內篇下》，收入丁福保編：《清詩話》（臺北市：藝文印書館，1971 年 12 月初版），頁 170。

2　朱光潛：「每個詩的境界都必有『情趣』（feeling）和『意象』（image）兩個要素。『情趣』簡稱『情』，『意象』即是『景』。」見《朱光潛美學文集‧詩論》（上海市：上海文藝出版社，1982 年版），頁 54。

3　近年來在詩學上已有將「意象」視為「合義複詞」者，如袁行霈：「意象是融入了主觀情意的客觀物象，或者是借助客觀物象表現出來的主觀情意。」見其《中國詩歌藝術研究》（臺北市：五南圖書公司，1989 年 5 月初版），頁 61。又如陳植鍔：「就詩人的藝術思維來說，象，即客觀物象，包括自然界以及人身以外的其他社會關係的客觀，是思維的材料；意，即作者主觀方面的思想、觀念、意識，是思維的內容。……正如語言的最小獨立單位是語詞，所謂意象，也就是詩歌藝術最小的能夠獨立運用的基本單位。」見其《詩歌意象論》（北京市：中國社會科學出版社，1990 年 3 月第 1 版），頁 12-17。

直想明確地把「意象」當作「合義複詞」來看待,視「意」為「情、理」、「象」為「景、事」,以反映辭章整體之內容材料。如此醞釀了一段時間之後,在二○○○年前後終於付諸行動,指導臺灣師大國研所教碩班學生張雯華寫《東坡詞色彩意象析論》,而於二○○三年六月通過口試,獲得碩士學位。而且也在這一年十月寫成〈從意象看辭章的內涵〉一文,發表於《國文天地》19 卷 5 期(頁 97-103),在此,初步提出「思維系統」(形象、邏輯與形象、邏輯之統合),並涉及「意象」之「個別」與「整體」,提出「辭章意象」(形成、表現、組織與統合)的看法。就這樣,在「偏義詞」之外,用「合義複詞」來研究「意象」的工作,於焉開始。

　　自此之後,寫了如下相關論文,發表在兩岸各大學學報,由「辭章意象」走向「篇章意象」,使「思維系統」(形象、邏輯與形象、邏輯之統合)與「辭章意象」(形成、表現、組織與統合)之說,漸趨完善:

2004.3 〈論意象與辭章〉,《畢節師範高等專科學校學報》總 76 期,頁 5-13。

2005.4 〈辭章意象論〉,臺灣師大《師大學報·人文與社會類》50 卷 1 期,頁 17-39。

2005.7 〈論章法結構與意象系統之疊合——以「多」、「二」、「一(0)」螺旋結構切入作考察〉,《南平師範高等專科學校學報》2005 年第 3 期,頁 5-8。

2005.8 〈論章法結構與意象系統——以「多」、「二」、「一(0)」螺旋結構切入作考察〉,《江南大學學報·人文社會科學版》4 卷 4 期,頁 70-77。

2006.2 〈論意與象之連結——以格式塔「異質同構」說切入〉,《畢節學院學報》總 84 期,頁 1-5。

2006.4〈論意象與聯想力、想像力之互動——以「多」、「二」、「一（0）」螺旋結構切入作考察〉，《浙江師範大學學報・社會科學版》31 卷 2 期，頁 47-54。

2006.6〈論辭章意象之形成——據格式塔「異質同構」說加以推衍〉，中山大學《文與哲》學報 8 期，頁 475-492。

2006.11〈論層次邏輯與意象系統——以「多」、「二」、「一（0）」螺旋結構切入作考察〉，《西北第二民族學院學報》2006 年 4 期，頁 19-24。

2006.12〈以「構」連結「意象」成軌之幾種類型——以格式塔「異質同構」說切入作考察〉，《平頂山學院學報》21 卷 6 期，頁 68-72。

2007.5〈意象「多」、「二」、「一（0）」螺旋結構論——以哲學、文學、美學作對應考察〉，《濟南大學學報・社會科學版》17 卷 3 期，頁 47-53。

2007.8〈論意象的組合方式——承續與層遞〉，《平頂山學院學報》22 卷 4 期，頁 92-94。

2007.11〈論意象之組合方式——以趙山林《詩詞曲藝術論》所論為考察範圍〉，《東吳中文學報》14 期，頁 89-128。

2007.12〈意、象互動論——以「一意多象」與「一象多意」為考察範圍〉，中山大學《文與哲》學報 11 期，頁 253-280。

2008.2〈論意象的組合方式——逆推與並置〉，《平頂山學院學報》23 卷 1 期，頁 98-101。

2008.3〈層次邏輯與意象（思惟）系統——以「多」、「二」、「一（0）」螺旋結構作綜合考察〉，臺灣師大《中國學術年刊》30 期（春季號），頁 255-276。

2008.6〈論意象組合與章法結構〉，臺灣師大《國文學報》43 期，頁

233-262。

2008.7 〈論意象組織之基本類型——以「移位」與「轉位」切入作考察〉，臺灣師大《師大學報·人文與社會類》53 卷 2 期，頁 1-26。

2008.12 〈論意、象連結成「軌」之類型——試參酌格式塔「同形」說作引申探討〉，臺灣師大《國文學報》44 期，頁 125-154。

2009.3 〈意、象形質同構類型論〉，臺灣師大《師大學報·語言與文學類》54 卷 1 期，頁 1-25。

2009.6 〈意象轉位結構論〉，《平頂山學院學報》2009 年 3 期，頁 85-89。

2009.8 〈意象包孕式結構論——以多二一（0）螺旋結構切入作考察〉，《湘南學院學報》30 卷 4 期，頁 36-42。

2009.12 〈論意象之統合——以辭章之主題與風格為範圍作探討〉，中山大學《文與哲》學報 15 期，頁 1-32。

2009.12 〈論篇章意象之真、善、美〉，《成大中文學報》27 期，頁 89-118。

　　此外，又在二〇〇六年十一月由萬卷樓圖書公司出版《意象學廣論》（頁 332），向學術界投石問路，獲得了相當好之回響；並且也在臺灣師大國文研究所指導多篇博、碩士論文，以高分通過口試。其中博士論文是：陳佳君《辭章意象形成論》（2004 年 5 月）、李靜雯《辭章意象表現論——以古典詩詞為例作考察》（2009 年 6 月）；教碩或碩專論文依次是：

2004.6. 黃琛雅《東坡詞月意象探析》

2005.12. 蘇芳民《夢窗憶妓情詞意象研究》

2006.1. 侯鳳如《珠玉詞花鳥意象研究》

2006.6. 程汶宣《李清照詞篇章意象析論》

2006.6. 楊雅貴《蘇軾「記」體文辭章意象研究》

2006.9. 李昊青《稼軒詞秋意象探析》

2007.1. 鄧絜馨《六一詞花鳥意象研究》

2007.1. 朱瑞芬《東坡詞樂器意象研究》

2007.12. 賴鈺婷《文學創作意象質形同構類型論——以臺灣當代散文為討論中心》

2007.12. 陳鳳秋《阮籍詠懷詩鳥與草木意象之研究》

2008.1. 黃千足《東坡送別詞意象探析》

2008.1. 許育喬《東坡詞酒意象探析》

2008.5. 胡雅雯《李煜詞篇章意象探析》

2008.6. 余毓敏《溫庭筠詞閨情意象探析》

2008.6. 黃惠芳：《東坡詞夢意象研究》

2008.8. 謝美瑩《王維山水詩意象探析》

2008.11. 彭淑玲《東坡詞風雨意象探析》

2009.1. 謝永珍《詩歌意象教學析論——以現行高中國文課文為考察範圍》

2009.6. 劉淑菁《漱玉詞花鳥意象研究》

2009.7. 林怡佩《辭章意象質形同構類型論——以國中國文教材為例》

2010.6. 張家懿《柳永俗詞意象探討》

　　這樣的努力，雖然未蔚為風潮，但也引起了一些博碩士生與口考委員的關注，認為如此將「意象」當作「合義複詞」來處理，兼顧了「一象多意」與「一意多象」，確實比較能呈現「意象」之完整面貌；上舉發表於中山大學《文與哲》學報 11 期之〈意、象互動論——以「一意

多象」與「一象多意」為考察範圍〉（2007 年 12 月），即為此而寫。

　　而由於「意象」之組合或組織，涉及「篇章」與「語句」，如與「章法」結合，則必須捨去「語句」而選擇「篇章」，因此就特別注意到「篇章」的這一層面。於是在二〇〇一年五月發表〈談篇章的縱向結構〉於臺灣師大《中國學術年刊》22 期（頁 259-300），拉開序幕，接著又發表了如下學報論文：

2004.6〈論篇章辭章學〉，臺灣師大《國文學報》35 期，頁 35-68。

2010.1〈篇章邏輯與內容義旨〉，《阜陽師範學院學報》133 期，頁
　　　1-5。

2010.3〈篇章風格論──以直觀表現與模式探索作對應考察〉，臺灣
　　　師大《中國學術年刊》32 期（春季號），頁 129-166。

2010.5〈篇章風格新辨〉，《肇慶學院學報》31 卷 3 期，頁 25-30。

2010.9〈篇章內容、形式包孕關係探論──以多二一（0）螺旋結構
　　　切入作探討〉，臺灣師大《中國學術年刊》32 期（秋季號），
　　　頁 283-319。

2010.11〈論篇章邏輯──秩序、變化、聯貫、統一〉，《東吳中文學
　　　報》20 期，頁 23-50。

　　並且在二〇〇五年二月，由福州晨風出版社正式出版了《篇章辭章學》上下編（675 頁），又於同年五月，由萬卷樓圖書公司出版《篇章結構學》（428 頁），這兩本書除了主要聚焦於「篇章」之「邏輯思維」來探討之外，也旁及「綜合思維」之「主題」（主旨、綱領）與「風格」。而後者，特於兩年前，向國立編譯館申請，獲審查通過獎助，由戴維揚教授主導英譯，名為《Discourse Analysis in Chinese Composition》，已於今（2010）年十一月出版，以廣流傳。

　　這樣用「篇章」來處理，雖有不得不如此之原因，卻免不了有涵蓋不盡周遍之缺憾，所以乾脆就決定以「篇章意象」來固定其內容與範圍。上舉之兩篇碩論：程汝宣的《李清照詞篇章意象析論》（2006 年 6月）與胡雅雯的《李煜詞篇章意象探析》（2008 年 5 月），就是如此。另外，個人又於成功大學《成大中文學報》27 期發表上舉〈論篇章意象之真、善、美〉（2009 年 12 月），於臺灣師大《國文學報》48 期〈論辭章意象之聯貫藝術—以多二一（0）螺旋結構切入作探討〉（2010 年12 月），而於《國文天地》也先後發表如下四篇文章：

2009.7〈篇章意象的轉位結構〉，25 卷 2 期，頁 4-11。

2009.8〈楚望樓詩文篇章意象探析──紀念成惕軒先生百歲誕辰〉，
　　　　25 卷 3 期，頁 86-92。

2010.6〈羅門詩國的真、善、美──以〈麥堅利堡〉一詩的篇章意象
　　　　為例作探討〉，26 卷 1 期，頁 66-77。

2010.7〈范仲淹〈岳陽樓記〉篇章意象的表現〉，26 卷 2 期，頁 4-14。

　　尤其值得一提的是：博士導生仇小屏曾於二〇〇五年六月（時任成功大學中文系助理教授）由萬卷樓圖書公司出版《篇章意象論──以古典詩詞為考察範圍》（488 頁）的著作。其「緒論」指明：

　　　　要探討「篇章意象」，就必須處理「意象之形成」、「意象之組
　　　　織」、「意象之統合」；「篇章意象」與狹義意象學與廣義意象學
　　　　比較起來，少了「意象之表現」這個內涵。雖然本論文並不能涵
　　　　蓋廣義意象學的所有內涵，但是相信這種努力，已經向廣義意象
　　　　學的開展邁步前進。

又說：

> 本論文就從思維力的角度，切入「意象之形成」、「意象之組
> 織」、「意象之統合」，作由本而末的探討；而且思維力在運作
> 時，因為各自偏重在「形成」、「組織」、「統合」上，所以就可
> 以依據其開展的特性，細分為「形象思維」、「邏輯思維」與「綜
> 合思維」。陳滿銘曾針對思維力的作用加以闡釋，闡釋得相當清
> 楚：作比較偏於主觀聯想、想像的，屬「形象思維」；作比較偏
> 於客觀聯想、想像的，屬「邏輯思維」，而兩者是兩相對待的。
> 至於合「形象」、「邏輯」兩種思維為一的，則為「綜合思維」。

　　由此看來，它和本《篇章意象學》，是互為表裡之作，在「篇章意
象學」之研究上，有極高之參考價值。它處理了篇章意象的主要內涵，
更廣泛地作了跨領域之引證，是研究「篇章意象學」的第一本論著。雖
然限於篇幅與時間，未處理「質構類型」，又未作「風格」中剛柔成分
量化之探討，也未以「真、善、美」作「統合」，而所舉之例又僅以詩、
詞為範圍，未擴及到「古典散文」，但其開創之功，是不可磨滅的。
　　如此經過多人多年的辛苦經營，逐漸由個別之「意象」徹上為整體
之「意象」、由整體之「辭章意象」徹下為局部之「篇章意象」，總算
由此累積了一些成績。如今統合個人前此之研究成果，便決定推出這本
《篇章意象學》，接受各界學者與廣大讀者之批評與指教。

第一章
篇章意象之內涵與地位

　　所謂的「意象」，原本乃合「意」與「象」各自成詞而成，始見於《周易》。後來用於文學，則視為偏義詞，始見於《文心雕龍》[1]。到了近現代，主要用於詩歌，雖有「單一意象」與「複合意象」或「主意象」、「副意象」之分[2]，但大都依然視為「偏義詞」，當作「形象」（景）來解[3]。本書為求還原、統一，特將「意」視為「情、理」、「象」視為「景、事」，特在此章從哲理、思維、辭章與經緯等層面，依序探討「意象」和它們所形成的本末相應、融貫為一之關係，以凸顯「篇章意象」之重要內涵與地位。

第一節　哲理層面

　　「意象」乃合「意」與「象」而成。由於它很直接地有哲學層面之基礎，所以運用在篇章層面上便能切合無間。

　　從哲學層面來看，意象與心、物之合一是有關的，但因它牽扯甚

1　劉勰《文心雕龍·神思》：「是以陶鈞文思，貴在虛靜，疏瀹五藏，澡雪精神；積學以儲寶，酌理以富才，研閱以窮照，馴致以懌辭；然後使元解之宰，尋聲律而定墨；獨照之匠，窺意象而運斤。此蓋馭文之首術，謀篇之大端。」見黃叔琳注：《增訂文心雕龍校注》卷六（北京市：中華書局，2000 年 8 月一版一刷），頁 369。

2　王長俊主編：《詩歌意象學》第五章（合肥市：安徽文藝出版社，2000 年 8 月一版一刷），頁 181-185。

3　朱光潛：「每個詩的境界都必有『情趣』（feeling）和『意象』（image）兩個要素。『情趣』簡稱『情』，『意象』即是『景』。」見《朱光潛美學文集·詩論》（上海市：上海文藝出版社，1982 年版），頁 54。

廣，而爭議也多，所以在此略而不論，只直接落到「意」與「象」來說。
而論述「象」與「意」最精要的，要推《易傳》，其〈繫辭上〉云：

> 聖人有以見天下之賾，而擬諸其形容，象其物宜，是故謂之象。

而〈繫辭下〉又云：

> 《易》者，象也。象也者，像也。……是故吉凶生而悔吝著也。

對此，孔穎達在《周易正義》卷八中解釋道：

> 《易》卦者，寫萬物之形象，故《易》者，象也。象也者，像也，
> 謂卦為萬物象者，法像萬物，猶若乾卦之象法像於天也。[4]

可見在此，「象」是指近取諸身、遠取諸物而得來的卦象，可藉以表示
人事之吉凶悔吝。廣義地說，即藉具體形象來表達抽象事理，以達到象
徵（或譬喻）的作用。因此陳望衡說：

> 《周易》的「觀物取象」以及「象者，像也」，其實並不通向模仿，
> 而是通向象徵。這一點，對中國藝術的品格影響是極為深遠的。[5]

而所謂「象徵」，就其表出而言，就是一種符號，所以馮友蘭說：

4　孔穎達：《周易正義》卷八（臺北市：廣文書局，1972 年 1 月），頁 77。
5　陳望衡：《中國古典美學史》（長沙市：湖南教育出版社，1998 年 8 月一版一刷），
　　頁 202。

〈繫辭傳〉說：「易者，象也。」又說：「聖人有以見天下之賾，
而擬諸其形容，象其物宜，是故謂之象。」照這個說法，「象」是
模擬客觀事物的複雜（賾）情況的。又說「象也者，象此者也」；
象就是客觀世界的形象。但是這個模擬和形象並不是如照相那樣
照下來，如畫像那樣畫下來。它是一種符號，以符號表示事物的
「道」或「理」。六十四卦和三百八十四爻都是這樣的符號。[6]

所謂「以符號表示事物的『道』或『理』」，和葉朗在《中國美學史大綱》
所說的：〈繫辭傳〉認為整個《易經》都是「象」，都是以形象來表明
義理[7]，其道理是一樣的。

　　除了上文談到〈繫辭傳〉，指出了《易經》「象」的層面與「道或理」
有關外，〈繫辭傳〉還進一步論及「立象以盡意」的問題。〈繫辭上〉云：

　　子曰：「書不盡言，言不盡意。」然則，聖人之意，其不可見乎？
　　子曰：「聖人立象以盡意，設卦以盡情偽，繫辭焉以盡其言，變
　　而通之以盡利，鼓之舞之以盡神。

一般而言，語言在表達思想情感時，會存在著某種侷限性，此即「言不
盡意」的意思。而在〈繫辭傳〉中，卻特地提出了「象可盡意、辭可盡
言」的論點。王弼《周易略例‧明象》對此曾說明云：

　　夫象者，出意者也；言者，明象者也。盡意莫若象，盡象莫若
　　言。言生於象，故可尋言以觀象；象生於意，故可尋象以觀意。

6　馮友蘭：《馮友蘭選集》上卷（北京市：北京大學出版社，2000 年 7 月一版一刷），
　　頁 394。
7　葉朗：《中國美學史大綱》（臺北市：滄浪出版社，1986 年 9 月），頁 66。

意以象盡，象以言著。[8]

由此可知，「情意」可透過「言語」、「形象」來表現，並且可以表現得很具體。而前者（情意）是目的、後者（言語、形象）為工具。陳望衡《中國古典美學史》釋此云：

> 王弼將「言」、「象」、「意」排了一個次序，認為「言」生於「象」、「象」生於「意」。所以，尋言是為了觀象，觀象是為了得意。言─象─意，這是一個系列，前者均是後者的工具，後者均為前者的目的。[9]

他把「意」與「象」、「言」的前後關係，說得十分清楚。不過，他所謂的「言→象→意」，是就逆向的鑑賞（讀）一面來說的，如果從順向的創作（寫）一面而言，則是「意→象→言」了。此外，葉朗在《中國美學史大綱》裡，也從另一角度，將《易傳》所言之「象」與「意」闡釋得相當扼要而明白，他說：

> 「象」是具體的，切近的，顯露的，變化多端的，而「意」則是深遠的，幽隱的。〈繫辭傳〉的這段話接觸到了藝術形象以「個別」表現「一般」，以「單純」表現「豐富」，以「有限」表現「無限」的特點。[10]

8　王弼：《周易略例·明象》，收入《易經集成》149（臺北市：成文出版社，1976 年出版），頁 21-22。
9　《中國古典美學史》，頁 207。
10　《中國美學史大綱》，頁 26。

所謂的「個別」與「一般」、「單純」（象）與「豐富」（意）、「有限」（象）
與「無限」（意），說的就是「象」與「意」之相互關係。

　　由此看來，「意」與「象」之對待、互動，其「哲學層面」之基礎
就建立於此。而「篇章意象」乃辭章整體意象中重要之一環，當然其哲
學意涵也在這裡。

第二節　思維層面

　　「思維」始終以「意象」為內容，涉及三個層面之能力：其第一層
面即各個領域所必須之「一般能力」，含思維力、觀察力、記憶力、聯
想力、想像力等；就以此為基礎，衍生出第二層面之「特殊能力」與第
三層面之「綜合能力」，而形成完整之「思維系統」。本節先就第一層
面進行探討。

　　首先看思維力，周元主編《小學語文教育學》說道：「思維靠語言
來組織。我們進行思考時，必須借助於單詞、短語和句子。因為思維的
基本形式—概念，是用語言中的詞來標誌的，判斷過程和推理過程也是
憑藉語句來進行的；也正是因為人憑藉語言進行思維，才使思維具有間
接性和概括性。」[11]「思維」是靠各種符號來組織的，而「言語」就是
其中之一種。而由於人類具有思維能力，所以不會只偏限於某個時空的
直接感官接觸；而且思維力的鍛鍊與語言能力的進展，可說是密切相
關，是可以互動、循環、提升的。周元主編《小學語文教育學》又說
道：「語言是思維的直接現實。我們理解語言時，要經歷從語文形式到
思想內容，又從思想內容到語文形式的思維；言語表達時則相反，要經
過從內容到形式，又從形式到內容的思維過程。在這反覆的過程中，需

---

11 周元主編：《小學語文教育學》（上海市：華東師範大學出版社，1992 年 10 月一版一
　　刷），頁 26。

要進行分析綜合、抽象概括、判斷推理，需要形象思維和邏輯思維的交替進行。」[12] 正因為語言與思維有著密切之關係，所以在語文教學的全過程中，都應有意識地進行思維訓練。思維力強，表現的就是抽象、概括的能力強，亦即「求異」與「求同」的能力強，彭聃齡主編《普通心理學》甚至認為抽象概括力是一般能力的核心[13]。為了強化它，在語文教學中，可以用「比較」的方式，來鍛鍊出學生「求異」與「求同」的能力，因而促進他們的思維能力。

　　其次看觀察力，彭聃齡《普通心理學》說：「外部感覺接受外部世界的刺激並反映它們的屬性，這類感覺稱外部感覺。如視覺、聽覺、嗅覺、味覺、皮膚感覺等。……內部感覺接受機體內部的刺激並反映它們的屬性（機體自身的運動與狀態），這種感覺叫內部感覺，如運動覺、平衡覺、內臟感覺等。」[14] 據此，觀察力就是運用視、聽、嗅、味、觸五種外部知覺，以及內部知覺，來獲取外在世界和機體內部訊息的能力。良好的觀察力對於寫作來說是相當重要的，因為正如周元《小學語文教育學》所言：觀察是獲得說寫素材的重要途徑，也是準確生動地表達的前提[15]。

　　又其次看記憶力，彭聃齡主編《普通心理學》：「記憶（memory）是在頭腦中積累和保存個體經驗的心理過程，運用信息加工的術語講，就是人腦對外界輸入的信息進行編碼、存儲和提取的過程。……記憶是一種積極、能動的活動。人對外界輸入的信息能主動地進行編碼，使其成為人腦可以接受的形式。現代心理學家認為，只有經過編碼的信息才

12　《小學語文教育學》，頁 26。
13　彭聃齡主編：《普通心理學》（北京市：北京師範大學出版社，2001 年 5 月二版，2003 年 1 月 15 刷），頁 392。
14　同前註，頁 76。
15　《小學語文教育學》，頁 23。

能記住。」[16] 作為一種心理過程，記憶是一個識記、再認和再現的過程，是人們運用知識經驗進行思考、想像、解決問題、創造發明等一切智慧活動的前提。有了記憶，人們才能積累知識、豐富經驗；沒有記憶，一切心理現象的發展都是不可能的，我們的教育或教學也因此無法進行。

再其次看聯想力，童慶炳《中國古代心理詩學與美學》說道：「聯想是人的一種心理機制，主要指人的頭腦中表象的聯繫，即其中一個或一些表象一旦在意識中呈現，就會引起另一些相關的表象。」[17] 譬如我們看到月曆已撕到二月，就會想到冬去春來，由冬去春來又自然會想到萬物復甦，由萬物復甦又想到春景的美麗……等等。這種由一種事物想到另一種事物的能力就是聯想力，邱明正《審美心理學》將此聯想又分成接近聯想、相似聯想、對比聯想、關係聯想等類[18]。

接著看想像力，彭聃齡主編《普通心理學》說道：「想像（imagination）是對頭腦中已有的表象進行加工改造，形成新形象的過程。」[19] 其加工改造的方向有二：重組或變造。因此想像力的豐沛植基於兩個重要因素上：其一為腦中所儲存表象的豐富，其一為重組和變造的能力；也因為想像力是如此運作的，因此想像所得就會具有形象性和新穎性，這就是想像力迷人的地方。舉例來說，《哈利波特》童書系列中出現的「咆哮信」，就是將「信」和「生氣咆哮」重組起來，於是產生了新的表象——咆哮信；至於童話中常出現的可怕巨人，則往往是將某些特點加以誇大（譬如粗硬的皮膚、洪亮的聲音、巨大的眼睛等），

16　《普通心理學》，頁 201。
17　童慶炳：《中國古代心理詩學與美學》（臺北市：萬卷樓圖書有限公司，1994 年 8 月初版），頁 133。
18　邱明正：《審美心理學》（上海市：復旦大學出版社，1993 年 4 月一版一刷），頁 179。
19　《普通心理學》，頁 248。

這就是經過想像力變造的結果；不過更多的情況是在想像的過程中兼有重組與變造的特點。

　　至於由此衍生而出的「特殊能力」，乃是落到語文學科來說的，它直承「思維力」（含「聯想力」與「想像力」）而開展，分由「形象思維」、「邏輯思維」與「綜合思維」形成運用「意象」（含狹義、廣義）、「詞彙」、「修辭」、「文（語）法」、「章法」與確立「主旨」（綱領）、「風格」等各種特殊能力。而所謂的「綜合能力」，指的是統合「一般能力」、「特殊能力」所形成的整體能力。這種能力，如就「思維系統」而言，即「創造力」。彭聃齡主編《普通心理學》指出：「創造力（creative ability）是指產生新的思想和新的產品的能力。」因為一個人的創造力通常是透過進行創造活動、產生創造產品而表現出來，因此根據產品來判定是否具有創造力是合理的。所以，就寫作活動而言，構思新的人物形象、尋找不同的表達方式，「由意而象」地創造完整之新作品，就是一種創造力的整體展現；這呈現的是創作活動的過程。而換就閱讀活動來說，透過作品中之各種材料、各種表現手法，「由象而意」地突出主旨、風格，以欣賞作者之創造力的，則是一種再創造之完整歷程[20]。

　　上述能力，是以「思維力」為其重心，而形成其系統的。其中的「觀察力」是為「思維力」而服務，「記憶力」乃用以記憶「觀察」以「思維」之所得，「聯想力」是「思維力」的初步表現，而「想像力」則是「思維力」的更進一步呈顯，以主導「形象」、「邏輯」與「綜合」三種思維。其中作比較偏於主觀聯想、想像的，屬「形象思維」；作比較偏於客觀聯想、想像的，屬「邏輯思維」；兩者是兩相對待的。至於合「形象」、「邏輯」兩種思維為一的，則為「綜合思維」，用於進一步表現「綜合

---

20 陳滿銘：〈論讀、寫互動〉，《泉州師範學院學報》23 卷 3 期（2005 年 5 月），頁108-116。

力」，以發揮「創造力」。而這些都是以「意象」為內容的。它們初由「觀察力」與「記憶力」的兩大支柱豐富「意象」，再由「聯想力」與「想像力」的兩大翅膀拓展「意象」，接著由「形象」與「邏輯」的兩大思維運作「意象」，然後由「綜合思維」統合「意象」，以發揮最大的「創造力」[21]。如此周而復始，便形成「思維系統」或「意象系統」[22]。如此，它們的關係可用下圖來表示：

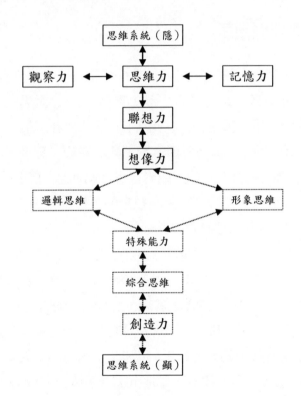

21　陳滿銘：〈論思維力與語文螺旋結構之形成──以「多」、「二」、「一（0）」螺旋結構加以考察〉，《肇慶學院學報》總 79 期（2006 年 6 月），頁 34-38。

22　陳滿銘：〈論章法結構與意象系統──以「多」、「二」、「一（0）」螺旋結構切入作考察〉，《江南大學學報・人文社會科學版》4 卷 4 期（2005 年 8 月），頁 70-77。

　　這樣，「思維力」先由「形象思維」、「邏輯思維」與「綜合思維」之互動而衍生各種「特殊能力」，然後綜合由各種「特殊能力」之互動而產生「創造力」，形成「思維系統」。

　　可見「思維」是以「意象」為內容，透過「形象」、「邏輯」與「綜合」等三種思維之作用，而形成其「系統」的。其中「篇章意象」就涉及「邏輯」與「綜合」思維，居於統攝的重要地位。

第三節　辭章層面

　　整體來看，辭章所呈現的主要為「特殊能力」，這是能力的第二層面，和第一層面一樣，也是結合「形象思維」、「邏輯思維」與「綜合思維」而形成的。這三種思維，在此各有所主。如果是將一篇辭章所要表達之「情」或「理」，訴諸各種偏於主觀之聯想、想像，和所選取之「景（物）」或「事」接合在一起，或者是專就個別之「情」、「理」、「景」（物）、「事」等材料本身設計其表現技巧的，皆屬「形象思維」（運用典型的藝術形象來顯示各種事物的特質）；這涉及了「取材」與「措詞」等問題，而主要以此為研究對象的，就是意象學、詞彙學與修辭學等。如果是專就「景（物）」或「事」等各種材料，對應於自然規律，結合「情」與「理」，訴諸偏於客觀之聯想、想像，按秩序、變化、聯貫與統一之原則，前後加以安排、布置，以成條理的，皆屬「邏輯思維」（用抽象概念來顯示各種事物的組織）；這涉及了「布局」與「構詞」等問題，而主要以此為研究對象的，就字句言，即文（語）法學；就篇章言，就是章法學。至於合「形象思維」與「邏輯思維」而為一，探討其「主題」與「體性」[23] 的，則為「綜合思維」，這涉及了「立意」、「確

23　陳望道：「語文的體式很多……表現上的分類，就是《文心雕龍》所謂的『體性』的分類，如分為簡約、繁豐、剛健、柔婉、平淡、絢爛、謹嚴、疏放之類。」見《修辭

立體性」等問題，而主要以此為研究對象的，為主題學、文體學、風格學等。而以此整體或個別為對象加以研究的，則統稱為辭章學或文章學。

因此辭章的內涵，對應於學科領域而言，主要含意象學（狹義）、詞彙學、修辭學、文（語）法學、章法學、主題學、文體學、風格學……等。這是辭章學研究的寶貴成果。茲分述如下：

首先是意象學，此為研究辭章有關意象的一門學問。我國對這種文學中的「意象」，很早就注意到，以為它是「馭文之首術、謀篇之大端」[24]。而所謂「意象」，黃永武認為「是作者的意識與外界的物象相交會，經過觀察、審思與美的釀造，成為有意境的景象。」[25]這裡所說的「物象」，所謂「物猶事也」（見朱熹《大學章句》），該包含「事」才對，因為「物（景）」只是偏就「空間」（靜）而言，而「事」則是偏就「時間」（動）來說罷了。通常一篇作品，是由多種意象組成的。如單就個別意象的形成來說，運用的是偏於主觀的形象思維。

其次是詞彙學，為語言學的一個部門，研究語言或一種語言的詞彙組成和歷史發展。莊文中說：「如果把語言比作一座大廈，那麼語彙是這座語言大廈的建築材料，正是千千萬萬個詞語——磚瓦、預制件——建成了巍峨輝煌的語言大廈。張志公先生說：『語言的基礎是詞彙，語言的性能（交際工具、信息傳遞工具、思維工具）無一不靠語彙來實現』，還說『就教、學、使用而論，語彙重要，語彙難。』」[26]可見語彙是將「情」、「理」、「景」（物）、「事」等轉為文字符號的初步，在

學發凡》（香港：大光出版社，1961 年 2 月版），頁 250。

24　《增訂文心雕龍校注》卷六。

25　黃永武：《中國詩學·設計篇》（臺北市：巨流圖書公司，1999 年 6 月初版十三刷），頁 3。

26　莊文中：《中學語言教學研究》（廣州市：廣東教育出版社，2001 年 1 月一版二刷），頁 29-30。

辭章中是有其基礎性與重要性的。

　　再其次是修辭學，修辭學大師陳望道說：「修辭原是達意傳情的手段。主要為著意和情，修辭不過調整語辭使達意傳情能夠適切的一種努力。」[27]而黃慶萱以為「修辭的內容本質，乃是作者的意象」、「修辭的方式，包括調整和設計」、「修辭的原則，要求精確而生動」[28]。可見修辭，主要著眼於個別意象之表現上，經過作者主觀的調整和設計，使它達到精確而生動，以增強感染力或說服力的目的。這顯然是以形象思維為主的。

　　又其次是文（語）法學，乃研究語言結構方式的一門科學，它包括詞的構成、變化與詞組、句子的組織等。楊如雪在增修版《文法 ABC》中綜合呂叔湘、趙元任、王力等學者的說法說：「何謂文法？簡單地說，文法就是語句組織的條理。語句組織的條理不是一套既定的公式，而是從語文裡分析、歸納出來的規律，這種語句組織的規律，包括詞的內部結構及積辭成句的規則，因此文法可以說是語文構詞和造句的規律。」[29]既然文（語）法是「語句組織的條理」、「語文構詞和造句的規律」，而所關涉的是個別概念之組合，當然和由概念所組合而成的意象與偏於語句的邏輯思維有直接之關聯。

　　接著是章法學，這所謂的「章法」，探討的是篇章內容材料的邏輯結構，也就是聯句成節（句群）、聯節成段、聯段成篇的關於內容材料之一種組織。對它的注意，雖然極早，但集樹而成林，確定它的範圍、內容及原則，形成體系，而成為一個學門，則是晚近之事[30]。到了現

27　《修辭學發凡》，頁 5。
28　黃慶萱：《修辭學》（臺北市：三民書局，2002 年 10 月增訂三版一刷），頁 5-9。
29　楊如雪：《文法 ABC》（臺北市：萬卷樓圖書公司，2002 年 2 月再版），頁 1-2。
30　鄭頤壽：「臺灣建立了『辭章章法學』的新學科，成果豐碩，代表作是臺灣師大博士生導師陳滿銘教授的《章法學新裁》（以下簡稱「新裁」）及其高足仇小屏、陳佳君等的一系列著作。……臺灣的辭章章法學體系完整、科學，已經具備成『學』的資

在，可以掌握得相當清楚的章法，約有四十種。這些章法，全出自於人類共通的理則，由邏輯思維形成，都具有形成秩序、變化、聯貫，以更進一層達於統一的功能。而這所謂的「秩序」、「變化」、「聯貫」、「統一」，便是章法的四大律。其中「秩序」、「變化」與「聯貫」三者，主要是就材料之運用來說的，重在分析；而「統一」，則主要是就情意之表出來說的，重在通貫。這樣兼顧局部的分析（材料）與整體的通貫（情意），來牢籠各種章法，是十分周全的[31]。這種篇章的邏輯思維，與語句的邏輯思維，可以說是一貫的。

　　再來是主題學，陳鵬翔在《主題學理論與實踐》中以為「主題學是比較文學中的一部門（a field of study），而普通一般主題研究（thematic studies）則是任何文學作品許多層面中一個層面的研究；主題學探索的是相同主題（包套語、意象和母題等）在不同時代以及不同作家手中的處理，據以了解時代的特徵和作家的『用意意圖』（intention），而一般的主題研究探討的是個別主題的呈現」[32]，可見「主題」包含了「套語」、「意象」和「母題」等，如果單就一篇辭章，亦即「個別主題的呈現」來說，指的就是「情語」與「理語」、「意象」、「主旨」（含綱領）等；而「情語」與「理語」是用以呈現「主旨」（含綱領）的，可一併

格。」見〈中華文化沃土，辭章學園奇葩——讀陳滿銘《章法學新裁》及其相關著作〉，《海峽兩岸中華傳統文化與現代化研討會文集》（蘇州市：「海峽兩岸中華傳統文化與現代化研討會」，2002 年 5 月），頁 131-139。又王希杰：「章法學是一門實用性很強的學問，也有極高的學術價值。它同文章學、修辭學、語用學、文藝學、美學、邏輯學等都具有密切關係。章法學已經初步形成了一門科學。陳滿銘教授初步建立了科學的章法學體系。……如果說唐鉞、王易、陳望道等人轉變了中國修辭學，建立了學科的中國現代修辭學，我們也可以說，陳滿銘及其弟子轉變了中國章法學的研究大方向，建立了科學的章法學，把漢語章法學的研究轉向科學的道路。」見〈章法學門外閒談〉，《國文天地》18 卷 5 期（2002 年 10 月），頁 92-95。

31 陳滿銘：《章法學綜論》（臺北市：萬卷樓圖書公司，2003 年 6 月初版），頁 17-58。

32 陳鵬翔：《主題學理論與實踐》（臺北市：萬卷樓圖書公司，2001 年 5 月初版），頁 238。

看待，因此「主題」落到一篇辭章裡，主要是指「主旨」（含綱領）與「意象」（廣義）來說，是合形象思維與邏輯思維為一的。

　　然後是文體學，所謂「文體」即「文學（章）體裁」，在我國很早就討論到它，如曹丕的〈典論論文〉就是；接著劉勰在《文心雕龍》裡，論文體的就有二十幾篇，幾佔全書之半；後來論文體或分文體的，便越來越多。如梁任昉的《文章緣起》將文體分為八十四類，宋《唐文粹》將散文分為二十二類，明吳訥《文章辨體》分散文為四十九類、駢文為五類，清姚鼐《古文辭類纂》分文體為十三類，曾國藩《經史百家雜鈔》分為三門十一類；以上皆屬「舊派文體論」。到了清末，受到東西洋文學作品之影響，我國的文體論也起了變化，有分為記事文、敘事文、解釋文、議論文的（龍伯純、湯若常），也有概括為應用文與美術文的（蔡元培），更有根據心理現象分為理智文為與情念文的（施畸）；以上則屬「新派文體論」[33]。而現在所通行的記敘（含描寫）、論說、抒情、應用等四類，就是受了新派文體論的影響。這涉及了辭章的各方面，是合形象思維與邏輯思維而為一的。

　　最後是風格學，一般說來，風格是多方面的，而文學風格更是如此，有文體、作家、流派、時代、地域、民族和作品等風格之異[34]。即以一篇作品而言，又有內容與形式（藝術）風格的不同，即以內容來說，就關涉到主題（主旨、意象），而形式（藝術），則與文（語）法、修辭和章法等有關。而一篇作品之風格，就是結合內容與形式（藝術）所產生整個有機體所顯示的審美風貌[35]，這是合作者之形象思維與邏輯

33　蔣伯潛：《文體論纂要》（臺北市：正中書局，1979 年 5 月臺二版），頁 1-12。

34　黎運漢：《漢語風格學》（廣州市：廣東教育出版社，2000 年 2 月一版一刷），頁 3。又見周振甫：《文學風格例話》（上海市：上海教育出版社，1989 年 7 月一版一刷），頁 1-290。

35　顧祖釗：「風格的成因並不是作品中的個別因素，而是從作品中的內容與形式的有機整體的統一性中所顯示的一種總體的審美風貌。」見《文學原理新釋》（北京市：人

思維為一而形成，可以統攝主題、文（語）法、修辭和章法等種種個別
風格，呈現整體風格之美。如果從根本來說，風格離不開「剛」與
「柔」，而這種由「陰陽二元對待」所形成之「剛」與「柔」，可說是各
種風格之母。而我國涉及此「剛」與「柔」的特性來談風格的，雖然很
早，但真正明明白白地提到「剛」與「柔」，而又強調用它們來概括各
種風格的，首推清姚鼐的〈復魯絜非書〉。它「把各種不同風格的稱
謂，作了高度的概括，概括為陽剛、陰柔兩大類。像雄渾、勁健、豪
放、壯麗等都歸入陽剛類，含蓄、委曲、淡雅、高遠、飄逸等都可歸入
陰柔類。」[36] 由於「剛」與「柔」之呈現，主要靠同樣由「陰陽二元對待」
所形成章法與章法結構[37]，因此透過章法結構分析，是可以看出「剛」
與「柔」之「多寡進絀」（姚鼐〈復魯絜非書〉）的。

　　以上這些辭章的內涵，都是經由辭章的研究加以確定的。它們都與
形象思維、邏輯思維或綜合思維有著密切的關係。其中有偏於字句範圍
的，主要為詞彙、修辭、文（語）法與意象（個別）；有偏於章與篇的，
主要為意象（整體）與章法；有偏於篇的，主要為主旨、文體與風格。
因此辭章的篇章，是主要以意象（個別到整體、狹義到廣義）與章法為
其內涵，而以主旨與風格（文體）來「一以貫之」的。

　　換另一個角度看，辭章是離不開「意象」的[38]。而「意象」有廣義
與狹義之別：廣義者指全篇，屬於整體，可以析分為「意」與「象」；

民文學出版社，2001 年 5 月一版二刷），頁 184。

36　《文學風格例話》，頁 13。

37　章法可分為陰陽剛柔，而由章法結構，藉其移位、轉位、調和、對比等變化，可粗
　　略透過公式推算出其陰陽剛柔消長之「勢」，以見其風格之梗概。見陳滿銘：〈章法
　　風格論——以「多、二、一（0）」結構作考察〉，《成大中文學報》12 期（2005 年 7
　　月），頁 147-164。

38　古人論及「言」、「意」、「象」關係者頗多，見陳滿銘：〈論辭章意象之形成——據
　　格式塔「異質同構」說加以推衍〉，中山大學《文與哲》學報 8 期（2006 年 6 月），
　　頁 475-492。

　　狹義者指個別，屬於局部，往往合「意」與「象」為一來稱呼。而整體是局部的總括、局部是整體的條分，所以兩者關係密切。不過，必須一提的是，狹義之「意象」，亦即個別之「意象」，雖往往合「意」與「象」為一來稱呼，卻大都用其偏義，譬如草木或桃花的意象，用的是偏於「意象」之「意」，因為草木或桃花都偏於「象」；如「桃花」的意象之一為愛情，而愛情是「意」；而團圓或流浪的意象，則用的是偏於「意象」之「象」，因為團圓或流浪，都偏於「意」；如「流浪」的意象之一為浮雲，而浮雲是「象」。因此前者往往是一「象」多「意」，後者則為一「意」多「象」。而它們無論是偏於「意」或偏於「象」，通常都通稱為「意象」。底下就著眼於整體（含個別）的「意象」（意與象），試著用相應於它的綜合思維來統合形象思維與邏輯思維，並貫穿辭章的各主要內涵，以見意象在辭章上之地位[39]。

　　　先從「意象」之形成與表現來看，是都與形象思維有關的，因為形象思維所涉及的，是「意」（情、理）與「象」（事、景）之結合及其表現。其中探討「意」（情、理）與「象」（事、景）之結合者，為「意象學」（狹義），這是就意象之形成來說的。而探討「意」（情、理）與「象」（事、景）本身之表現者，如就原型求其符號化的，是「詞彙學」；如就變型求其生動化的，則為「修辭學」。再從「意象」之組織來看，是與邏輯思維有關的，而邏輯思維所涉及的，則是意象（意與意、象與象、意與象、意象與意象）之排列組合，其中屬篇章者為「章法學」，屬語句者為「文法學」。至於綜合思維所涉及的，乃是核心之「意」（情、理），即一篇之中心意旨──「主旨」與審美風貌──「風格」（文體）。由此看來，形象思維、邏輯思維與綜合思維三者，涵蓋了辭章的

39　陳滿銘：〈意、象互動論以「一意多象」與「一象多意」為考察範圍〉，中山大學《文與哲》學報 11 期（2007 年 12 月），頁 435-480。

各主要內涵，而都離不開「意象」。如單由「象」與「意」來說，如涉及後天之「辭章研究」（閱讀），所循的是「由象而意」逆向邏輯結構；如涉及先天之「語文能力」（創作）而言，所循的則是「由意而象」順向邏輯結構[40]。

　　總結上述，在思維系統下，結合語文能力與辭章（意象）內涵，其關係可呈現如下圖：

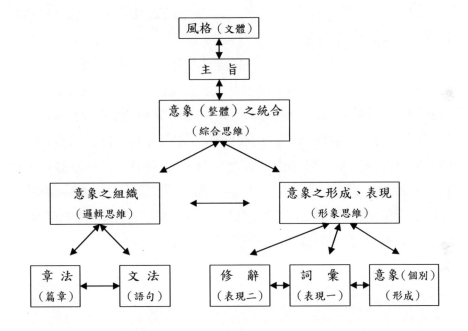

　　這些內涵，如就逆向之邏輯結構來說，首先是由「意象」（個別）、「詞彙」、「修辭」、「文（語）法」、與「章法」等所呈現之藝術形式（善）；其間藉「形象思維」（陰柔）與「邏輯思維」（陽剛），來產生徹

---

40 陳滿銘：〈辭章意象論〉，臺灣師大《師大學報・人文與社會類》50 卷 1 期（2005 年 4 月），頁 17-39。

下徹上之中介作用；然後是藉「綜合思維」所凸顯出來的「主旨」與「風
格」（文體）等，這涉及了「修辭立其誠」《易‧乾》之「誠」（真）與
篇章有機整體之「美」，乃辭章之核心所在。這樣在思維系統之牢籠
下，回歸語文能力來看待辭章（意象）內涵，就能凸顯「形象思維」與
「邏輯思維」的居間作用，使辭章之表現呈現「善」，將「意象」（個
別）、「詞彙」、「修辭」、「文（語）法」與「章法」等，統一於「主旨」
與「風格」（文體），以臻於「真、善、美」的最高境界[41]。而這些都是
辭章研究之成果，是不能忽略的。

　　由此看來，「意象」自始至終通貫於「辭章內涵」，由「個別」而「整
體」，以呈現其「真、善、美」境界。而「「篇章意象」」就涉及章法、
主題（主旨、綱領）與「風格」（文體），是非常重要的辭章內涵。

　　上述能力，初由「一般能力」發展為「特殊能力」，再由「特殊能力」
發展為「綜合能力」，然後由「綜合能力」又回歸到「一般能力」，而
將「一般能力」推進一層，形成層層互動、循環而提升之螺旋結構[42]。
這種結構既凸顯了螺旋的創造性思維系統，也藉以看出辭章內涵與語文
表達一而二、二而一的關係。它可用下圖來表示：

---

41 陳滿銘：〈論「真」、「善」、「美」的螺旋結構──以章法「多」、「二」、「一（0）」
　　結構作對應考察〉，臺灣師大《中國學術年刊》27 期春季號（2005 年 3 月），頁 151-
　　188。
42 見陳滿銘：〈論思維力與語文螺旋結構之形成──以「多」、「二」、「一（0）」螺旋
　　結構加以考察〉，頁 34-38。

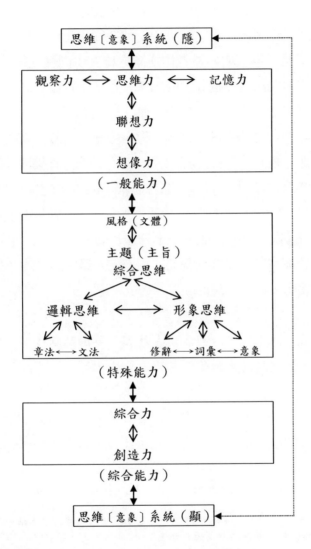

　　如此辭章始終以「意象」為內容，而「意象」又「是聯想與想像的前提與基礎，沒有意象就不可能進行聯想與想像。」[43] 因此辭章是離不

---

43 黃順基、蘇越、黃展驥主編：《邏輯與知識創新》第二十章（北京市：中國人民大學出版社，2002 年 4 月一版一刷），頁 431。

開以意象為內容之「思維系統」的。而這種意象，是彼此互動的，如就
同一作品來說，作者由「意」而「象」地在從事順向創作的同時，也會
一再由「象」而「意」地如讀者作逆向之檢查；同樣地，讀者由「象」
而「意」地作逆向鑑賞（批評）的同時，也會一再由「意」而「象」地
如作者在作順向之揣摩。這樣順逆互動、循環而提升，形成螺旋結構，
而最後臻於至善，自然使得「寫作」與「閱讀」合為一軌了[44]。

　　很顯然地，在此「思維系統」中，「篇章意象」直接涉及的，除「邏
輯思維」的「章法」外，另含「綜合思維」的「主題」（主旨、綱領）
與「風格」（文體），而這些又牽扯「一般能力」（聯想力、想像力）與
「綜合能力」（創造力），其地位是十分顯著的。

　　茲著眼於篇章之「意象（思維）系統」，舉白居易的〈長相思〉詞
為例，加以說明，以見一斑：

　　　汴水流，泗水流，流到瓜州古渡頭。吳山點點愁。　思悠悠，恨
　　　悠悠，恨到歸時方始休。月明人倚樓。

　　這闋詞敘遊子之別恨，是採「先染後點」[45]的條理來構篇的。
　　就「染」的部分而言，乃用「先象（景）後意（情）」的意象結構

44　〈論思維力與語文螺旋結構之形成——以「多」、「二」、「一（0）」螺旋結構加以考
　　察〉，頁34-38。
45　新發現章法之一。「點染」本用於繪畫，指基本技巧。而移用以專稱辭章作法的，則
　　始於清劉熙載。但由於他的所謂的「點染」，指的，乃是「情」（點）與「景」（染），
　　和「虛實」此一章法大家族中的「情景」法，恰巧相重疊，所以就特地借用此「點染」
　　一詞，來稱呼類似畫法的一種章法：其中「點」，指時、空的一個落足點，僅僅用作
　　敘事、寫景、抒情或說理的引子、橋樑或收尾；而「染」，則指真正用來敘事、寫
　　景、抒情或說理的主體。也就是說，「點」只是一個切入或固定點，而「染」則是各
　　種內容本身。這種章法相當常見，也可以形成「先點後染」、「先染後點」、「點、染、
　　點」、「染、點、染」等結構，而產生秩序、變化、聯貫〔呼應〕之作用。見陳滿銘：
　　〈論幾種特殊的章法〉，臺灣師大《國文學報》31期（2002年6月），頁181-187。

所寫成。

　　首先以「象（景）」的部分來說，它先用開篇三句，寫所見「水」景（象一），初步用二水之長流來譬喻或象徵一份悠悠之恨；這是透過作者恨之悠悠（主體）聯想到水之悠悠（客體）。其中「汴水流」兩句，都是由「先主後謂」之結構所形成的敘事句，疊敘在一起，以增強纏綿效果。而經由聯想以水之流來象徵或譬喻恨之多，是歷來辭章家所慣用的手法，如李白〈太原早秋〉詩云：「思歸若汾水，無日不悠悠。」又如賈至〈巴陵夜別王八員外〉詩云：「世情已逐浮雲散，離恨空隨江水長。」此外，作者又以「流到瓜州古渡頭」來承接「泗水流」，採頂真法來增強它的情味力量。這種修辭法也常見於各類作品，如《詩・大雅・既醉》說：「威儀孔時，君子有孝子。孝子不匱，永錫爾類。」又如佚名的〈飲馬長城窟行〉說：「長跪讀素書，書中竟何如？」這樣用頂真法來修辭，自然把上下句聯成一氣，起了統調、連綿的作用。況且這個調子，上下片的頭兩句，又均為疊韻之形式，就以上片起三句而言，便一連用了三個「流」字，使所寫的水流更顯得綿延不盡，造成了纏綿的特殊效果。作者如此寫所見「水」景後，再擴大聯想，用「吳山點點愁」一句寫所見「山」景（象二）。在這兒，作者以「先主後謂」的表態句來呈現。其中「點點」兩字，一方面用來形容小而多的吳山（江南一帶的山），一方面也用來譬喻或象徵「愁」之多；這也是由聯想所造成的效果。南宋的辛棄疾有題作「登建康賞心亭」的〈水龍吟〉詞說：「楚天千里清秋，水隨天去秋無際。遙岑遠目，獻愁供恨，玉簪（尖形之山）羅髻（圓形之山）。」很顯然地，就是由此化出。而且用山來譬喻或象徵「愁」，也不是從白居易才開始的，如王昌齡〈從軍行〉詩云：「琵琶起舞換新聲，總是關山離別情。」這樣，在聯想力的作用下，水既以其「悠悠」帶出愁，山又以其「點點」擬作愁之多，所謂「山牽別恨和腸斷，水帶離聲入夢流」（羅隱〈綿谷迴寄蔡氏昆仲〉詩），

情韻便格外深長。

　　其次以「意（情）」的部分來說，它藉「思悠悠」三句，即景抒情，來寫見山水之景後所湧生的悠悠長恨；這是帶動聯想的根源力量。在此，作者特意在「思悠悠」兩句裡，以「悠悠」形成疊字與疊韻，回應上片所寫汴水、泗水之長流與吳山之「點點」，將意象與聯想產生互動，造成統一，以加強纏綿之效果；並且又冠以「思」（指的是情緒，亦即「恨」）和「恨」，直接收拾上片見山水之景（象）所生之「愁」（意），表達了自己長期未歸之恨。而「恨到歸時方始休」一句，則不僅和上二句產生了等於是「頂真」的作用，以增強纏綿感，又經由想像將時間由現在（實）推向未來（虛），把「恨」更推深一層。這種意象與想像互動的寫法也見於杜甫〈月夜〉詩：「何時倚虛幌，雙照淚痕乾。」這兩句寫異日月下重逢之喜（虛），以反襯出眼前相思之苦（實）來，所表達的不正是「恨到歸時方始休」的意思嗎？所以白居易如此將時間推向未來，如同杜詩一樣，是會增強許多情味力量的。

　　就「點」的不分而言，（後）的部分來說，僅「月明人倚樓」一句，寫的是「象（景－事）」。這一句，就文法來說，由「月明」之表態句與「人倚樓」之敘事句，同以「先主後謂」的結構組成，只不過後者之「謂語」，乃含述語加處所賓語，有所不同而已。而「月明人倚樓」，雖是一句，卻足以牢籠全詞，使人想見主人翁這個「人」在「月明」之下「倚樓」，面對山和水而有所「思」、有所「恨」的情景，大大地起了「以景（事）結情」的最佳作用；這就使得全詞的各個意象，在聯想與想像的催動下，統合而為一了。

　　大家都知道「以景（象）結情（意）」，關涉到聯想與想像之發揮，是辭章收結的好方法之一，譬如周邦彥的〈瑞龍吟〉（章臺路）詞在第三疊末用「探春盡是，傷離意緒」，將「探春」經過作個總結，並點明主旨之後，又寫道：「官柳低金縷，歸騎晚、纖纖池塘飛雨，斷腸院落，一簾風絮。」這顯然是藉「歸騎」上所見暮春黃昏的寥落景象（象）

來襯托出「傷離意緒」（意）。這樣「以景（象）結情（意）」，當然令人倍感悲悽。所以白居易以「月明人倚樓」來收結，是能增添作品的情韻的。何況他在這裡又特地用「月明」之「象」來譬喻或象徵別恨之「意」，更加強了效果。因為「月」自古以來就被用以譬喻或象徵「相思」（別情），如李白〈聞王昌齡左遷龍標遙有此寄〉詩云：「我寄愁心與明月，隨風直到夜郎西。」又如孟郊〈古怨別〉詩云：「別後唯有思，天涯共明月。」這類例子，不勝枚舉。

作者就這樣以「先染『象（景）、意（情）』後點『象（景－事）』」的結構，將「水」、「山」、「月」、「人」等「象」排列組合，也就是透過主人翁在月下倚樓所見、所為之「象」，把他所感之「意」（恨），經由聯想與想像的作用融成一體來寫，使意味顯得特別深長，令人咀嚼不盡。有人以為它寫的是閨婦相思之情[46]，也說得通，但一樣無損於它的美。附意象（含章法）結構表如下：

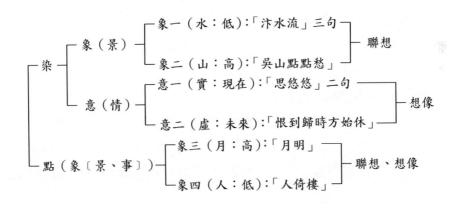

46 黃屏：「下片純為抒情，寫少婦思夫，情如流水般的綿遠悠長，思恨交集，永無盡時。」見陳邦炎主編：《詞林觀止》上（上海市：上海古籍出版社，1994 年 4 月一版一刷），頁 25。

如凸顯其風格中的剛柔成分[47]，則可分層表示如下：

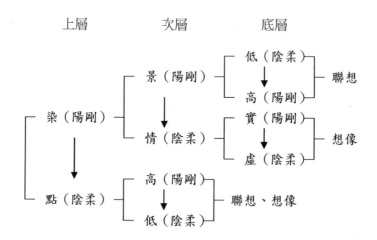

此詞之主旨為「悠悠」離恨，置於篇腹；而所形成的是偏於「陰柔」的風格，因為各層結構的剛柔之「勢」，除底層之「先低後高」趨於「陽剛」外，其餘的都趨於「陰柔」，尤其是其核心結構[48]「先景後情」更如此。如此使「勢」很強烈地趨於「陰柔」，是很自然的事。

這樣，此詞就「意象」之形成、表現、組織、統合與聯想、想像的互動而言，可歸結成如下重點：

（一）以「意象」之形成來看：主要用「水流」、「山點點」、「月明」、「人樓」等，先後形成個別意象，而以「悠悠」之「恨」來統合它們，產生「異質同構」[49]之莫大效果。這可以看出作者運用偏於主觀

---

47 陳滿銘：〈章法風格論——以「多、二、一（0）」結構作考察〉，《成大中文學報》12 期（2005 年 7 月），頁 147-164。

48 陳滿銘：〈辭章章法「多、二、一（0）」的核心結構〉，臺灣師大《師大學報・人文與社會類》48 卷 2 期，頁 71-94。

49 陳滿銘：〈論辭章意象之形成——據格式塔「異質同構」說加以推衍〉，中山大學《文與哲》學報 8 期（2006 年 6 月），頁 475-492。

的聯想力與想像力觸動形象思維，在意象形成上所形成之特色。

（二）**以「意象」之表現來看**：首先看「詞彙」部分，它將所生「情」（意）、所見「景（事）」（象），形成各個詞彙，如「水」（流）、「瓜州」、「渡頭」（古）、「山」（點點）、「思」（悠悠）、「恨」（悠悠）、「月」（明）、「人」（倚）、「樓」等，為進一步之「修辭」奠定基礎。然後看「修辭」，它主要用「頂真」法來表現「水」之個別意象，用「類疊」法、「擬人」法等來表現「山」之個別意象，使「水」與「山」都含情，而連綿不盡，以增強作品的感染力。足以看出作者運用偏於主觀的聯想與想像觸動形象思維，在意象表現上所形成之特色。

（三）**以「意象」之組織來看**：首先看「文法」，所謂「水流」、「山點點」、「月明」、「人倚樓」等，無論屬敘事句或屬表態句，用的全是主謂結構，將個別概念組合成不同之意象，以呈現字句之邏輯結構。然後看「章法」，它主要用了「點染」、「景情」、「高低」、「虛實」等章法，把各個個別意象先後排列在一起，以形成篇章之邏輯結構。 這足以看出作者運用偏於客觀的聯想與想像觸動邏輯思維，在意象組織上所形成之特色。

（四）**以「意象」之統合來看**：綜合以上「意象」（個別）、「詞彙」、「修辭」、「文法」與「章法」等精心的設計安排，充分地將「恨悠悠」之一篇主旨與「音調諧婉，流美如珠」這種偏於「陰柔」[50]之風格凸顯出來，使人領會到它的美；這樣可看出作者運用主、客觀的聯想與想像觸動綜合思維，在意象統合上所形成之特色。

　　「篇章意象」所涉及的，就是「意象組織」（章法）與「意象統合」（主題與風格）兩大部分，其地位之重要，由此可知。

---

50 趙仁圭、李建英、杜媛萍：「整首詞借流水寄情，含情綿邈。疊字、疊韻的頻繁使用，使詞句音調諧婉，流美如珠。」見《唐五代詞三百首譯析》（長春市：吉林文史出版社，1997 年 1 月一版一刷），頁 148。

第四節　經緯層面

　　上述屬於第二層面「特殊能力」之辭章內涵，若按《文心雕龍‧章句》篇所分「篇法」、「章法」、「句法」與「字法」來看，則其中的「個別意象」、「詞彙」與「文法」，主要屬於「字句」範疇；而「章法」、「主題」(含義旨與材料) 與「風格」，主要屬於「篇章」範疇。如此「內容」與「形式」可概分為「字句」(以形式為主) 與「篇章」(以內容為主) 兩大部分，可用如下系統簡圖來表示它們包孕的關係：

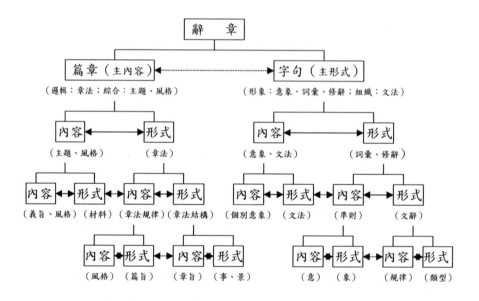

　　可見「主題 (整體意象：義旨與材料)」是篇章的內容，而「章法」(含篇法) 所呈現的是「篇章邏輯」，乃篇章「內容的形式」。對此，王希杰就指出：

　　　　文章是由內容和形式兩個方面所構成的。其內容是資訊和思想，

其形式是語言文字和表達方式。兩個方面也都有內容和形式的區別——我閱讀了陳滿銘教授及其弟子的精彩著作之後所得到的印象是，章法學的對象主要是文章的內容，……「材料」就是內容，但是不研究「材料」本身，只研究材料的形式，就是材料同材料之間的關係，所以是（文章的）「內容的形式」——文章內容的「組織形式」。當然文章內容的「組織形式」需要響應的形式來表現它。文章是內容和形式的統一體。[51]

他把「章法」視為文章「內容的組織形式」，雖然沒有強調是「篇章」，但這種意涵相當明顯；而且涉及整個辭章，指出「文章是內容和形式的統一體」，是十分有見地的。

　　其實，對於篇章的「內容」與「形式」此一問題，在我國很早就注意到了，劉勰《文心雕龍・情采》說：

　　情者文之經，辭者理之緯，經正而後緯成，理定而後辭暢，此立文之本源也。[52]

所謂「情者文之經，辭者理之緯」，凸顯了辭章的縱向（經）與橫向（緯）的問題，如就「篇章」而言，「其中『縱向』的結構，由『內容』，也就是情、理、景、事等組成；而橫向的結構，則由『形式』，也就是各種章法，如今昔、遠近、大小、本末、賓主、正反、虛實、凡目、因果、抑揚、平側……等組成。因此捨『縱向』而取『橫向』，或捨『橫向』

51　王希杰：〈章法學門外閒談〉，《平頂山師專學報》18 卷 3 期（2003 年 6 月），頁 53-54。
52　《增訂文心雕龍校注》卷七，頁 369。

而取『縱向』，是無法分析好文章的篇章結構的。」[53] 對此，鄭頤壽作
了如下說明：

> 把「情」、「理」、「景」、「物」、「事」為「縱向」，「章法」為「橫
> 向」，這與劉勰的「情經辭緯」說是一脈相承的，即把「章法」
> 定位在「辭」──「（內容之）形式」上。[54]

這樣「縱向」（內容）與「橫向」（形式）並重，就是「情采並重」，王
更生釋云：

> 歸根究柢，固可說是內容與形式的關係問題，但他能就此問題，
> 突破六朝形式主義的文風，落實到情采並重方面來，這不能不說
> 是正本清源之論。[55]

可見「情采並重」就是「內容和形式」之並重，這無疑地是「正本清源」
之論。

　　凡此均可看出「篇章邏輯」與「內容義旨」，是橫向、縱向與「內
容的形式」、「內容的內容」間的關係，是並重的，是互相包孕的。

　　如從另外一個角度，就「意象系統」來看，「篇章邏輯」涉及「意
象之組織」，凸顯的是意、象之間的邏輯關係；而「內容義旨」則涉及

53　陳滿銘：〈談縱橫向疊合的篇章結構〉，《國文天地》16 卷 7 期（2000 年 12 月），頁
　　100-106。

54　鄭頤壽：〈臺灣辭章學研究述評及其與大陸的異同比較〉，《福建省社會主義學院學報》
　　總 43 期（2002 年 4 月），頁 29。

55　王更生：《文心雕龍選讀》（臺北市：巨流圖書公司，1994 年 10 月一版一刷），頁
　　240。

「意象之統合」，凸顯的是意、象本身的形、質[56]。其中「意象之組織」問題，雖一直有人注意，如盛子潮、朱水湧《詩歌形態美學》（1987）、陳振濂《空間詩學導論》（1989）、李元洛《詩美學》（1990）、陳植鍔《詩歌意象論》（1990）、陳慶輝《中國詩學》（1994）、趙山林《詩詞曲藝術論》（1998）、王長俊等的《詩歌意象學》（2000）等，卻都無法獲得圓滿解決。如陳慶輝在《中國詩學》中即說道：

> 應該說意象的組合方式是多種多樣的，上述所舉只怕是掛一漏萬；而且複合意象的構成，作為一種審美創造，是一個複雜的心理過程，用所謂並列、對比、敘述、述議等結構形式加以說明，似乎是粗糙的、膚淺的，其深層的因素和邏輯還有待我們去挖掘和探索。[57]

意象之組織，確乎是一種複雜的心理過程，其中動用了精密的層次邏輯之思維能力，原本就是不易掌握、捕捉的，而且在古典詩詞中，可以幫助確認意象組織的邏輯關係之連接詞常常被省略，因此更加重了探索、挖掘的困難度。而王長俊等的《詩歌意象學》也認為：

> 中國古典詩歌的意象雖然可以直接拼接，意象之間似乎沒有關聯，其實在深層上卻互相勾連著，只是那些起連接作用的紐帶隱蔽著，並不顯露出來，這就是前人所謂的「斷峰雲連」、「辭斷意屬」。[58]

---

[56] 陳滿銘：〈層次邏輯與意象（思維）系統——以「多」、「二」、「一（0）」螺旋結構作對綜合考察〉，臺灣師大《中國學術年刊》30 期春季號（2008 年 3 月），頁 255-276。

[57] 陳慶輝：《中國詩學》（臺北市：文史哲出版社，1994 年 12 月初版），頁 74。

[58] 《詩歌意象學》，頁 215。

他所謂的「斷峰雲連」、「辭斷意屬」，指的就是意象組織的問題。由此
看來，意象與意象間之隱蔽「紐帶」或「深層的因素和邏輯」，一直未
被好好地「挖掘」、「探索」而「顯露」出來過，是公認的事實[59]。而這
個難題，似乎可由「內容的形式」（篇章邏輯）、「內容的內容」（內容
義旨）之互動予以解決；這顯然就涉及了「章法學」。王希杰說：

> 章法學不是關於文章內容本身的學問，而是內容材料的關係的學
> 問。文章表現形式是多種多樣的，千變萬化的，但是其內在邏輯
> 結構，卻是很有限的，不過是有限的幾種關係模式。而且這種內
> 在的關係是潛在的。[60]

他所謂的「這種內在的關係是潛在的」，不就是指意、象（內容材料）
間的「隱蔽紐帶」或「深層的因素和邏輯」嗎？可見探究「篇章邏輯」
是可以挖掘出「內容義旨」之深層關係的。而用「篇章邏輯」來挖掘「內
容義旨」之深層關係，正是「章法與內容關係論」的重點所在，黎運漢
將此與「章法四大規律論」視為「章法理論大廈的兩根堅實支柱」[61]，
就是看出「章法」，也就是「篇章邏輯」的這種重大功用。

　　可見如有「篇章邏輯」（章法）作為「內容的形式」，再挖掘「主題」

---

59 過去論「意象組合」，往往著重其形象性而忽略其邏輯性，因此有「籠統」或陷於「局部」之缺憾。參見陳滿銘：〈論意象之組合方式——以趙山林《詩詞曲藝術論》所論為考察範圍〉，《東吳中文學報》14 期（2007 年 11 月），頁 89-128。又參見陳滿銘：〈論意象組合與章法結構〉，臺灣師大《國文學報》43 期（2008 年 6 月），頁 233-262。
60 王希杰：〈陳滿銘教授和章法學〉，《畢節學院學報》總 96 期（2008 年 2 月），頁 3。
61 黎運漢：「陳教授的章法四大規律論和章法與內容關係論，揭示了章法學的研究對象，理清了它的範圍，闡明了其分析原則和方法與實用意義，形成了章法理論大廈的兩根堅實支柱，它們有深度、有廣度、有理論開拓性和實踐指導性的品格，為漢語辭章章法學構建起一個較為科學的理論體系，奠定了堅實的基礎。」見〈陳滿銘對辭章章法學的貢獻〉，《陳滿銘與辭章章法學》（臺北市：文津出版社，2007 年 12 月初版一刷），頁 56。

（主旨、綱領）之深層關係，然後領會一篇之「審美風貌」（風格），以呈現「內容的內容」，那麼，「「篇章意象」」之全貌就很容易凸顯出來了。

這種關係，如果以「多二一（0）」螺旋結構切入來看，會更為清楚。眾所周知，在哲學或美學上，對所謂「對立的統一」、「多樣的統一」，即「二而一」、「多而一」之概念，都非常重視，一向被目為事物最重要的變化規律或審美原則，似乎已沒有進一步探討之空間。不過，「對立的統一」，指的只是「一」與「二」；而「多樣的統一」指的則是「多」與「一」。這樣分別著眼於局部，雖凸顯出焦點之所在，卻往往讓人忽略了徹上徹下之「二」（陰陽）的居間作用，與其一體性之完整結構。

而這種「多」、「二」、「一（0）」的螺旋結構，卻足以彌補此種缺憾。它比較完整地凸顯了古代聖賢探討宇宙萬物創生、含容過程的系統性規律。大致說來，他們是先由「有象」（現象界）以探知「無象」（本體界），逐漸形成「多、二、一（0）」的逆向結構；再由「無象」（本體界）以解釋「有象」（現象界），逐漸形成「（0）一、二、多」的順向結構的。就這樣一順一逆，往復探求、驗證，久而久之，終於形成了他們圓融的宇宙人生觀。而這種宇宙人生觀，各家雖各有所見，但若只求其同而不其求異，則總括起來說，都可以從「（0）一、二、多」（順）與「多、二、一（0）」（逆）的互動、循環而提升的螺旋關係[62]上加以

---

[62] 凡「二元對待」之兩方，都會產生互動、循環而提升的作用，而形成「多二一（0）」的螺旋結構。而所謂「螺旋」，本用於教育課程之理論上，早在十七世紀，即由捷克教育家夸美紐思所提出，見許建鉞編譯：《簡明國際教育百科全書》（北京市：新華書局北京發行所，1991 年 6 月一版一刷），頁 611。又，相對於人文，科技界亦發現生命之「基因」和「DNA」等都呈現螺旋結構。參見約翰・格里賓著、方玉珍等譯：《雙螺旋探密──量子物理學與生命》（上海市：上海科技教育出版社，2001 年 7月），頁 271-318。

統合。茲以《周易》、《老子》為例，分別加以探討：

　　首先看《周易》，在《周易》的〈序卦傳〉裡，對這種「多」、「二」、「一（0）」結構形成之過程，就曾約略地加以交代。其六十四卦，從其排列次序看，就粗具這種特點。而各種物類、事類在「變化」中，循「由天（天道）而人（人事）」來說，所呈現的是「（一）二、多」的結構，這可說是〈序卦傳〉上篇的主要內容；而循「由人（人事）而天（天道）」來說，則所呈現的是「多、二（一）」的結構了，這可說是〈序卦傳〉下篇的主要內容，如此自然就「錯綜天人，以效變化」[63]。《周易·繫辭上》云：

　　　　是故易有太極，是生兩儀，兩儀生四象，四象生八卦。

據此，其順向歷程顯然就可用「一、二、多」的結構來呈現，其中「一」指「太極」、，「二」指「兩儀（陰陽）」，「多」指「四象生八卦（萬物）」（含人事）。如果對應於〈序卦傳〉由天而人、由人而天，亦即「既濟」而「未濟」之的循環來看，則此「一、二、多」，就可以緊密地和逆向歷程之「多、二、一」接軌，形成其螺旋結構。

　　這種螺旋結構，在《老子》一書中，不但可以找到，而且更完整，如〈四十二章〉：

---

63 戴璉璋：「韓氏（康伯）在〈序卦傳〉下篇的注文中提到『先儒以〈乾〉至〈離〉為上經，天道也。〈咸〉至〈未濟〉為下經，人事也。』他認為這種說法是錯誤的。因為『夫《易》六畫成卦，三才必備，錯綜天人，以效變化。豈有天道、人事篇於上下哉？』天道人事雖不能機械地按上下經來區分，但是《周易》的作者的主要用心處，卻的確都在這裡，即在〈序卦傳〉，我們也可看出作者那種『錯綜天人，以效變化』的企圖。」見《易傳之形成及其思想》（臺北市：文津出版社，1989 年 6 月臺灣初版），頁 187。

　　道生一，一生二，二生三，三生萬物。萬物負陰而抱陽，沖氣以
為和。

　　在此，老子的「一」該等同於《易傳》之「太極」、「二」該等同
於《易傳》之「兩儀」（陰陽），因此所呈現的，和《周易》（含《易傳》）
一樣，是「一、二、多」與「多、二、一」之原始結構。不過，值得一
提的是：老子的「道」可以說是「無」，卻不等於實際之「無」（實零），
而是「恍惚」的「無」（虛零），以指在「一」之前的「虛理」[64]。這種「虛
理」，如勉強以「數」來表示，則可以是「（0）」。這樣，順、逆向的
結構，就可調整為「（0）一、二、多」（順）與「多、二、一（0）」
（逆），以補《周易》（含《易傳》）之不足，這就使得宇宙萬物創生、
含容的順、逆向歷程，更趨於完整而周延了[65]。
　　此種螺旋結構由於屬「普遍性之存在」[66]，所以其適用面是極廣
的。就以辭章來看，則其中「意象」（個別）、「詞彙」、「修辭」、「文
（語）法」、「章法」是「多」，「形象思維」與「邏輯思維」為「二」，「主
題」（含整體「意象」）、「文體」、「風格」為「一（0）」。又落到篇章
上來說，則所有核心結構[67]以外的其他輔助結構，都屬於「多」；而核
心結構所形成之「二元對待」，自成陰與陽而「相反相成」，以徹下徹

---

64 唐君毅：《中國哲學原論・導論篇》（香港：人生出版社，1966 年 3 月出版），頁
　　350-351。
65 陳滿銘：〈論「多」、「二」、「一（0）」的螺旋結構——以《周易》與《老子》為考
　　察重心〉，臺灣師大《師大學報・人文與社會類》48 卷 1 期（2003 年 7 月），頁 1-20。
66 王希杰：「陳教授的專長是詩詞學，非常具體。章法學則要抽象多了。這部著作（即
　　《「多」、「二」、「（0）一」螺旋結構論——以哲學、文學、美學為研究範圍》），就
　　更抽象了。……我以為本書很值得一讀，因為這個螺旋結構是普遍性的存在，值得
　　重視。」見王希杰：《王希杰博客・書海採珠》（2008 年 1 月），頁 1。
67 〈辭章章法「多、二、一（0）」的核心結構〉，頁 475-492。

上，形成結構之「調和性」（陰）與「對比性」（陽）的，是屬於「二」；
至於其「主題（整體意象）」或由「統一」所形成之「風格」（含韻味、
氣象、境界等），則屬於「一（0）」。它們的關係可用簡圖呈現如下：

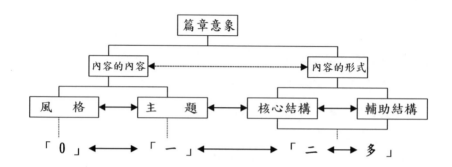

如此由「多」而「二」來呈現篇章的「內容的形式：章法結構」，可完
全地凸顯其「一（0）」，將蘊藏於篇章「內容的內容：主題與風格」之
邏輯關係顯現出來。可見「篇章意象」有「經（內容的內容）」（主題、
風格）有「緯（內容的形式）」（章法）的。

　　茲舉古文與詩、詞各一例，略作說明，以見一斑。古文如王安石的
〈讀孟嘗君傳〉：

> 世皆稱孟嘗君能得士，士以故歸之，而卒賴其力，以脫於虎豹之
> 秦。
> 嗟呼！孟嘗君特雞鳴狗盜之雄耳，豈足以言得士！不然，擅齊之
> 強，得一士焉，宜可以南面而制秦，尚何取雞鳴狗盜之力哉！
> 雞鳴狗盜之出其門，此士之所以不至也。

　　這篇文章，一開頭就直接以「世皆稱」四句，先立一個案，採「先

因後果」的條理，藉世人之口，對孟嘗君之「能得士」，作一讚美，並
從中拈出「卒賴其力，以脫於虎豹之秦」，隱含「雞鳴狗盜」之意，以
作為「質的」，以引出下文之「弓矢」。再以「嗟呼」句起至末，在此
用「實、虛、實」的條理，針對「立」的部分，以「雞鳴狗盜」扣緊「卒
賴其力，以脫於虎豹之秦」，予以攻破。所謂「質的張而弓矢至」，真
是一箭而貫紅心，雖文不滿百字，卻有極強的說服力。對此，林西仲指
出：「《史記》稱孟嘗君招致任俠姦人入薛，其所得本不是士，即第一
等市義之馮驩，亦不過代鑿三窟，效雞鳴狗盜之力，何嘗有謀國制敵之
慮！『龍門好客自喜』一語，早已斷煞，而世人不知，動稱『能得士』，
故荊公作此以破其說。篇首喝起『世皆稱』三字，是與『龍門』贊語相
表裡，非翻案也。百餘字中，有起、承、轉、合在內，警策奇筆，不可
多得。」[68] 將此文特色交代得十分清楚。附結構分析表如下：

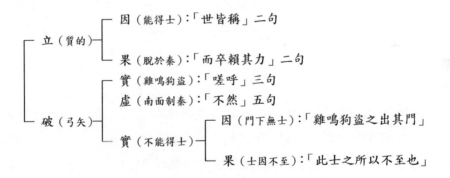

可見此文在「篇」的部分，以「先立後破」的移位性核心結構，形成對
比。但一樣的在對比中卻含有調和的成分，因為就「章」而言，在「立」
的部分，既以「先因後果」的移位結構形成了調和；在「破」的部分，

68 林雲銘：《古文析義合編》上冊（臺北市：廣文書局，1965 年 10 月再版），頁 326。

又先以「實（正）、虛（反）、實（正）」的轉位結構形成對比，再以「先因後果」的移位結構形成調和。這樣以「對比」、「移位」為主、「調和」、「轉位」為輔，其節奏（韻律）、風格自然趨於強烈、陽剛。茲將其分層結構，結合篇章之「內容」、「形式」與「多二一（0）螺旋結構」，以簡圖表示如下：

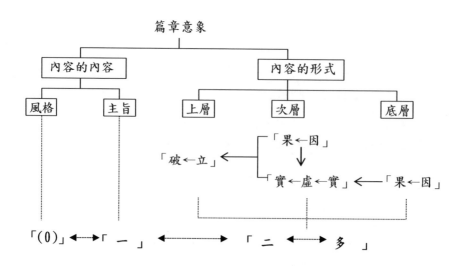

如此由底層而次層而上層，以兩疊「因果」、一疊「虛（反）實（正）」，來支撐一疊「立破」，其結構雖僅有四個，卻十分完整。如對應於「多二一（0）」而言，則此文以兩層移位性的「先因後果」與轉位性的「實、虛、實」結構與節奏（韻律），形成了「多」；以「先立後破」的核心（移位）結構與節奏（韻律），自為陰陽對比，形成了「二」，以徹下徹上；而以孟嘗君「未足以言得士」之主旨與所形成的毗剛風格、韻律，所謂「筆力簡而健」[69]，則形成了「一（0）」。這篇

―――――――――――――――

69　郭預衡：《中國散文史》中（上海市：上海古籍出版社，2000 年 3 月一版一刷），頁

短文之所以有極強之氣勢與說服力，與這種邏輯結構有著密切之關係。

詩如王維的〈輞川閑居贈裴秀才迪〉：

> 寒山轉蒼翠，秋水日潺湲。倚杖柴門外，臨風聽暮蟬。渡頭餘落
> 日，墟里上孤煙。復值接輿醉，狂歌五柳前。

此詩乃作者與裴迪秀才相酬為樂之作。在一特定時空之下，作者藉自然景物與人物形象之刻畫，以寫自己閒適之情。它一面在首、頸兩聯，具體描繪了「輞川」附近的水陸秋景與暮色，勾勒出一幅有色彩、音響和動靜的和諧畫面；另一面又在頷、末兩聯，於一派悠閒之自然圖案中，很生動地嵌入了作者自己倚杖聽蟬，和裴迪狂歌而至的人事景象；使兩者相映成趣，而形成了物我一體的藝術境界。李浩說此詩「全詩具有時間的特指〔『落日』時分〕和空間位置的具體固定，通過『〔柴門〕外』、『〔渡〕頭』、『〔墟〕里』、『〔五柳〕前』等方位名詞，勾勒出景物的相互位置關係，景物具有空間開發性，既活潑無礙，又彼此依存，是構成整個畫面諧調的一個部分。讀這樣的詩，應該在一個時間的片刻裡從空間上去理解作品，把握詩人用最高的藝術手腕所凝定下來的富有包孕性的瞬間印象」[70]，這種體會十分深刻。附結構分析表如下：

485。

70 李浩：《唐詩的美學闡釋》（合肥市：安徽大學出版社，2000 年 4 月一版一刷），頁
255。

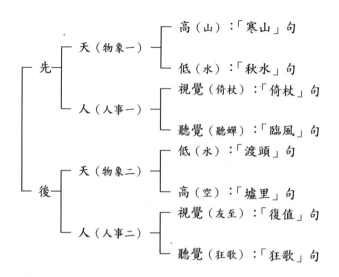

可見此詩主要以「今（後）昔（先）」、「天（物象）人（人事）」、「遠近」、「高低」與「知覺（視、聽）轉換」等章法，形成其移位結構，以「調和」全詩。其中除「今昔」之外，又將「天人」、「高低」、「知覺轉換」組成雙疊的形式，以增添其節奏流轉之美；尤其是天與人對照，將空間拓大，又擴展了氣象；這些都強化了作者閒逸之趣。茲將其分層結構，結合篇章之「內容」、「形式」與「多二一（0）螺旋結構」，以簡圖表示如下：

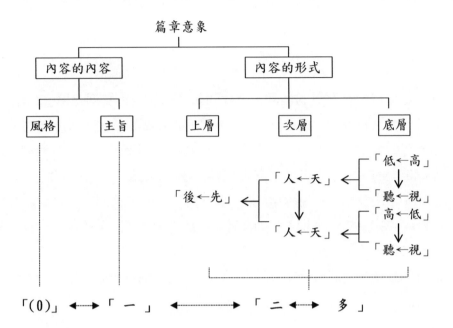

如此，對應於「多、二、一（0）」結構來看，此詩以「遠近」、「高低」
（二疊）與「知覺（視、聽）轉換」（二疊）等章法所形成輔助性之移
位結構與節奏（韻律），算是「多」；以二疊「天人」（含「今（後）昔
（先）」）自為陰陽所形成核心之移位結構與節奏（韻律），算是關鍵性
之「二」，藉以徹下徹上，形成一篇規律；以「閒適之趣」之主旨與所
形成之飄逸風格，是為「一（0）」，使人產生美感。高步瀛說此詩「自
然流轉，而氣象又極闊大」[71]，道出了本詩的特色。

　　詞如辛棄疾的〈鷓鴣天〉：

　　　　一榻清風殿影涼，涓涓流水響回廊。千章雲木鉤輈叫，十里溪風
　　　　糯稏香。　　　衝急雨，趁斜陽，山園細路轉微茫。倦途卻被行人

71　高步瀛：《唐宋詩舉要》（臺北市：學海出版社，1973年2月初版），頁422。

笑：只為林泉有底忙！

　　這是首記遊寫景的作品。上片四句，寫的是「鵝湖寺道」（題目）周遭的林泉勝景，首先是清風中的涼殿，其次是回廊外的流水，再其次是千章的雲木，最後是十里的香稻，景物由近而遠地寫得十分清麗，這是就結句的「林泉」二字來寫的，為「目一」的部分。下片開頭三句，寫的是「衝急雨」、「趁斜陽」、「轉微茫」的匆忙情形，這是就結句的「忙」字來寫的，為「目二」的部分。結二句為「凡」的部分，以「倦途卻被行人笑」句承上啟下，藉人之口帶出「只為林泉有底忙」的一句話來，以總括上面兩個條分的意思作結。附結構分析表如下：

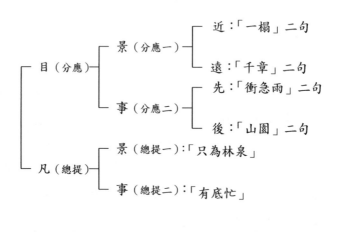

可見此詞主要以「凡目」、「景事」（兩疊）、「遠近」與「先後」等章法，形成其移位結構，以「調和」全詞。其中「景事」又在上下片組成雙疊的形式，以增添其節奏之美；尤其是全詞僅用以敘事、寫景，而將一篇主旨置於篇外，使人強烈領會作者「忘情於林泉清賞中的快樂心

情」[72]。茲將其分層結構，結合篇章之「內容」、「形式」與「多二一（0）螺旋結構」，以簡圖表示如下：

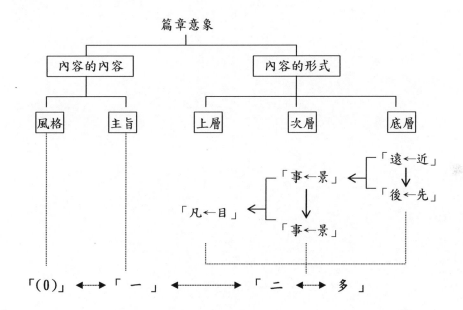

如此，對應於「多、二、一（0）」螺旋結構來看，此詞以「凡目」、「景事」（二疊）、「遠近」與「後」等章法所形成之移位結構與節奏（韻律），算是「多←→二」；以「忘情於林泉清賞中的快樂心情」之主旨與所形成之閒逸風格，是為「一（0）」，使作品產生美感，由此凸顯了本詞在「主題」與「風格」上之特色。

　　可見「篇章意象」的這種「多二一（0）」之螺旋結構，就相當於一棵樹之合其樹幹與枝葉而成整個形體、姿態與韻味一樣，是一體的，是密不可分的。

───────────────

[72] 朱德才、薛祥生、鄧紅梅等：《辛棄疾詞新釋輯評》（北京市：中國書局，2006 年 1 月一版一刷），頁 440。

第二章
篇章意象之互動與聯貫

　　辭章之四大要素為「情」、「理」、「景（物）」、「事」，其中「情」與「理」為「意」、「景（物）」與「事」為「象」。以此四大要素形成篇章時，也是如此，而其「意」與「象」，是可連結、互動，由局部而整體地聯貫在一起的。茲分三層進行探討：

第一節　形質連結

　　在文學理論中最早以合成詞的方式標舉出「意象」這一藝術概念的，是劉勰《文心雕龍・神思》：

> 是以陶鈞文思，貴在虛靜，疏瀹五藏，澡雪精神；積學以儲寶，酌理以富才，研閱以窮照，馴致以懌辭；然後使元解之宰，尋聲律而定墨；獨照之匠，窺意象而運斤。此蓋馭文之首術，謀篇之大端。[1]

　　在此，劉勰指出作家須使內心虛靜，才能醞釀文思、經營意象。一個作家如能如此啟動思維力來經營意象，自然就能推陳出新，創造出新的意象，而產生美感。張紅雨在《寫作美學》中說：

1　黃叔琳注：《增訂文心雕龍校注》卷六（北京市：中華書局，2000 年 8 月一版一刷），頁 369。

人們之所以有了美感，是因為情緒產生了波動。這種波動與事物
的形態常常是統一起來的，美感總是附著在一定的事物上。[2]

他更進一步地指出：事物之所以可以成為激情物，是因為它觸動人們的
美感情緒，而使美感情緒產生波動，所以我們對事物形態的摹擬，實際
上是對美感情緒波動狀態的摹擬，是雕琢美感情緒的必要手段。因此，
所謂靜態、動態的摹擬，也並不是對無生命的事物純粹作外形，或停留
在事物動態的表面現象上作摹狀，而是要挖掘出它更本質、更形象的內
容，來寄託和流洩美感的波動。[3]

他所說的「情緒波動」，即主體之「意」；而「事物形態」之「更
本質、更形象的內容」，則為客體之「象」。對這種意與象之互動關係，
格式塔心理學家用「同形同構」或「異質同構」來解釋。他們認為：審
美體驗就是對象的表現性及其力的結構（外在世界：象），與人的神經
系統中相同的力的結構（內在世界：意）的同型契合。由於事物表現性
的基礎在於力的結構，「所以一塊突兀的峭石、一株搖曳的垂柳、一抹
燦爛的夕陽餘暉、一片飄零的落葉……都可以和人體具有同樣的表現
性，在藝術家的眼裡也都具有和人體同樣的表現價值，有時甚至比人體
還更有用。」[4] 基於此，魯道夫・安海姆（Rudolf Arheim）提出了「藝
術品的力的結構與人類情感的結構是同構」之論點，以為推動我們自己
情感活動起來的力，與那些作用於整個宇宙的普遍性的力，實際上是同
一種力。他說：

2　張紅雨：《寫作美學》（高雄市：麗文文化事業公司，1996 年 10 月初版），頁 311。
3　同前註，頁 311-314。
4　蔣孔陽、朱立元主編：《西洋美學通史》第六卷（上海市：上海文藝出版社，1999 年
　　11 月第一版），頁 714。

我們自己心中生起的諸力，只不過是在遍宇宙之內同樣活動的諸力之個人的例子罷了。[5]

也就是說：現實世界存在之本質乃一種力，它統合著客觀存在之「物理力」與主觀世界的「心理力」，在審美過程中，這種力使人類知覺搬演中介的角色，將作品中之「物理力」與人類情感的「心理力」因「同構」而結合為一。

對此，李澤厚在〈審美與形式感〉一文中說：

> 不僅是物質材料（聲、色、形等等）與視聽感官的聯繫，而更重要的是它們與人的運動感官的聯繫。對象（客）與感受（主），物質世界和心靈世界實際都處在不斷的運動過程中，即使看來是靜的東西，其實也有動的因素……其中就有一種形式結構上巧妙的對應關係和感染作用……格式塔心理學家則把這種現象歸結為外在世界的力（物理）與內在世界的力（心理）在形式結構上的「同形同構」，或者說是「異質同構」，就是說質料雖異而形式結構相同，它們在大腦中所激起的電脈衝相同，所以才主客協調，物我同一，外在對象與內在情感合拍一致，從而在相映對的對稱、均衡、節奏、韻律、秩序、和諧……中，產生美感愉快。[6]

而歐陽周、顧建華、宋凡聖等在《美學新編》中也指出：

---

5 安海姆著、李長俊譯：《藝術與視知覺心理學》（臺北市：雄獅圖書公司，1982 年 9 月再版），頁 444。

6 李澤厚：《李澤厚哲學美學文選》（臺北市：谷風出版社，1987 年 5 月初版），頁 503-504。

完形心理學美學依據「場」的概念去解釋「力」的樣式在審美知
覺中的形成，並從中引申出了著名的「同形論」或稱為「異質同
構」的理論。按照這種理論，他們認為外部事物、藝術樣式、人
物的生理活動和心理活動，在結構形式方面，都是相同的，它們
都是「力」的作用模式。在安海姆看來，自然物雖有不同的形
狀，但都是「物理力作用之後留下的痕跡」。藝術作品雖有不同
的形式，卻是運用內在力量對客觀現實進行再創造的過程。所
以，「書法一般被看著是心理力的活的圖解」。總之，世界上的
一切事物，其基本結構最後都可歸結為「力的圖式」。正是在這
種「異質同構」的作用下，人們才在外部事物和藝術作品中，直
接感受到某種「活力」、「生命」、「運動」和「動態平衡」等性
質。……所以，事物的形體結構和運動本身就包含著情感的表
現，具有審美的意義。[7]

　　他們把這「意」與「象」之所以形成、互動、趨於統一，而產生美
感的原因、過程與結果，都簡要地交代清楚了。
　　若單從篇章層面來看，則意象和篇章的內容是融為一體的。而篇章
內容的主要成分，不外情、理與事、物（景）。其中情與理為「意」，

7　歐陽周、顧建華、宋凡聖等：《美學新編》（杭州市：浙江大學出版社，2001 年 5 月
　一版九刷），頁 253。安海姆之「同形論」或「同形說」，參見《西方美學通史》第
　六卷，頁 715-717。

屬核心成分；事與物（景）乃「象」，為外圍成分[8]。它可用下圖來表示：

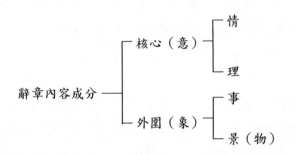

而此情、理與事、物（景）之辭章內容成分，就其情、理而言，是「意」；就其事、物（景）而言，是「象」。

　　所謂核心成分，為「情」或「理」，乃一篇之主旨所在。它安排在篇內時，都以「情語」或「理語」來呈現，既可置於篇首，也可置於篇腹，更可置於篇末[9]，以統合各個事、物（景）之「象」。而如果核心成分之「情」或「理」（主旨）未安置於篇內，就要從篇外去尋找，這是讀者要特別費心的。但無論是「理」或「情」，皆指「意象」之「意」來說。

　　所謂外圍成分，則以事語或物（景）語來表出。也就是說，形成外圍結構的，不外「景」（物）材與「事」材而已。先就「景」（物）材來說，凡是存於天地宇宙之間的實物或東西都可以成為文章的材料。以較大的物類而言，如天（空）、地、人、日、月、星、山（陸）、水（川、江、河）、雲、風、雨、雷、電、煙、嵐、花、草、竹、木

8　陳滿銘：〈談篇章的縱向結構〉，臺灣師大《中國學術年刊》22 期（2001 年 5 月），頁 259-300。

9　陳滿銘：〈談安排辭章主旨（綱領）的幾種基本形式〉，臺灣師大《國文學報》14 期（1985 年 6 月），頁 201-224。

（樹）、泉、石、鳥、獸、蟲、魚、室、亭、珠、玉、朝、夕、晝、
夜、酒、餚……等就是；以個別的對象而言，如桃、杏、梅、柳、菊、
蘭、蓮、茶、麥、梨、棗、鶴、雁、鶯、鷗、鷺、鵜鴂、鷓鴣、杜鵑、
蟬、蛙、鱸、蚊、蟻、馬、猿、笛、笙、琴、瑟、琵琶、船、旗、
轎……等就是。這些物材可說無奇不有，不可勝數。大抵說來，作者在
處理內容成分時，大都將個別的物材予以組合而形成結構。

　　再就「事」材來說，凡是發生在天地宇宙之間的事情都可以成為文
章的材料。以抽象的事類而言，如取捨、公私、出入、聚散、得失、逢
別、迎送、仕隱、悲喜、苦樂、歌舞、來（還）往（去）、成敗、視聽、
醒醉、動靜，甚至入夢、弔古、傷今、閒居、出遊、感時、恨別、雪
恥、滅恨、修身、齊家、治國、平天下，泛論、舉證、經過、結果……
等就是；以具體的事件而言，如乘船、折荷、繞室、讀書、醉酒、離
鄉、還家、邀約、赴約、生病、吃糠、遊山、落淚、彈箏、倚杖、聽
蟬、接信、拆信、羅酒漿、備飯菜、甚至行孝、行悌、致敬……等就
是。這些事材，可說俯拾皆是，多得數也數不清。作者通常都用具體的
事件來寫，卻在無形中可由抽象的事類予以統括。[10]

　　以上所舉的「景」（物）材，主要用於寫「景（物）」；而「事材」
則主要用於敘「事」。所敘寫的無論是「景（物）」或「事」，皆指「意
象」之「象」而言。茲舉馬致遠題作「秋思」的〈天淨沙〉曲為例：

　　　　枯藤、老樹、昏鴉。小橋、流水、人家。古道、西風、瘦馬。夕
　　　　陽西下。斷腸人在天涯。

10　以上參見陳滿銘：《章法學綜論》（臺北市：萬卷樓圖書公司，2003 年 6 月初版），
　　頁 107-119。

本曲旨在寫浪天涯之苦。它先就空間，以「枯藤」兩句寫道旁所見，以「古道」句寫道中所見；再就時間，以「夕陽」句指出是黃昏，以增強它的情味力量；然後由景轉情，點明浪跡天涯者「人生如寄」、「漂泊無定」的悲痛[11]，亦即「斷腸」作結。

就在這首曲裡，可說一句一意象（個別），形成了豐富之「意象」群，其中以「枯藤」、「老樹」、「昏鴉」、「古道」、「西風」、「瘦馬」、「夕陽西下」（黃昏）等「物」（景）與「人在天涯」之「事」，針對著「斷腸」之「意」，透過「異質同構」（正：淒涼）之作用，而形成正面「意象」，很技巧地與「小橋」、「流水」、「人家」（反：溫馨）等「物」所形成的反面「意象」，把流浪的孤苦與團圓的溫馨作成強烈對比，以推深作者「人在天涯」的悲痛來。很顯然地，這種意象之互動，是可以還原到作者構思之際加以確定的。

因此，意象之形成、互動，就像《文心雕龍‧神思》所說的，確是「馭文之首術、謀篇之大端」。

如同上述，所謂的「意象」，乃合「意」與「象」而成。它除指狹義的個別意象外，也指廣義之整體意象。廣義者指全篇，屬於整體，可以析分為「意」與「象」；狹義者指個別，屬於局部，往往合「意」與「象」為一來稱呼。而整體是局部的總括、局部是整體的條分，所以兩者關係密切。不過，必須一提的是：意象有廣義與狹義之別。而狹義之「意象」，亦即個別之「意象」，雖往往合「意」與「象」為一來稱呼，卻大都用其偏義，譬如草木或桃花的意象，用的是偏於「意象」之「意」，因為草木或桃花都偏於「象」；如「桃花」的意象之一為愛情，

11　楊棟：「這首小令通過一幅秋野夕照圖的描繪，抒寫了一位浪跡天涯的遊子對『家』的思念，以及由此生發出的漂泊無定的厭倦及悲涼情緒，強烈地表現出人類普遍存在的內在孤獨感與無歸宿感。」見《中國古代文學名篇選讀》（天津市：南開大學出版社，2001 年 3 月一版一刷），頁 62。

而愛情是「意」；而團圓或流浪的意象，則用的是偏於「意象」之「象」，因為團圓或流浪，都偏於「意」；如「流浪」的意象之一為浮雲，而浮雲是「象」。因此前者往往是一「象」多「意」，後者則為一「意」多「象」。而它們無論是偏於「意」或偏於「象」，通常都通稱為「意象」[12]。

而這種「意」與「象」，看來雖是對待的「二元」，卻有形質、主從之分。其中「情」與「理」，是「質」是「主」；而「景」（物）與「事」，為「形」為「從」。這可藉王國維的「一切景語皆情語」[13] 一語加以擴充，那就是：

也就是說，作者用「景」（物）、「事」來寫，是手段，而藉以充分凸顯「情」與「理」，才是目的。因此「景」（物）、「事」之形是以「理」或「情」為質的。

如果進一步以「質」與「構」切入探討，則大體而言，主體之「情」與客體之「理」是「質」（本質）、主體之「事」（人為）與客體之「景」（自然）為「形」（現象），而主、客體交互由「外在世界的力（物理）與內在世界的力（心理）」作用所聯接起來的「形式結構」，則為「構」。

12 見陳滿銘：〈意、象互動論──以「一意多象」與「一象多意」為考察範圍〉，中山大學《文與哲》學報 11 期（2007 年 12 月），頁 253-280。

13 王國維：《人間詞話刪稿》，《詞話叢編》五（臺北市：新文豐出版公司，1988 年 2 月臺一版），頁 4257。

它們的關係可用下圖來表示：

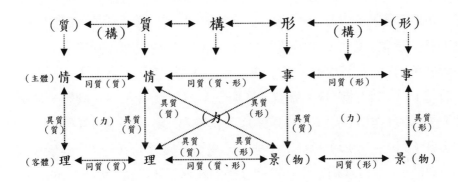

其中主體為「人類」、客體為「自然」，兩者是不同質的，卻可透過「力」
的作用形成「構」，搭起連結的橋樑。而主體與客體，又所謂「誠於中
（質）而形於外（形）」，是各有其「形」、「質」的：就主體的人類來說，
「情」是「質」、「事」（含人事景）是「形」；就客體的自然而言，「理」
是「質」、「景（物）」（含自然事）是「形」[14]。

　　因此完整說來，主與客、主與主、客與客、質與質、質與形、形與
形之間，都可以形成「構」（力），而連結在一起，產生互動之作用。
其中連結「情」（意）與「情」（意）、「情」（意）與「事」（象）、「理」
（意）與「理」（意）、「理」（意）與「景（物）」（象）的，為「**同質
同構**」類型；連結「情」（意）與「理」（意）、「情」（意）與「景（物）」
（象）、「理」（意）與「事」（象）的，為「**異質同構**」類型；連結「景」
（象）與「景（物）」（象）、「事」（象）與「事」（象）的，為「**同形
同構**」類型，這是特別從「同質同構」中分出來的；連結「景」（象）

---

14 陳滿銘：〈以「構」連結「意象」成軌之幾種類型──以格式塔「異質同構」說切入
　作考察〉，《平頂山學院學報》21 卷 6 期（2006 年 12 月），頁 68-72。

與「事」（象）的，為**「異形同構」**類型，這是特別從「異質同構」中分出來的。如此來看待意象形成之類型，是會比較周全的。而這種類型，如果單著眼於「意」與「象」之連結，則可呈現如下：**首先為「意」與「意」類型**：（一）情與情（同質）、（二）情與理（同質）、（三）理與理（同質）；**其次為「意」與「象」類型**：（一）情與事（同質、形與質）、（二）情與景（異質、形與質）、（三）理與景（同質、形與質）、（四）理與事（異質、形與質）；**又其次為「象」與「象」類型**：（一）事與事（同質、同形）、（二）事與景（異質、異形）、（三）景與景（同質、同形）。這樣兩相對照，它們互動的關係是可以清楚看出來的。茲分述如下：

一　「同質同構」類型

「同質同構」，是指藉「構」（力）為橋樑，連結「人」這個主體之「情」（意）與「情」（意）、「情」（意）與「事」（象）、連結「物」那個客體之「理」（意）與「理」（意）、「理」（意）與「景」（象）的一種類型。

首先是「情」（意）與「情」（意）互動所產生的「同構」，如杜甫的〈旅夜書懷〉詩：

> 細草微風岸，危檣獨夜舟。星垂平野闊，月湧大江流。名豈文章著，官應老病休。飄飄何所似？天地一沙鷗。

此詩為泊舟江邊、觸景生情之作。起聯藉孤舟、風岸、細草，寫江邊的寂寥；領聯藉星月、平野、江流，寫天地的高曠；這是寫景的部分，為「實」。頸聯就文章與功業，寫自己事與願違、老病交迫的苦惱；尾聯就旅舟與沙鷗，寫自己到處飄泊的悲哀；這是抒情的部分，為

「虛」。就這樣一實一虛地產生相糅相襯的效果，使得滿紙盈溢著悲愴的情緒[15]。其結構分析表為：

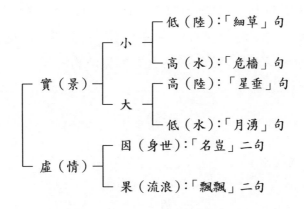

由上表可看出，作者寫這首詩，主要是用虛（情）實（景）、大小、因果、高低等章法來組織其內容材料，以形成其篇章結構的。而其中的「篇」結構，即以「悲愴」為構，以連結「實（景）」與「虛（情）」而形成互動。

其次是「情」（意）與「事」（象）互動所產生的「同構」，如李之儀的〈卜算子〉詞：

> 我在長江頭，君住長江尾。日日思君不見君，共飲長江水。　此水幾時休，此恨何時已。只願君心似我心，定不負相思意。

這闋相思詞，是用「先事後情」的形式寫成的。作者在上片，以起

---

15 傅思均分析，見《唐詩大觀》（香港：商務印書館香港分館，1986 年 1 月香港一版二刷），頁 564。

二句，寫相隔之遠，這是敘事的部分。以後二句，寫相思之久；換頭以
後，則以前兩句，敘恨無已時；以結兩句，敘兩情不負；以上六句是抒
情的部分。就這樣，以「長江」為媒介，以「不見」為根由，純用「虛」
的材料，始終未雜以任何寫景的句子來襯托，卻將「思君」的情感表達
得極其真切深長，無論從其韻味或用語來看，都像極了古樂府。唐圭璋
說它「意新語妙，直類古樂府」[16]，是很有見地的。其

結構分析表為：

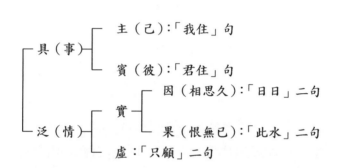

從上表可以看出，這闋詞主要是用泛（情）具（事）、賓主、虛實、因
果等章法來組織其內容材料，以形成其篇章結構的。而其中的「篇」結
構，即以「無休、無已」為構，以連結「具（事）」與「泛（情）」而
形成互動。

　　又其次是「理」（意）與「理」（意）互動所產生的「同構」，如《禮
記‧大學》的「經一章」：

　　大學之道：在明明德，在親民，在止於至善。知止而后有定，定
　　而后能靜，靜而后能安，安而后能慮，慮而后能得。物有本末，

16 唐圭璋：《唐宋詞簡釋》（臺北市：木鐸出版社，1982 年 3 月初版），頁 115。

事有終始，知所先後，則近道矣。

古之欲明明德於天下者，先治其國；欲治其國者，先齊其家；欲齊其家者，先修其身；欲修其身者，先正其心；欲正其心者，先誠其意；欲誠其意者，先致其知；致知在格物。物格而后知至，知至而后意誠，意誠而后心正，心正而后身修，身修而后家齊，家齊而后國治，國治而后天下平。

自天子以至於庶人，壹是皆以修身為本。其本亂，而末治者否矣；其所厚者薄，而其所薄者厚，未之有也。此謂知本，此謂知之至也。

這章文字總論「大學」的目標與方法。論其目標的，為「大學之道」四句，此即朱子所謂之「三綱」（見《大學章句》）。論其方法的，從「知止」句起至段末，在此，先泛泛地就步驟，論「知止」、「知先後」，既一面承上交代「三綱」之實施步驟，也一面啟下提明「八目」的實踐工夫。朱子《大學章句》在「則近道矣」句下注云：「此結上文兩節之意。」又在「國治而后天下平」句下注云：「『修身』以上，明明德之事也；『齊家』以下，新民之事也；物格知止，則知所至矣；『意誠』以下，皆得所止之序也。」[17]可見這節文字在內容上，是既承上又啟下的。接著實際地就「八目」來加以論述。《大學》的作者在這個部分，先以「平提」的方式，依序以「古之欲明明德」十三句，逆推八目，以「物格而后知至」七句，順推八目；然後以「側收」的方式，就「八目」中的「修身」一目，說「修身」為本，並說明所以如此的原因，朱子《大學章句》於「壹是皆以修身為本」句下注云：「『正心』以上，皆所以修身也；『齊家』

---

17 依朱子《大學章句》，下併同，《四書集注》（臺北市：學海出版社，1984 年 9 月初版）。頁 4。

以下，則舉此而錯之耳。」[18] 又於「未之有也」句下注云：「本，謂身也；所厚，謂家也。此兩節（自「天子」句至「未之有也」）結上文兩節（自「古之欲明明德」句至「國治而后天下平」）之意。」[19] 而孔穎達《禮記正義》在「此謂知之至也」句下云：「本，謂身也；既以身為本，若能自知其身，是知本也，是知之至極也。」[20] 由此可知這一節文字，是採「側收」以回繳整體的手法來表達的。這樣，不僅回應了具論條目的部分，也回應了論步驟與目標的二節文字，產生了以簡（側）馭繁（平）的效果。其結構分析表為：

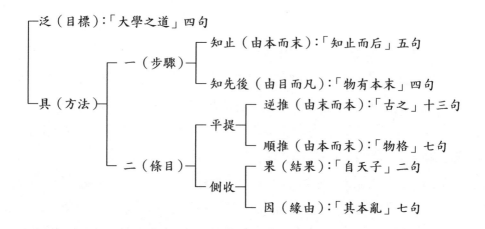

從上表可知，作者在此章文中，主要用了泛具、並列、平側、本末、凡目、因果等章法來組織其內容材料，以形成其篇章結構，很合乎秩序、變化、聯貫、統一的原則[21]。而其中無論「篇」與「章」結構，全以「知先後」為構，以連結各部分「修己」、「治人」之道理而形成互動。

　　然後是「理」（意）與「景」（象）互動所產生的「同構」，如朱熹

18　同前註。

19　同前註。

20　《十三經注疏·禮記》（臺北市：藝文印書館，1965 年 6 月三版），頁 984。

21　陳滿銘：〈談儒家思想體系中的螺旋結構〉，臺灣師大《國文學報》29 期（2000 年 6 月），頁 12-23。

的〈觀書有感〉二首之一：

　　半畝方塘一鑑開，天光雲影共徘徊。問渠那得清如許？為有源頭
　　活水來。

　　此詩先以開端二句，描寫反映著天光雲影的一面方塘，它的形象因
為「能使人心情澄淨，心胸開朗」[22]，所以十分自然地帶出三、四兩句
來。而三、四兩句，則採設問技巧，為「方塘」之所以能「清」得反映
「天光雲影」，找到「源頭活水」這個答案，使得全詩充滿著理趣[23]。其
結構分析表為：

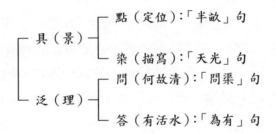

由上表可知，這首詩主要是用泛具、點染、問答等章法來組織其內容材
料，以形成其篇章結構的。而其中的「篇」結構，即以「清如許」為構，
以連結「具（景）」與「泛（理）」而形成互動。

二　「異質同構」類型

　　「異質同構」，是指藉「構」（力）為橋樑，連結「情」與「理」、「情」
（意）與「景」（象）、「理」（意）與「事」（象）的一種類型。

---

22 霍松林語，見《宋詩大觀》（香港：商務印書館香港分館，1988 年 5 月），頁 1119。
23 同前註，頁 1118。

　　首先是「情」與「理」互動所產生的「同構」，如秦觀的〈鵲橋仙〉：

　　纖雲弄巧，飛星傳恨，銀漢迢迢暗度。金風玉露一相逢，便勝卻
　　人間無數。　　　柔情似水，佳期如夢，忍顧鵲橋歸路。兩情若是
　　久長時，又豈在朝朝暮暮。

　　這首詞藉牛郎織女相會的故事，來歌頌歷久不渝的愛情，是用「先
實後虛」的結構寫成的。
　　「實」的部分，自篇首至「金風」句止。其中「纖雲」句，暗用織
女巧手善織雲錦的典實，描繪出空中彩雲變幻的景象，為下面的敘事安
排一個良好環境。「飛星」三句，直寫牛郎織女在七夕，懷著別恨，暗
中渡河相會的本事。而「虛」的部分，則自「便勝卻」句起至篇末。其
中「便勝卻」句，即事（景）說理，歌頌牛郎織女的真情摯意。「柔情」
三句，由「因」而「果」，寫牛郎織女由於兩情綢繆、相聚甜美，所以
依依不捨，不忍踏上歸路，從正面抒情，有著無盡的酸辛。「兩情」二
句，忽又轉情為論，從酸辛中超拔而出，給真情者以莫大的安慰。
　　從表面上看來，此詞似寫牛郎織女，而實際上卻未離自己。其結構
分析表為：

```
            ┌ 景（底）:「纖雲」句
      ┌ 實 ─┤          ┌ 先（暗度）:「飛星」二句
      │     └ 事（圖）─┤
      │                └ 後（相逢）:「金風」句
─────┤
      │     ┌ 論（淺）:「便勝卻」句
      │     │     ┌ 因（緣由）:「柔情」二句
      └ 虛 ─┤ 情 ─┤
            │     └ 果（結果）:「忍顧」句
            └ 論（深）:「兩情」二句
```

顯然地，這首詞主要是用虛實、景事、論情、先後、因果等章法來組織其內容材料，以形成其篇章結構的。而其中「論、情、論」的「章」結構，乃以「久長」為「構」，連結「情」與「理」而形成互動。

　　其次是「情」（意）與「景」（象）互動所產生的「同構」，如李煜的〈望江南〉詞：

　　　　多少恨，昨夜夢魂中。還似舊時遊上苑，車如流水馬如龍。花月正春風。

　　這闋詞首先以起二句，直接將自己夢後的滿腔怨恨傾洩而出；其次以次句，交代他「怨恨之由」[24]；然後以「還似」三句，寫溫馨之夢境，以反襯「怨恨」之情。這樣以「先情後景」的結構來寫，篇幅雖短，卻充分地抒發了他亡國之痛[25]。其結構分析表為：

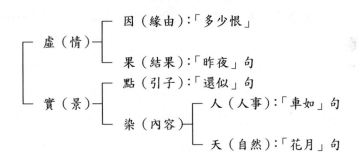

從上表可知，作者在此，主要是用虛（情）實（景）、因果、點染、天

24　王沛霖、傅正谷分析，見唐圭璋主編：《唐宋詞鑑賞集成》（香港：中華書局香港分局，1987 年 7 月初版），頁 119。

25　同前註，頁 120。

人[26] 等章法來組織其內容材料，以形成其篇章結構的。而其中的「篇」結構，即以「怨恨（正）、溫馨（反）」為構，以連結「虛（情）」與「實（景）」而形成互動。

然後是「理」（意）與「事」（象）互動所產生的「同構」，如劉蓉的〈習慣說〉：

> 蓉少時，讀書養晦堂之西偏一室。俛而讀，仰而思；思而弗得，輒起，繞室以旋。室有窪徑尺，浸淫日廣。每履之，足苦躓焉；既久而遂安之。
>
> 一日，父來室中，顧而笑曰：「一室之不治，何以天下國家為？」命童子取土平之。
>
> 後蓉履其地，蹴然以驚，如土忽隆起者；俯視地，坦然則既平矣。已而復然；又久而後安之。
>
> 噫！習之中人甚矣哉！足履平地，不與窪適也；及其久，而窪者若平。至使久而即乎其故，則反窒焉而不寧。故君子之學貴慎始。

此文旨在說明習慣對人影響之大，藉以讓人體會「學貴慎始」的道理。它就結構而言，可大別為「敘」與「論」兩大部分。其中「敘」屬「目」（條分）而「論」屬「凡」（總括）。屬「目」之敘，先以「蓉少時」七句，敘述自己繞室以旋的習慣，作為引子，以領出下面兩軌文字來。

---

26 天，指自然；人指人事；都屬於材料。在寫景時，這種著眼於材料，將「天」與「人」並呈，以形成結構的情形很普遍，因此，把「天人」視為章法，是相當合理的。如馬致遠的套曲〈題西湖〉，便是著例。見陳滿銘：《文章結構分析——以中學國文課文為例》（臺北市：萬卷樓圖書公司，1999 年 5 月初版），頁 295-297。又參見陳滿銘：〈論幾種特殊的章法〉，臺灣師大《國文學報》31 期（2002 年 6 月），頁 187-191。

再以「室有窪徑尺」五句，敘述室有窪而足苦躓，卻久而安的情事，這是第一軌；然後以「一日」十三句，敘述自己因父親取土平而蹴然以驚，卻又久而後安的經過，這是第二軌。而屬「凡」之論，則先以「噫！習之中人也甚矣哉」，為習慣對人之影響而發出感歎；再以「足履平地」四句，呼應屬「目」之第一軌加以論述；接著以「至使久而即乎其故」二句，呼應屬「目」之第二軌加以論述；最後以「故君子之學貴慎始」一句，由習慣轉入為學，將一篇主意點明作結。此文誠如宋廓所說「文章以『思』為經，貫穿始末。因『思』而『繞室以旋』，從『旋』而極其自然地引渡到主題的闡發」[27]，這樣所闡發的主題，便更為明晰，而富於說服力了。其結構分析表為：

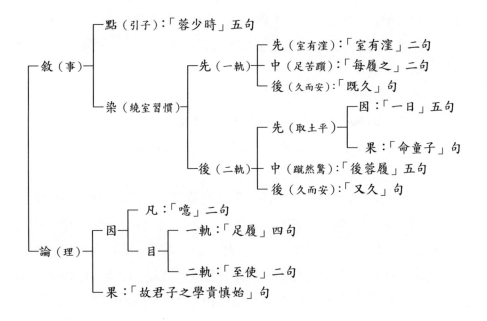

27 宋廓語，見《古文鑑賞辭典》下（上海市：上海辭書出版社，1998 年 4 月一版三刷），頁 2004。

由上表可看出，這篇文章主要是用敘論、點染、因果、凡目、先後（今昔）等章法來組織其內容材料，以形成其結構的。而其中的「篇」結構，即以「慎始（習慣）」為構，以連結「敘（事）」與「論（理）」而形成互動。

三　「同形同構」與「異形同構」類型

「同形同構」，是指藉「構」（力）為橋樑，連結「景」（象）與「景」（象）、「事」（象）與「事」（象）的一種類型。而「異形同構」，則是指藉「構」（力）為橋樑，連結「景」（象）與「事」（象）的一種類型。本來，這兩種類型，乃屬於「同質同構」或「異質同構」的範圍，可分別歸入上兩類型之內，但為了凸顯形與質之「二元」關係，在此特地抽離出來單獨探討，以見「象」（形）以「意」（質）為「構」的特點。

首先是「景」（象）與「景」（象）互動所產生的「同構」，如歐陽脩〈采桑子〉詞：

> 春深雨過西湖好，百卉爭妍，蝶亂蜂喧，晴日催花暖欲然。　蘭橈畫舸悠悠去，疑是神仙。返照波間，水闊風高颺管絃。

這是作者詠西湖十三調中的一首，旨在詠雨過春深的潁州西湖好景，以襯托作者閑適的心情。作者在此，先以起句「春深雨過西湖好」作一總敘，再以「百卉爭妍」三句，藉花卉、蜂蝶、晴日等自然景物，寫西湖堤上的春深好景，然後以「蘭橈畫舸悠悠去」四句，以畫船、返照、水闊、風高與管絃等糅合自然與人事的景物，寫西湖水上的春深好景。敘次由凡而目，將西湖的春深好景，描寫得異常生動。其結構分析表為：

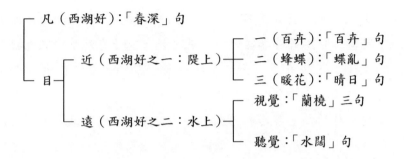

由上表可看出，作者寫潁州西湖「春深」好景，主要用了凡目、遠近、知覺轉換[28]與並列等章法來組織其內容材料，以形成它的篇章結構，敘次井然。而其中的「章」（目）結構，即以「春好」為構，以連結一近一遠之「景」（象）而形成互動。

其次是「事」（象）與「事」（象）互動所產生的「同構」，如《列子》的〈愚公移山〉：

> 太形、王屋二山，方七百里，高萬仞，本在冀州之南、河陽之北。北山愚公者，年且九十，面山而居。懲北山之塞，出入之迂也，聚室而謀曰：「吾與汝畢力平險，指通豫南，達於漢陰，可乎？」雜然相許。
> 其妻獻疑曰：「以君之力，曾不能損魁父之丘，如太形、王屋何？且焉置土石？」雜曰：「投諸渤海之尾、隱土之北。」遂率子孫荷擔者三夫，叩石墾壤，箕畚運於渤海之尾；鄰人京城氏之孀妻有遺男，始齔，跳往助之；寒暑易節，始一反焉。

---

28 仇小屏：《篇章結構類型論》（臺北市：萬卷樓圖書公司，2005 年 7 月再版），頁 149-157。

河曲智叟笑而止之曰：「甚矣，汝之不慧！以殘年遺力，曾不能毀山之一毛，其如土石何？」北山愚公長息曰：「汝心之固，固不可徹，曾不若孀妻弱子。雖我之死，有子存焉；子又生孫，孫又生子；子又有子，子又有孫；子子孫孫，無窮匱也。而山不增，何苦而不平？」河曲智叟亡以應。

操蛇之神聞之，懼其不已也，告之於帝，帝感其誠，命夸娥氏二子負二山，一厝朔東，一厝雍南。自此冀之北、漢之陰，無隴斷焉。

這是藉一則寓言故事，以說明有志竟成、人助天助的道理。作者在此，直接以開端四句，交代這個故事發生的地點與原因，屬此文之「引子」，為「因」；而以結尾二句，才應起交代這個故事的結局，乃本文之「收尾」，為「果」。至於「北山愚公者」句起至「一厝雍南」句止，則正式用具體的情節來呈現這件故事發生的經過；這對開端四句的「因」而言，是「果」的部分。這個部分，作者用「先因後果」的順序加以組合：其中「北山愚公者」句起至「河曲智叟亡以應」句止，敘述愚公決意「移山」，贏得家人、鄰居的贊可與幫助，無視於河曲智叟之嘲笑，努力率眾去「移山」的始末，此為「因」；而「操蛇之神聞之」起至「一厝雍南」句止，敘述愚公的這番努力，終於感動了天帝，而命

大力神去助其完成「移山」的最後結果；此為「果」。其結構分析表為：

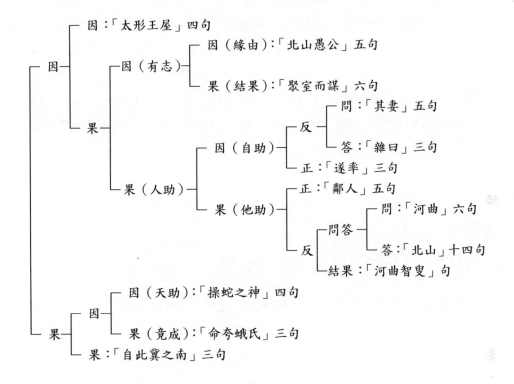

由上表可看出，作者敘述這一神話故事，用了因果、正反、問答等章法來組織其內容材料，以形成篇章結構，如果拿掉了這些章法，是很難形成完整結構的。而其中的篇章結構，即以「有志（人助）、竟成（天助）」為構，以連結各種人為與天工之「事」（象）而形成互動。

　　然後是「景」（象）與「事」（象）互動所產生的「同構」，如王維的〈輞川閒居贈裴秀才迪〉詩：

　　寒山轉蒼翠，秋水日潺湲。倚杖柴門外，臨風聽暮蟬。渡頭餘落
　　日，墟里上孤煙。復值接輿醉，狂歌五柳前。

　　這首詩是王維和裴迪秀才相酬為樂之作，旨在藉自然景物與人物形象的刻畫，以寫作者閒逸之趣。它在首、頸兩聯，特地採「先高後低」、「先視覺後聽覺」之結構，描繪了「輞川」附近的水陸秋景與暮色，勾勒出一幅有色彩、音響和動靜結合的和諧畫面。而在頷、末兩聯，則用「先遠後近」、「先視覺後聽覺」之結構，於一派悠閑的自然圖案中，嵌入了作者自己倚杖聽蟬和裴迪狂歌而至的人事象，兩兩相映成趣，形成物我一體的藝術境界，將「輞川閒居」之樂作了具體的表達[29]。其結構分析表為：

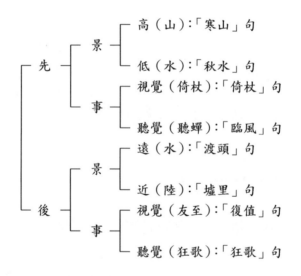

　　由上表可知，此詩主要是用全「具」（景、事）、先後（今昔）、高低、遠近、知覺轉換等章法來組織其內容材料，以形成其篇章結構的。而其中的第一層「章」結構，即以「閑逸」為構，以連結兩疊「景」（象）與「事」（象）而形成互動。

29　趙慶培分析，見《唐詩大觀》，頁 149。

第二節　多一互動

　　如同上述,「意」與「象」有廣義與狹義之別,廣義者指全篇,屬於整體,可以析分為「意」與「象」;狹義者指個別,屬於局部,往往合「意」與「象」為一來稱呼。而整體是局部的總括、局部是整體的條分,所以兩者關係密切。不過,必須一提的是,狹義之「意象」,亦即個別之「意象」,雖往往合「意」與「象」為一來稱呼,卻大都用其偏義,譬如草木或桃花的意象,用的是偏於「意象」之「意」,因為草木或桃花都偏於「象」;如「桃花」的意象之一為愛情,而愛情是「意」;而團圓或流浪的意象,則用的是偏於「意象」之「象」,因為團圓或流浪,都偏於「意」;如「流浪」的意象之一為浮雲,而浮雲是「象」。因此前者往往是一「象」多「意」,後者則為一「意」多「象」。而它們無論是偏於「意」或偏於「象」,通常都通稱為「意象」。本節即著眼於此,以「一意多象」與「一象多意」兩種類型為範圍,依序舉「離別意象」與「梅花意象」為例,針對其辭章表現略作說明,以見一斑。

一　一意多象

　　形成辭章之「意」有多種,諸凡發生在天地宇宙之間的事物都可以引起人的理性與感性之反應,形成「理」或「情」──「意」,如取捨、公私、出入、聚散、得失、送往、迎來、仕隱、成敗、弔古、傷今、閒居、出遊、感時、雪恥、修身、齊家、治國、平天下,甚至孝、悌、敬、信、慈……等就是。作者從中提煉出某種主題(「理」或「情」──「意」)以確立一篇主旨,即可選擇材料(「景」〔物〕、「事」──「象」),進行實際之寫作。因囿於篇幅,在此特別鎖定「離別」意象,分「個別」與「整篇」,舉例說明,以見一斑。

　　首先從個別來看,與離別之「意」可以與之形成「同構」的「象」

者，有很多種，常見者為柳（楊花、柳絮、堤柳）、水（綠水、春水、江水）、草（春草、碧草、芳草、衰草）、花（桃花、梅花、落花）、鳥（黃鸝、子規、鷓鴣、燕、雁）、月（明月、鉤月、簾月）、雲（浮雲、雲霞、片雲）、黃昏（夕陽、日暮、落日）、秋（秋空、秋色、秋風）、酒（沉醉、酒醒、樽前、一杯酒）與離別之地（長亭、謝亭、勞勞亭、灞陵亭、南浦）……等，不一而足。茲概述如下：

以「柳」為例，它主要源於《詩經・采薇》：「昔我往矣，楊柳依依」的詩句與漢代長安灞橋折柳贈別的習俗；而「柳」、「留」又諧音；所以「柳」與「離情」就形成「同構」了[30]。如鄭谷有〈淮上與友人別〉詩云：

　　　　揚子江頭楊柳春，楊花愁煞渡江人。

又如柳永有詠「秋別」的〈雨霖鈴〉詞云：

　　　　今宵酒醒何處？楊柳岸曉風殘月。

以「水」為例，它主要是靠其「綿延不斷」與「不可復返」之視覺印象，而與「離情」形成「同構」的[31]。如李白〈渡荊門送別〉詩云：

　　　　仍憐故鄉水，萬里送行舟。

---

30 閔名琴：〈淺論中國古代詩詞中的柳意象〉，《安陽師範學院學報》2006 年 4 期，頁 70-71。

31 王立：《心靈的圖景──文學意象的主題研究》（上海市：學林出版社，1992 年 2 月一版一刷），頁 199-200。

又如溫庭筠寫「懷人」之情的〈夢江南〉詞云：

　　過盡千帆皆不是，斜暉脈脈水悠悠。

　　以「草」為例，它主要源於《楚辭·招隱士》：「王孫游兮不歸，春草生兮萋萋」的句子，使「草」與「離情」形成「構」而連繫在一起。如白居易〈賦得古原草送別〉詩云：

　　遠芳侵古道，晴翠接荒城。又送王孫去，萋萋滿別情。

又如李煜〈清平樂〉詞云：

　　離恨恰如春草，更行更遠還生。

　　以「花」為例，它主要由於其易衰易落往往會引生人「聚散匆匆」、「好景不常」的感觸，因此形成了「構」而連繫在一起。如李商隱〈落花〉詩云：

　　高閣客竟去，小園花亂飛。

又如李清照〈一剪梅〉詞云：

　　花自飄零水自流，一種相思，兩處閒愁。

　　以「鳥」為例，它主要是藉著「自由」、回歸」之原型意識，而與

「離別之情」、「流浪之感」形成「同構」的[32]。如杜甫〈春望〉詩云：

感時花濺淚，恨別鳥驚心。

又如李白〈菩薩蠻〉詞云：

玉階空佇立，宿鳥歸飛急。何處是歸程，長亭連短亭。

以「月」為例，它主要是以其「柔和溫馨的審美特徵」、「超越空間的感情慰藉」、「圓缺變化的心理期待」與「離情」產生「同構」的[33]。如李白〈靜夜思〉詩云：

舉頭望明月，低頭思故鄉。

又如牛希濟〈生查子〉詞云：

殘月臉邊明，別淚臨清曉。

經由上述，已足以見出「一意多象」之普遍性。

其次從整篇來看，一篇作品往往有著「一意多象」的表現。如杜審言〈和晉陵陸丞早春游望〉詩：

獨有宦遊人，偏驚物候新。雲霞出海曙，海柳渡江春。淑氣催黃

---

[32] 劉向斌、屈紅香：〈古代詩賦飛鳥意象探源〉，《榆林學院學報》14 卷 2 期（2004 年 6 月），頁 77-82。

[33] 莊超穎：〈古代離別詩中月亮意象的社會心理內涵〉，《福州大學學報·哲學社會科學版》，2003 年 2 期，頁 74-77。

　　鳥，晴光轉綠蘋。忽聞歌古調，歸思欲霑巾。

此詩採「先凡（總括）後目（條分）」的形式寫成，「凡」的部分為起聯，首句為引子，用以帶出次句，分「偏驚」（特別地會觸動情思）與「物候新」兩軌來統攝屬「目」的三聯。其中「偏驚」統括尾聯，「物候新」統括頷、頸兩聯。而頷、頸兩聯是用以具寫春來「物候新」的寫景的。作者在此，依次以「雲霞」、「梅柳」、「黃鳥」、「蘋」等寫「物」，以「曙」、「春」、「淑氣」、「晴光」等寫「候」，以「出海」、「渡江」、「催」、「轉綠」等寫「新」，使「物候新」由抽象化為具體，產生更大的觸發力，以加強尾聯「歸思」（即歸恨）這種一篇主旨的感染力量。

　　這首詩能產生強烈的感染力量，深究起來，與所選取的「物」實有極為密切的關係，因為「雲霞」、「梅柳」、「黃鳥」和「蘋」，都和作者所要抒發的「歸恨」（離情）有關，首以「雲霞」來說，由於它們經常是飄浮空中、動止不定的，所以辭章家便在「動止不定」之「同構」下，常用「雲」或「霞」來象徵遊子、行客，以襯寫「離情」。用「雲」的，如杜甫〈夢李白〉詩說：

　　浮雲終日行，遊子久不至。

又如韋應物〈淮上喜會梁州故人〉詩說：

　　浮雲一別後，流水十年間。

用「霞」的，如賀知章〈綠潭〉篇說：

　　綠水殘霞催席散，畫樓明月待人歸。

又如錢起〈送屈突司馬充安西書記〉詩說：

　　海月低雲旆，江霞入錦車。

　　次以「梅柳」來說，其中「柳」，已見上述，十分常見。而「梅」則由於南北朝時范曄與陸凱的故事，也和「離情」結了「同構」之緣。據《荆州記》的記載，陸凱在江南，有一次遇到來自京師的信差，便折下一株梅花託他帶給在長安的范曄，並贈詩說：

　　折梅逢驛使，寄與隴頭人。江南無所有，聊贈一枝春。[34]

從此，「梅」便被辭章家用來寫相思之情，如宋之問〈題大庾嶺北驛〉詩說：

　　明朝望鄉處，應見隴頭梅。

又如韓偓〈亂後春日途經野塘〉詩說：

　　世亂他鄉見落梅，野塘晴暖獨徘徊。

此類例子，真是俯拾皆是。再以「黃鳥」來說，誰都曉得與金昌緒的〈春怨〉詩有關，這首詩是這樣寫的：

---

34 王慧：〈零落成泥碾作塵，只有香如故——宋代詩詞中的梅花意象解讀〉，《開封教育學院學報》26 卷 2 期（2006 年 6 月），頁 12-14。

　　打起黃鶯兒，莫叫枝上啼。啼時驚妾夢，不得到遼西。

有了這首詩作「同構」之媒介，黃鶯（即黃鳥）和牠的啼聲便全蘊含著「離情」了。如高適〈送前衛縣李寀縣尉〉詩說：

　　黃鳥翩翩楊柳垂，春風送客使人悲。

又如白居易〈三月二十八日贈周判官〉詩說：

　　柳絮送人鶯勸酒，去年今日別東都。

所謂的「黃鳥翩翩」、「鶯勸酒」，不是將離情更推深了一層嗎？末以「蘋」來說，它本是水生蕨類植物的一種，夏秋之間有花，色白，故又稱「白蘋」。由於俗以為是萍的一種，即大萍，所以和萍一樣，也常被用以喻指飄泊，形成「同構」，以抒寫「離情」。如劉長卿〈餞別王十一南遊〉詩說：

　　誰見汀洲上，相思愁白蘋。

又張籍〈湘江曲〉說：

　　送人發，送人歸，白蘋茫茫鷗鴣飛。

這裡所謂的「白蘋」，無疑地是特別用以寫「離情」的。

　　由此看來，杜審言在諸多初春景物中所以選「雲、霞」、「梅、柳」、「黃鳥」與「蘋」等，是有意藉著「同構」之作用，用這些「象」

以襯托「意—離情（歸思）」的，這樣「非常縝密」[35] 地用「一意多象」來經營，自然就增強了它的感染力了。

二　一象多意

可取為辭章之「象」，包羅甚廣，凡是存於天地宇宙之間的實物或東西都包含在內。以較大的物類而言，如天（空）、地、人、日、月、星、山（陸）、水（川、江、河）、雲、風、雨、雷、電、煙、嵐、花、草、竹、木（樹）、泉、石、鳥、獸、蟲、魚、室、亭、珠、玉、朝、夕、晝、夜、酒、餚……等就是；以個別的對象而言，如桃、杏、梅、柳、菊、蘭、蓮、茶、麥、梨、棗、鶴、雁、鶯、鷗、鷺、鶒鶒、鷓鴣、杜鵑、蟬、蛙、鱸、蚊、蟻、馬、猿、笛、笙、琴、瑟、琵琶、船、旗、轎……等就是。這些所形成的「象」，藉由「同構」作用，與「意」連結，便可進行實際之寫作。因限於篇幅，在此特別鎖定「梅花」意象，分「個別」與「整篇」，舉例說明，以見其梗概。

首先從個別來看，梅花是中國的傳統名花，由於它與霜雪相伴、苦寒為友，具凌霜傲雪、堅貞不屈之風骨，因此以其「自然特質」而言，便經由「同構」作媒介，而有玉潔冰清、淡泊閑雅、幽獨孤傲、堅毅頑強的意象；又由於南朝宋人陸凱作〈贈范曄〉詩云：「折梅逢驛使，寄與隴頭人；江南無所有，聊贈一枝春」，將友情與梅花產生「同構」連結在一起，從此「梅花」有了「文化積澱」，而與離別之情（友情、鄉情、親情、男女之情）結了不解之緣。茲從中抽出幾種意象，概述如下：

以「堅貞」為例，它主要藉由梅花堅忍、貞潔之「自然特質」而形

---

35 喻守真：《唐詩三百首詳析》（臺北市：臺灣中華書局，1996 年 4 月臺二三版五刷），頁 132

成「同構」的。如王安石〈梅花〉詩云：

　　牆角樹枝梅，凌寒獨自開。遙知不是雪，為有暗香來。

在此「梅」是作者「堅貞」人格之化身。又如陸游題作「詠梅」之〈卜算子〉詞云：

　　驛外斷橋邊，寂寞開無主。已是黃昏獨自愁，更著風和雨。　無意苦爭春，一任群芳妒。零落成泥碾作塵，只有香如故。

這又何嘗不象徵著作者的人格呢？

　　以「清雅」為例，它主要由其「清高閑雅」之「自然特質」而形成「同構」的。如盧梅坡〈雪梅〉詩云：

　　有梅無雪不精神，有雪無梅俗了人。日暮詩成天又雪，與梅并作十分春。

意境十分清雅。又如李清照詠「梅」之〈漁家傲〉詞云：

　　雪裡已知春信至，寒梅點綴瓊枝膩。香臉半開嬌旖旎，當庭際、玉人浴出妝洗。

　　這樣以「梅」比作「清雅」之美人，將作者「清高閑雅」之意趣傾注其中。

　　以「隱逸」為例，它主要由其「幽獨孤傲」、「遺世獨立」之「自然特質」而形成「同構」的。如張道洽〈瓶梅〉詩云：

　　寒水一瓶春數枝，清香不減小溪時。橫斜竹底無人識，莫與微雲
　　淡月知。

很清晰地傳遞出一種「隱逸」精神。又如鄭域詠「梅」之〈昭君怨〉詞
云：

　　冷落竹籬茅舍，富貴玉堂瓊樹。兩地不同栽，一般開。

簡單幾句就道出了梅花「清靜自守、傲視富貴」的性格。
　　以「離思」為例，它主要由陸凱「折梅贈范曄」以表「離情」之典
故，形成「文化積澱」而產生「同構」的[36]。如陸游〈客舍對梅〉詩云：

　　還憐客路龍山下，未折一枝先斷腸。

這表達了思鄉之苦。又如歐陽脩〈踏莎行〉詞云：

　　候館梅殘，溪橋柳細。草薰風暖搖征轡。離愁漸遠漸無窮，迢迢
　　不斷如春水。

依序以「梅」、「柳」、「草」、「水」來寫「離愁」，「離愁」自然綿連不
斷。
　　經由上述，已可看出「一象多意」之梗概。
　　其次從整篇來看，一篇作品雖以「一意多象」為常態，但詠物之
作，卻往往涉及主旨之顯與隱，而形成「一象多意」的現象。如姜夔的

36　〈零落成泥碾作塵，只有香如故──宋代詩詞中的梅花意象解讀〉，頁12-14。

〈暗香〉、〈疏影〉詞：

舊時月色。算幾番照我，梅邊吹笛。喚起玉人，不管清寒與攀摘。何遜而今漸老，都忘卻、春風詞筆。但怪得、竹外疏花，香冷入瑤席。　　江國、正寂寂。歎寄與路遙，夜雪初積。翠尊易泣，紅萼無言耿相憶。長記曾攜手處，千樹壓、西湖寒碧。又片片、吹盡也，幾時見得。（〈暗香〉）

苔枝綴玉。有翠禽小小，枝上同宿。客裡相逢，籬角黃昏，無言自倚修竹。昭君不慣胡沙遠，但暗憶、江南江北。想佩環、月夜歸來，化作此花幽獨。　　猶記深宮舊事，那人正睡裡，飛近蛾綠。莫似春風，不管盈盈，早與安排金屋。還教一片隨波去，又卻怨、玉龍哀曲。等恁時、重覓幽香，已入小窗橫幅。（〈疏影〉）

　　這兩首詞作於光宗紹熙二年（1191），有題序云：「辛亥之冬，余載雪詣石湖。止既月，授簡索句，且徵新聲，作此兩曲。石湖把玩不已。使工妓隸習之，音節諧婉，乃名之曰〈暗香〉、〈疏影〉。」皆用於詠梅花，由其題序看來，這兩首詞「不妨稱之為『連環體』，兩環相連，似合似分，以其合者觀之為一，以其分者觀之為二」[37]。
　　上一闋詞是詠紅梅之作。起首五句，初就梅花之盛，寫當年梅邊吹笛、喚人攀摘的雅事。「何遜」四句，再就梅花之衰，寫如今人老花盡、無笛無詩的境況。「江國」六句，承「何遜」四句，仍就梅花之衰，

37　王雙啟評析，見《唐宋詞鑑賞辭典》下（上海：上海辭書出版社，1999 年 1 月一版十五刷），頁 1754。

反用陸凱贈范曄（折梅逢驛使，寄與隴頭人；江南無所有，聊贈一枝春）的詩意，寫路遙雪深、無從寄梅的悵恨。「長記」兩句，承篇首五句，又就梅花之盛，藉當年攜遊西湖孤山所見梅紅與水碧相映成趣的景致，以抒發無限懷舊之情。結尾兩句，末就梅花之衰，寫梅花落盡、舊歡難再的悲哀，回應「何遜」十句作結。

　　作者這樣以「一盛一衰」、「一昔一今」作成強烈對比，以形成「同構」加以敘寫，將自己滿懷的今昔之感、懷舊之情，表達得極為宛轉回環，有著無盡的韻味。潘善祺以為此詞「雖為憶友，然贈梅、觀梅、落梅，始終貫穿全詞，環繞本題」，並說：「此詞由昔而今，又由今而昔，憶盛嘆衰，樂聚哀散。回環往復，如蛟龍盤舞，曲盡情意，確是大家手筆。」[38] 幾句話就指出了本詞的特色與成就。

　　下一闋詞為詠白梅之作。起首三句，以小小的「翠禽」作陪襯（賓），寫梅花的「幽獨」形貌（主）。「客裡」三句，採擬人的手法，取杜甫〈佳人〉（天寒翠袖薄，日暮倚修竹）詩意，寫梅花的「幽獨」境況。「昭君」四句，依序用王建〈塞上詠梅〉（天山路旁一株梅，年年花發黃雲下；昭君已沒漢使回，前後征人誰繫馬）詩與杜甫〈詠懷古跡（其三）〉（群山萬壑赴荊門，生長明妃尚有村；一去紫臺連朔漠，獨留青塚向黃昏。畫圖省識春風面，環珮空歸月夜魂；千載瑟琶作胡語，分明怨恨曲中論）詩的意思，進一層地從梅花「幽獨」的形神上設想，將梅花擬作昭君，使「幽獨」的梅花含蘊昭君歸魂的無盡怨恨。換頭三句，用南朝壽陽公主的故事，寫「幽獨」梅花的飄落。「莫似春風」七句，寫「幽獨」梅花的歸宿；在這裡，作者先以「莫似」三句，用漢武、阿嬌的故事，寫梅花委於塵土的一種歸宿；再以「還教」二句，用

---

38 潘善祺評析，見陳邦炎主編：《詞林觀止》上（上海市：上海古籍出版社，1994 年 4 月一版一刷），頁 589-590。

「玉龍哀笛」襯托怨情，寫梅花隨波逐流的另一種歸宿；然後以結尾兩句，化實為虛，寫梅花空入「橫幅」的末一種歸宿。

通觀此詞，由梅花的形神寫到它的飄落、歸宿，而一貫之以「幽獨」，形成「同構」，使作者的幽獨懷抱流貫於字裡行間，其鎔鑄之妙，可說無與倫比。唐圭璋說：「『昭君』兩句，用王建〈詠梅〉詩意，抒寄懷二帝之情。」[39] 以為此詞與「二帝蒙塵」有關，是有相當道理的。

由此看來，這兩首詠梅的作品，前一首抒寫的主要是懷舊之情，卻蘊含了身世之感；而後一首則主要抒發了「幽獨」情懷，卻潛藏了隱逸之思、身世之感與家國之悲。所謂「一象多意」，其意象內涵是十分豐富的。

這樣看來，無論是如上所述之「一意多象」，如「離情」（一）之於「柳」、「水」、「月」、「草」、「離別之地」……等（多），或「一象多意」，如「梅花」（一）之於「堅貞」、「清雅」、「隱逸」、「離情」、「身世之感」、「家國之思」……等（多），都可以因「同構」，經由「虛實二元對待（對稱、對立）」、「統一中見多樣」，而融成一體，以產生感染力，獲致美感效果。

第三節　聯貫藝術

一篇辭章是由多樣「二元對待」的意象群所聯貫而成的[40]。而以其中的篇章而言，通常藉個別意象作為局部之「前後呼應」或或「連接成軌」，而達到聯貫的效果。

39　《唐宋詞簡釋》，頁 194。

40　陳滿銘：〈意象「多」、「二」、「一（0）」螺旋結構論──以哲學、文學、美學作對應考察〉，《濟南大學學報・社會科學版》17 卷 3 期（2007 年 5 月），頁 47-53。

一　前呼後應

這是就篇章中前後局部意象（思想情意或材料）形成一呼一應的聯貫而言，常用於各類辭章。詩如王維〈輞川閒居贈裴秀才迪〉：

> 寒山轉蒼翠，秋水日潺湲。倚杖柴門外，臨風聽暮蟬。渡頭餘落日，墟里上孤煙。復值接輿醉，狂歌五柳前。

這首詩此篇就意象之呼應來看，凡分兩組：一是「象」（景物）之呼應：即起聯「寒山轉蒼翠」兩句與頸聯「渡頭餘落日」兩句；二是「象」（事）之呼應：即頷聯「倚杖柴門外」兩句與尾聯「復值接輿醉」兩句。這兩組分別照應，相映成趣，形成物我一體的藝術境界，將「輞川閒居」之樂，亦即「閒逸之情」從篇外帶了出來[41]。茲附簡圖供作參考：

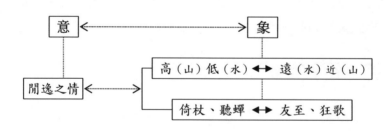

這樣「前呼後應」（◄───►）就使此詩之意象造成了局部聯貫的藝術效果。
又如杜甫〈登樓〉：

---

41 趙慶培分析，見《唐詩大觀》，頁149。

花近高樓傷客心，萬方多難此登臨。錦江春色來天地，玉壘浮雲
變古今。北極朝廷終不改，西山寇盜莫相侵。可憐後主還祠廟，
日暮聊〈梁甫吟〉。

此篇就意象之呼應來看，凡分三組：一是「意」（情）之呼應：即
起聯「傷客心」與尾聯「可憐後主還祠廟」兩句；二是「象」（景物）
之呼應：即起聯的「花近高樓」與頷聯「錦江春色來天地」兩句。三又
是「象」（事）之呼應：即起聯的「萬方多難」與頸聯的「北極朝廷終
不改」兩句。這三組分別照應，藉樓外的春色（象：景物）與多難的時
局（象：事），充分地發出當國無人的慨歎（意），蘊義可說是極其深
婉的。茲附簡圖供作參考：

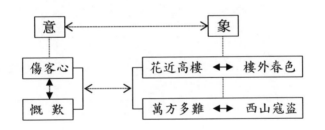

這樣「前呼後應」（◄─►）就使此詩之意象造成了局部聯貫的藝術效果。
詞如馮延巳〈蝶戀花〉：

六曲闌干偎碧樹。楊柳風輕，展盡黃金縷。誰把鈿箏移玉柱，穿
簾燕子驚飛去。　　滿眼游絲兼落絮，紅杏開時，一霎清明雨。
濃睡覺來鶯亂語，驚殘好夢無尋處。

作者首先在上片，寫輕風「驚」柳、鈿箏「驚」燕的景象，將景寓

以一「驚」字，這是「目一」的部分。再在下片的首三句，寫游絲落絮、杏花遭雨的春殘景象，將景寓以一「殘」字，這是「目二」的部分。然後以「濃睡覺來鶯亂語」一句作接榫，引出結句，回抱前意作收；這是「凡」的部分。

　　此詞就呼應來說，與上舉的第一首詩一樣，也分為兩組：一是以上片「六曲闌干偎碧樹」五句，寫輕風「驚」柳、鈿箏「驚」燕的景象，將景寓以一「驚」字，與結句「驚殘好夢」之「驚」呼應。二是以下片「滿眼游絲兼落絮」三句，寫游絲落絮、杏花遭雨的春殘景象，將景寓以一「殘」字，與結句「驚殘好夢」之「殘」呼應。就這樣，使得風吹柳絮、燕飛花落的外景，與「驚殘好夢」的內情，產生相糅相襯的效果，令人讀了也感染到極為強烈的「驚殘」況味。茲附簡圖供作參考：

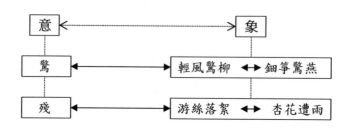

這樣「前呼後應」（◄─►）就使此詞之意象造成了局部聯貫的藝術效果。

　　又如蘇軾〈菩薩蠻・西湖送述古〉：

　　　秋風湖上蕭蕭雨。使君欲去還留住。今日漫留君，明朝愁殺人。
　　　佳人千點淚。灑向長河水。不用斂雙蛾，路人啼更多。

　　這首詞也分兩組意象來先後呼應：一是以開篇「秋風湖上蕭蕭雨」二句之「象：景與事」，與「今日漫留君」之「意」相呼應；二是以下

片「佳人千點淚」四句之「象：景與事」，透過設想，與「明朝愁殺人」之「意」相呼應。就這樣，蘊含「遺愛在杭州」的讚美意思，強化了對陳襄（述古）的無限別情。茲附簡圖供作參考：

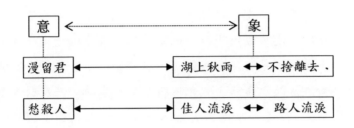

這樣「前呼後應」（←→）就使此詞之意象造成了局部聯貫的藝術效果。

散文如韓愈〈進學解〉：

國子先生，晨入太學，召諸生立館下，誨之曰：「業精於勤荒於嬉，行成於思毀於隨。方今聖賢相逢，治具畢張。拔去兇邪，登崇俊良。占小善者率以錄，名一藝者無不庸。爬羅剔抉，刮垢磨光。蓋有幸而獲選，孰云多而不揚？諸生業患不能精，無患有司之不明；行患不能成，無患有司之不公。」

言未既，有笑於列者曰：「先生欺余哉！弟子事先生，於茲有年矣。先生口不絕吟於六藝之文，手不停披於百家之編；紀事者必提其要，纂言者必鉤其玄；貪多務得，細大不捐，焚膏油以繼晷，恆兀兀以窮年；先生之業，可謂勤矣。

觝排異端，攘斥佛老；補苴罅漏，張皇幽眇；尋墜緒之茫茫，獨旁搜而遠紹；障百川而東之，迴狂瀾於既倒；先生之於儒，可謂有勞矣！

沈浸醲郁，含英咀華；作為文章，其書滿家；上規姚姒，渾渾無
涯；周誥、殷盤，佶屈聱牙；春秋謹嚴，左氏浮誇；易奇而法，
詩正而葩；下逮莊騷，太史所錄，子雲相如，同工異曲；先生之
於文，可謂閎其中而肆其外矣！少始知學，勇於敢為；長通於
方，左右具宜；先生之於為人，可謂成矣！然而公不見信於人，
私不見助於友，跋前躓後，動輒得咎；暫為御史，遂竄南夷；三
年博士，冗不見治。命與仇謀，取敗幾時！冬煖而兒號寒，年豐
而妻啼飢。頭童齒豁，竟死何裨？不知慮此，而反教人為！」
先生曰：「吁！子來前！夫大木為宗，細木為桷；欂櫨侏儒，椳
闑扂楔；各得其宜，施以成室者，匠氏之工也。玉札、丹砂、赤
箭、青芝、牛溲、馬勃、敗鼓之皮；俱收並蓄，待用無遺者，醫
師之良也。登明選公，雜進巧拙，紆餘為妍，卓犖為傑；校短量
長，惟器是適者，宰相之方也。
昔者孟軻好辯，孔道以明，轍環天下，卒老於行。荀卿守正，大
論是弘，逃讒於楚，廢死蘭陵。是二儒者，吐辭為經，舉足為
法，絕類離倫，優入聖域；其遇於世何如也？
今先生學雖勤而不繇其統，言雖多而不要其中，文雖奇而不濟於
用，行雖修而不顯於眾。猶且月費俸錢，歲靡廩粟，子不知耕，
婦不知織，乘馬從徒，安坐而食。踵常途之役役，窺陳編以盜
竊。然而聖主不加誅，宰臣不見斥，茲非其幸歟？動而得謗，名
亦隨之；投閒置散，乃分之宜。若夫商財賄之有亡，計班資之崇
痺、忘己量之所稱，指前人之瑕疵，是所謂詰匠氏之不以杙為
楹，而訾醫師以昌陽引年，欲進其豨苓也。

這篇文章凡分三大段：自篇首至「無患有司之不公」，設為先生誨言，
是第一大段；自「言未既」至「不知慮此而反教人為」，設為弟子難詞，

是第二大段；自「先生曰吁」至篇末，設為先生解答，是第三大段。這三段的文字，意象紛呈，前呼後應，變化無端，茲依段落之先後列舉如次：

在第一大段裡，開端的「業精於勤荒於嬉，行成於思毀於隨」兩句，與段末的「諸生業患不能精，無患有司之不明；行患不能成，無患有司之不公」四句，彼此前後呼應。而段末的四句，既用以勉學者，更為通篇議論張本。

第二大段共分五節，首節述先生廣研經、史、子、集，長年勤苦不休，這是針對首段「業精於勤」四字來說的；所以過商侯說：「以上稱其勤于己業，是一段。」（《古文評註》卷三）次節述先生攘斥佛老，維護道統，這也是針對首段的「業精於勤」來說的；所以過商侯說：「以上稱其有功于儒，徵其業之精，是二段。」（仝上）三節述先生文有所本，閎中肆外，這同樣是照應首段的「業精於勤」來說的；所以過商侯說：「以上稱其有得于文，徵其業之精，是三段。」（仝上）四節述先生志立道通，這是針對首段的「行成於思」來說的；所以過商侯說：「以上稱其為人之成立。上三段論業精，此只論行成，是四段。」（仝上）五節述先生位卑祿薄，這是照應首段「有司之不明」、「有司之不公」來說的；所以過商侯說：「此段駁言先生業精行成如彼，而有司之不明、不公如此，是先生之教全不足信矣。此結是尾」（仝上）[42]。

第三大段共分三節，首節以匠用木、醫用藥為喻，說明宰相用人有巧拙長短之不同，這是應首段「登崇俊良，占小善者率以錄，名一藝者無不庸」三句來說的。次節述孟、荀業精行成，優入聖域，卻不能期其必遇。其中「昔者孟軻好辯」四句，是應次段的「頭童齒豁」句來說的；

---

42 以上所引，均見過商侯：《古文評註》卷三（臺南市：綜合出版社，1969 年 12 月出版），頁 62-66。

而「荀卿守正」四句，是應次段的「竟死何裨」句來說的；至於「吐辭
為經，舉足為法」兩句，是應首段的「業精於勤」、「行成於思」兩句
來說的。三節則先生故作謙詞，表示無怨尤之意作結。其中「今先生學
雖勤而不繇其統」句，用以「解上『口不絕吟』一段」（林雲銘《古文
析義》卷五）；「言雖多而不要其中」句，用以「解上『觝排異端』一段」
（仝上）；「文雖奇而不濟於用」句，用以「解上『沈浸醲郁』一段」（仝
上）；「行雖修而不顯於眾」句，用以「解上『號寒』、『啼飢』句」（仝
上）；「乘馬從徒」四句，用以「解上『三年博士』句」（仝上）；「然
而聖主不加誅」三句，用以「解上『不見信』、『不見助』句」（仝上）；
「動而得謗」兩句，用以「解上『動輒得咎』句」（仝上）；「投閒置散」
兩句，用以「解上『冗不見治』句」（仝上）；「若夫財賄之有無」四句，
用以總應次段第五節「不明」、「不公」之指責；「是所謂詰匠氏之不以
杙為楹」兩句，用以「抱前（三段首節）二喻」（仝上）；可以說句句
都與前文互相呼應，手段之高，是不得不令人讚佩的。

　　林雲銘總評此文說：「首段以進學發端，中段句句是駁，末段句句
是解，前呼後應，最為綿密。」（仝上）[43] 經過上文大略的分析，的確
已足以看出韓愈此文意象變化之多端及其呼應之綿密來了。茲附簡圖供
作參考：

---

43 以上所引，均見林雲銘：《古文析義》卷五（臺北市：廣文書局，1965 年 10 月再
　　版），頁 245-247。

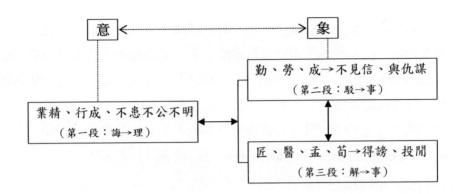

這樣「前呼後應」（◆━━▶）就使此文之意象造成了局部聯貫的藝術效果。

又如文天祥〈跋劉翠微罪言藁〉：

> 崔子作亂於齊，太史以直筆死，其弟嗣書而死者二人，書者又不
> 輟，遂舍之。崔子豈能舍書己者哉？人心是非之天，終不可奪；
> 而亂臣賊子之暴，亦遂以窮。
> 當檜用事時，受密旨以私意行乎國中，簸弄威福之柄，以鉗制人
> 之七情，而杜其口。胡公以封事貶，王公送之詩、陳公送之啟俱
> 貶。檜之窮凶極惡，自謂無誰何者矣。而翠微劉公，猶作罪言以
> 顯刺之，公固自處以有罪，而檜卒無以加於公。噫！彼豈舍公
> 哉？當其垂歿，凡一時不附和議者，猶將甘心焉。公之罪言，直
> 未見爾。由此觀之，賊檜之逆，猶浮於崔；而公得為太史氏之最
> 後者。祖宗教化之深，人心義理之正，檜獨如之何哉？
> 公之孫方大，出遺藁示予，因感而書。

本文凡分三段，其中末段敘作跋因由，我們可以把它放在一邊，不
予理會。而一、二兩段，就意象前後之呼應上來說，則顯然兩兩比並，

虛（理）實（事）映照，條理清晰異常。首先是首段的「崔子作亂於齊」
句，與二段「當檜用事時」五句，彼此呼應。其次是首段的「太史以直
筆死」句，與二段的「胡公以封事貶」句，兩相呼應。再其次是首段的
「其弟嗣書而死者二人」三句，與二段的「王公送之詩」兩句，先後呼
應。又其次是首段的「崔子豈能舍書己者哉」句，與二段的「噫，彼豈
舍公哉」六句，兩兩照應；最後是首段的「人心是非之天」四句，與二
段的「由此觀之」七句，遙相照應。茲附簡圖供作參考：

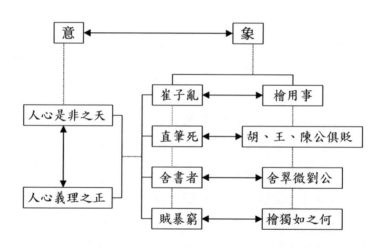

可見這篇跋文，從意象之「前呼後應」（◄─►）這一點看，與上舉韓愈
的〈進學解〉，一樣綿密而巧妙，造成了局部聯貫的效果。

二　連結成軌

　　由於意、象或形、質同構，全離不開「陰陽二元」之互動，而「章
法」又完全建立在「陰陽二元」互動的基礎之上，處理的是篇章中內容

材料（含主旨、綱領）的邏輯關係[44]，也就是聯句成節（句群）、聯節（句群）成段、聯段成篇的一種組織。因此藉由作品之章法結構，以凸顯其意象組織或形、質同構成「軌」之現象，是最為直接而有效的。

（一）單軌類型

　　所謂「單軌」，是指在篇章之內，僅以一個「構」來連結所有「意象」的一種類型。這種類型十分常見，如司馬遷《史記・孔子世家贊》一文：

　　　　太史公曰：《詩》有之：「高山仰止，景行行止。」雖不能至，
　　　　然心鄉往之。余讀孔氏書，想見其為人。適魯，觀仲尼廟堂，車
　　　　服、禮器，諸生以時習禮其家，余低回留之，不能去云。天下君
　　　　王至於賢人眾矣，當時則榮，沒則已焉。孔子布衣，傳十餘世，
　　　　學者宗之。自天子王侯，中國言六藝者，折中於夫子，可謂至聖
　　　　矣！

　　這一篇贊文，採「先點後染」[45]的「篇」結構寫成，「點」指「太

---

44 陳滿銘：〈論章法與邏輯思維〉，《第四屆中國修辭學國際學術研討會論文集》（臺北縣：中國修辭學會、輔仁大學中文系，2002 年 5 月），頁 1-32。又見陳滿銘：〈論章法的哲學基礎〉，臺灣師大《國文學報》32 期（2002 年 12 月），頁 87-126。

45 新發現章法之一。「點染」本用於繪畫，指基本技巧。而移用以專稱辭章作法的，則始於清劉熙載。但由於他的所謂的「點染」，指的，乃是「情」（點）與「景」（染），和「虛實」此一章法大家族中的「情景」法，恰巧相重疊，所以就特地借用此「點染」一詞，來稱呼類似畫法的一種章法：其中「點」，指時、空的一個落足點，僅僅用作敘事、寫景、抒情或說理的引子、橋樑或收尾；而「染」，則指真正用來敘事、寫景、抒情或說理的主體。也就是說，「點」只是一個切入或固定點，而「染」則是各種內容本身。這種章法相當常見，也可以形成「先點後染」、「先染後點」、「點、染、點」、「染、點、染」等結構，而產生秩序、變化、聯貫〔呼應〕之作用。見〈論幾種特殊的章法〉，頁 181-187。

史公曰：」，而「染」則自「《詩》有之」起至篇末，乃用「凡」（綱領）、
「目」、「凡」（主旨）的「章」結構寫成。其中頭一個「凡」（綱領）的
部分，自篇首至「然心鄉往之」止，引《詩》虛虛籠起，以「高山仰止，
景行行止」兩句語典形成「象」，由此領出「鄉往」兩字形成「意」，
作為綱領，以統攝下文。「目」的部分，自「余讀孔氏書」至「折中於
夫子」止，以「由小及大」的方式，含三節來寫：首節寫自以「先因後
果」、「先具後泛」[46] 之結構敍寫，以「讀孔氏書」與「觀仲尼廟堂」
之所見為「象」、所思為「意」，以「想見其為人」與「低回留之，不
能去云」句，偏於個人，表出自己對孔子的「鄉往」之情；次節以「先
因後果」之結構敍寫，特將孔子與「天下君王至於賢人」作一對照，以
「一反一正」形成「象」，以「學者宗之」形成「意」，由「情」轉「理」，
由個人推演到孔門學者，表出他們對孔子的「鄉往」之意（理），並暗
示所以將孔子列為世家的理由；三節也以「先因後果」之結構敍寫，寫
各家以孔子的學說為截長補短的標準形成「象」，以「折中於夫子」形
成「意」，依然由「情」轉「理」，又由孔門學者擴及於全天下讀書人，
表出他們對孔子的「鄉往」之意（理）。後一個「凡」（主旨）的部分，
即末尾「可謂至聖矣」一句，拈出主旨，以回抱前文之意（情、理）作

---

46 泛具為章法之一。是將泛泛的敍寫和具體的敍寫結合在同一篇章中的一種章法。本
　來它的涵蓋面很廣，可涵蓋「情景」、「敍論」、「凡目」、「虛實」等章法，卻由於「情
　景」、「敍論」、「凡目」、「虛實」等章法，十分常見，必須抽離出去，各自獨立，以
　顯現其特色，因此在此僅存「事」與「情」、「景」與「理」之兩種類型。在這種情
　形下，「抽象」和「具象」一方面會分別形成抽象美和具象美，一方面也會因為互相
　適應而達成調和的美感。見陳滿銘：《篇章結構學》（臺北市：萬卷樓圖書公司，
　2005 年 5 月初版），頁 123。

收。附篇章結構表如下：

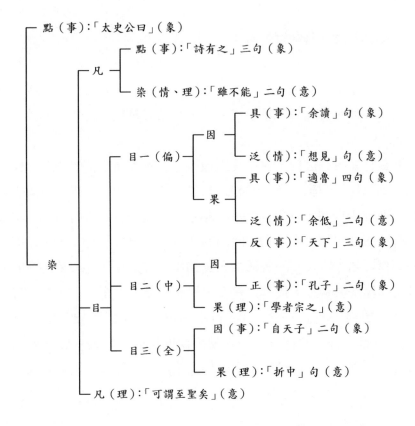

可見此文始終以「單軌」之「鄉（嚮）往」（綱領）為「構」，使全文的「意」與「象」連結在一起，含「事」與「情」（同質同構）、「事」與「理」（異質同構）、「事」與「事」（同形同構）、「情」與「理」（異質同構）等類型。就這樣以單軌的「鄉（嚮）往」（綱領）為「構」，藉各種由章法形成之四層移位與一層轉位結構[47]，將各「個別意象」串

---

47 仇小屏：〈論章法的移位、轉位及其美感〉，《辭章學論文集》上冊（福州市：海潮攝影藝術出版社，2002 年 12 月一版一刷），頁 98-122。

聯成「整體意象」[48]，突出一篇之主旨「至聖」與「虛神宕漾」[49]之風
格來。

又如溫庭筠〈菩薩蠻〉詞：

> 小山重疊金明滅，鬢雲欲度香腮雪。懶起畫蛾眉，弄妝梳洗遲。
> 照花前後鏡，花面交相映。新貼繡羅襦，雙雙金鷓鴣。

此為抒寫閨怨之作，採「先底後圖」[50]的「篇」結構寫成。作者在
起句，即寫旭日明滅、繡屏掩映的景象，為抒寫怨情安排了一個適當的
環境，並從中提明了地點與時間，以引出下面寫人的句子；這是「底」
的部分。而自次句至末，則按時間的先後，主要採「先事後景」的「章」
結構，寫屏內「美人」的各種情態與動作，首先是睡醒，其次是懶起，
再其次是梳洗、弄妝，接著是簪花，最後是試衣；而在「試衣」時，特
著眼於「鷓鴣」之上，帶出其「行不得也哥哥」的鳴聲，以「景」襯
「情」；這是「圖」的部分。作者就這樣聚焦於「美人」此一主角，藉
著她這些尋常的動作或情態，從篇外逼出這位「美人」無限的幽怨來。
唐圭璋評說：「此首寫閨怨，章法極密，層次極清。」[51]是一點也不錯

---

48 陳滿銘：〈辭章意象論〉，臺灣師大《師大學報‧人文與社會類》51 卷 1 期（2005 年
　　4 月），頁 17-39。
49 吳楚材、王文濡：《精校評注古文觀止》卷 5（臺北市：臺灣中華書局，1972 年 11
　　月臺六版），頁 8。
50 新發現章法之一。一般說來，作者在辭章中所用之時、空（包括「色」）材料，有一
　　些是充當「背景」用的，也有某些是用來作為「焦點」的。就像繪畫一樣，用作「背
　　景」的，往往對「焦點」能起烘托的作用，即所謂的「底」；而用作「焦點」的，則
　　對「背景」而言，都會產生聚焦的功能，即所謂的「圖」。這種條理用於辭章章法上，
　　也可造成秩序、變化、聯貫的效果，而形成「先圖後底」、「先底後圖」、「圖、底、
　　圖」、「底、圖、底」等結構。見〈論幾種特殊的章法〉，頁 191-196。
51 《唐宋詞簡釋》，頁 3。

的。附篇章結構表如下：

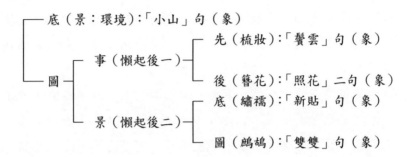

可見此詞主要用「閨怨」為橋樑，來連結各種「景（物）象」與「事象」，
形成「單軌」之「構」，使「事」與「景」（異形同構）、「事」與「事」
（同形同構）、「景」與「景」（同形同構）連結在一起，藉各種章法形
成三層移位結構，將各「個別意象」串聯成「整體意象」，以抒發「怨
情」（主旨），真是「無一言及情而人物的心情自然呈現」，凸顯出「綺
麗婉約」[52] 之風格。由於此詞「意」（主旨）在篇外，因此與篇內之「象」
就一內一外地產生了「異質同構」之作用。

（二）雙軌類型

　　所謂「雙軌」，是指一篇辭章之內，用了兩個「構」來連結所有「意
象」的一種類型。這種類型也相當常見，如列子〈愚公移山〉一文：

　　太形、王屋二山，方七百里，高萬仞，本在冀州之南、河陽之
　　北。北山愚公者，年且九十，面山而居。懲北山之塞，出入之迂
　　也，聚室而謀曰：「吾與汝畢力平險，指通豫南，達於漢陰，可

---

52 許建平講析，見《詞林觀止》上，頁30-31。

乎？」雜然相許。

其妻獻疑曰：「以君之力，曾不能損魁父之丘，如太形、王屋何？且焉置土石？」雜曰：「投諸渤海之尾、隱土之北。」遂率子孫荷擔者三夫，叩石墾壤，箕畚運於渤海之尾；鄰人京城氏之孀妻有遺男，始齔，跳往助之；寒暑易節，始一反焉。

河曲智叟笑而止之曰：「甚矣，汝之不慧！以殘年遺力，曾不能毀山之一毛，其如土石何？」北山愚公長息曰：「汝心之固，固不可徹，曾不若孀妻弱子。雖我之死，有子存焉；子又生孫，孫又生子；子又有子，子又有孫；子子孫孫，無窮匱也。而山不增，何苦而不平？」河曲智叟亡以應。

操蛇之神聞之，懼其不已也，告之於帝，帝感其誠，命夸峨氏二子負二山，一厝朔東，一厝雍南。自此冀之北、漢之陰，無隴斷焉。

　　這是藉一則寓言故事，以說明有志竟成、人助天助的道理，全用「因果」章法[53]寫成。作者在此，直接以開端四句，交代這個故事發生的地點與原因，屬此文之「引子」，為「因」；而以結尾二句，才應起交代這個故事的結局，乃本文之「收尾」，為「果」。至於「北山愚公者」句起至「一厝雍南」句止，則正式用具體的情節來呈現這件故事發生的經過；這對開端四句的「因」而言，是「果」的部分。這個部分，作者

---

[53] 由於「因果」章法，恰如陳波在其《邏輯學是什麼》一書中所言「因果聯繫是世界萬物之間普遍聯繫的一個方面，也許是其中最重要的方面。一個（或一些）現象的產生會引起或影響到另一個（或一些）現象的產生。前者是後者的原因，後者就是前者的結果。科學的一個重要任務就是要把握事物之間的因果聯繫，以便掌握事物發生、發展的規律」（北京市：北京大學出版社，2002 年 1 月 1 版 1 刷，頁 167），因此往往具有顯性性格，而成為其他章法的共同歸趨，此文正可證明這一點。參見陳滿銘：《章法結構原理與教學》（臺北市：萬卷樓圖書公司，2007 年 4 月初版），頁 128-136。

用「先因後果」的順序加以組合：其中「北山愚公者」句起至「河曲智叟亡以應」句止，敘述愚公決意「移山」，贏得家人、鄰居的贊可與幫助，無視於河曲智叟之嘲笑，努力率眾去「移山」的始末，此為「因」；而「操蛇之神聞之」起至「一厝雍南」句止，敘述愚公的這番努力，終於感動了天帝，而命大力神去助其完成「移山」的最後結果；此為「果」。附其篇章結構表如下：

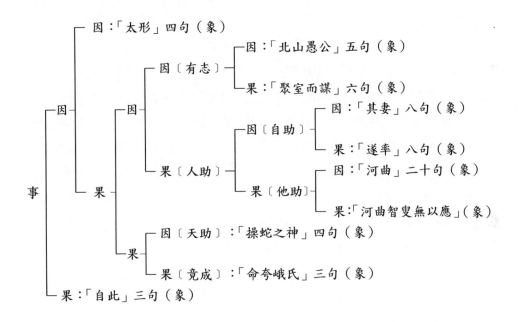

此文為一寓言，全用以敘事（象），從篇外表出「有志（因）竟成（果）」的一篇主旨（意）。因全用以敘事（象），所以全文僅以「事」與「事」（同形同構），靠因與果的關係，形成六層移位結構，將所有「意象」連結在一起；而此「因」（有志、人助）與「果」（竟成、天助）便形成「雙軌」之「構」。如果沒有這「雙軌」之「構」，以「因」（有志、人助）或「果」（竟成、天助）各成一軌，彼此呼應串聯，那麼各個「意

象」是無法統合為一體的；而「文章跌宕的氣勢」也無由「增強」[54] 了。
由於此文「意」（主旨）也在篇外，因此與篇內之「象」就一內一外地
產生了「異質同構」之作用。

又如杜審言〈和晉陵陸丞早春游望〉詩說：

> 獨有宦遊人，偏驚物候新。雲霞出海曙，梅柳渡江春。淑氣催黃
> 鳥，晴光轉綠蘋。忽聞歌古調，歸思欲霑巾。

此詩採「先凡（總括）後目（條分）」的結構寫成，「凡」的部分為起聯，
首句為引子，也是「因」；用以帶出次句，為「果」，以「偏驚」（特別
地會觸動情思）與「物候新」兩軌來統攝屬以下三聯「目」的部分。其
中「偏驚」統括尾聯，「物候新」統括頷、頸兩聯。而頷、頸兩聯是用
以具寫春來「物候新」之景致的。作者在此，依次以「雲霞」、「梅柳」、
「黃鳥」、「蘋」等寫「物」，以「曙」、「春」、「淑氣」、「晴光」等寫
「候」，以「出海」、「渡江」、「催」、「轉綠」等寫「新」，使「物候新」
由抽象化為具體，產生更大的觸發力，以加強尾聯「歸思」（即歸恨）
這種一篇主旨的感染力量。附結構分析表如下：

---

54 周溶泉、徐應佩鑑賞，見吳功正主編：《古文鑑賞辭典》（南京市：江蘇文藝出版社，
1987 年 11 月一版一刷），頁 136。

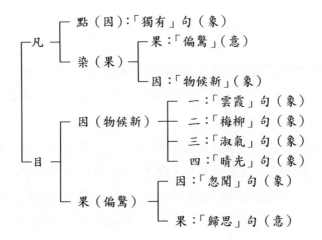

可見此詩，主要在用了「先凡後目」（「篇」）、「先點後染」、「先因後果」二疊、「先果後因」與「並列」（以上為「章」）的移位結構，以組合篇章，統一全詩的意象，凸顯其整體之邏輯層次。如從「意象形質同構成軌」這一角度來看，則顯然它是以「物候新」之「構」為一軌、「偏驚」之「構」為另一軌，而統合成篇的。喻守真以為「全篇關鍵在『偏驚物候新』」[55]，很有見地。

（三）多軌類型

　　所謂「多軌」，是指一篇辭章之內，用了兩個以上的「構」來連結所有「意象」的一種類型。這種類型常見於散文，而詩詞則比較少見，如杜甫〈登樓〉詩：

　　　花近高樓傷客心，萬方多難此登臨。錦江春色來天地，玉壘浮雲
　　　變古今。北極朝廷終不改，西山寇盜莫相侵。可憐後主還祠廟，

55　《唐詩三百首詳析》，頁 132。

日暮聊為〈梁甫吟〉。

　　這是傷時念亂的作品，作者一開始便把一因一果的兩句話倒轉過來，敘出主旨；再依次以三、四兩句寫「登臨」所見，以五、六兩句寫「萬方多難」，最後藉尾聯，承「傷客心」，寫「登臨」所感，發出當國無人的慨歎，蘊義可說是極其深婉的。這一作品，很顯然地在篇首即點明主旨（綱領），這是「凡」（總括）得部分；然後依此具體分述「登臨」、「萬方多難」與「傷客心」之所見、所感，這則是「目（條分）」的部分；所謂「綱舉目張」，條理都清晰異常。附其篇章結構表如下：

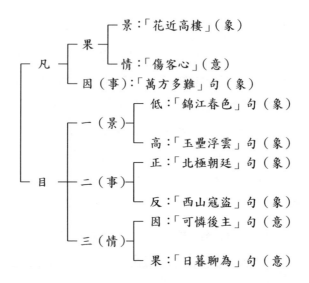

可見此詩以「登臨」所見之「景」、所以「登臨」之「事」（萬方多難）與「登臨」所生之「情」（傷客心）將「構」形成「三軌」，用「景」與「情」（異質同構）、「事」與「情」（同質同構）、「事」與「景」（異形同構）等類型，形成三層移位結構，使全文的「意」與「象」連結在

一起。就這樣將一篇主旨，亦即「傷今無人（輔政）」[56] 之「客心」，以「寄慨」之方式表出，寫得真是「氣象雄渾，籠蓋宇宙」[57]。

又如袁宏道〈晚遊六橋待月記〉一文：

> 西湖最盛，為春為月。一日之盛，為朝煙，為夕嵐。
>
> 今歲春雪甚盛，梅花為寒所勒，與杏桃相次開發，尤為奇觀。石簣數為余言：「傅金吾園中梅，張功甫玉照堂故物也，急往觀之。」余時為桃花所戀，竟不忍去湖上。
>
> 由斷橋至蘇隄一帶，綠煙紅霧，瀰漫二十餘里。歌吹為風，粉汗為雨，羅紈之盛，多於隄畔之草，艷冶極矣。
>
> 然杭人遊湖，止午、未、申三時。其實湖光染翠之工，山嵐設色之妙，皆在朝日始出，夕春未下，始極其濃媚。月景尤不可言，花態柳情，山容水意，別是一種趣味。此樂留與山僧遊客受用，安可為俗士道哉！

此文旨在藉西湖六橋風光之盛來寫待月之樂。作者首先在起段，即以開門見山與泛寫的方式提明西湖六橋最盛的，是春景、是月景（久），而一日最盛的，是朝煙、夕嵐（暫），這是「凡」（總括）的部分；接著以二、三兩段，主要透過梅、桃、杏之「相次開發」與「歌吹」、「羅紈」之盛來具寫春景之「盛」，而「景」中又帶「事」，以增強感染力，這是「目（條分）一」的部分；然後以末段「然杭人遊湖」等七句，取湖光、山色作陪襯，來具寫朝煙、夕嵐之「盛」，也依然採

---

56 高步瀛注結二句：「意謂後主猶能祠廟三十餘年，賴武侯為之輔耳。傷今之無人也。故聊為〈梁父吟〉以寄慨。」見《唐宋詩舉要》（臺北市：學海出版社，1973 年 2 月初版），頁 572。

57 見高步瀛引沈（德潛）語，見《唐宋詩舉要》，頁 571。

「景中帶事」的技巧來寫，這是「目（條分）二」的部分；末了以「月景尤不可言」等六句，主要拿花柳、山水作點綴，來虛寫月景之「盛」，以帶出「樂」，這是「目（條分）三」的部分。這樣以「春」為一軌、「月」為二軌、「朝煙」和「夕嵐」為三軌，作為一篇綱領而形成「構」（盛），採「先凡後目」的「篇」結構來寫，層次極為分明，而全文也由此通貫而為一。附其篇章結構分析表如下：

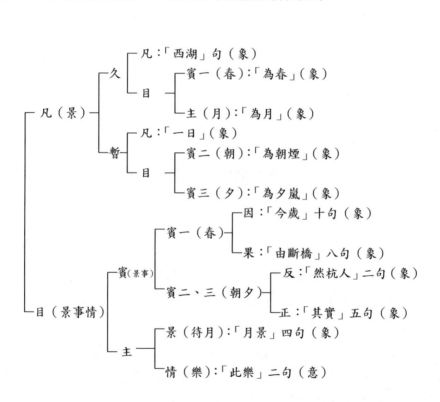

可見此文共用「先凡後目」（三疊）、「先久後暫」（一疊）、「先賓後主」（二疊）、「先景後情」（一疊）、「先因後果」（一疊）、「先反後正」（一疊）與兩疊並列（賓二、三，賓一、二、三）結構形成層層節奏而串聯為一篇之韻律。其中除了「先反後正」呈對比性外，都屬於調和性之移

位結構，這對其風格、韻律之趨於「清麗峻快」[58]，是有所關聯的。而作者如此用「景」與「景」（同形同構）、「景」與「事」（異形同構）、「景」與「情」（異質同構）的結構類型，以「春」、「月」、「朝煙」和「夕嵐」將「構」（春盛、月盛、朝煙與夕嵐盛）形成三軌，借「賓」形「主」，先後呼應，充分地突出了「待月之樂」的一篇主旨。而這種「『待』心理，待到『千呼萬喚始出來』，卻又匆匆一面，飄然而去，使人有『著眼未分明』之感，因而顯得餘韻悠然，情味無窮」[59]。

可見連結「篇章意象」形質之「構」，可以有「一軌」、「雙軌」以至於「多軌」之不同，它們不是由一至多個的「綱領」組合，就是由一篇之「主旨」（亦為綱領）形成，以直接反映作者之生命情調，獲致良好之藝術效果。

58　王英志解析，見《古文鑑賞辭典》下冊，頁 1705。
59　戰豐鑑賞，見《古文鑑賞辭典》，頁 1294-1295。

第三章
篇章意象之組合與邏輯

　　「篇章意象」之組合必須合乎邏輯。而此篇章邏輯，指的是篇章內容材料的組織條理，即綴句成節（句群）、連節成段、組段成篇的一種結構，通常稱之為「章法」，乃「客觀的存在」，是「與文章同時出現的」[1]。由於它們是建立在「陰陽二元對待」基礎之上的[2]，因此，凡是篇章邏輯，亦即每一章法，都可以先依其秩序律，形成「順」與「逆」的兩種「移位」結構；依變化律，形成「轉位」結構；再依聯貫與統一兩律，透過「移位」、「轉位」的作用，將結構由「章」擴及於「篇」，而形成「多、二、一（0）」的篇章邏輯結構[3]。

　　即以這種呈現「篇章邏輯」之章法而言，而到目前為止，所能掌握的約有四十種，那就是：今昔、久暫、遠近、內外、左右、高低、大小、視角轉換、知覺轉換、時空交錯、狀態變化、本末、淺深、因果、眾寡、並列、情景、論敘、泛具、虛實（時間、空間、假設與事實、虛構與真實）、凡目、詳略、賓主、正反、立破、抑揚、問答、平側（平提側注）、縱收、張弛、插補[4]、偏全、點染、天（自然）人（人事）、

1　王希杰：〈章法學門外閑談〉，《平頂山師專學報》18 卷 3 期（2003 年 6 月），頁 53-57。

2　陳滿銘：〈論章法的哲學基礎〉，臺灣師大《國文學報》32 期（2002 年 12 月），頁 87-126。

3　陳滿銘：《章法學綜論》（臺北市：萬卷樓圖書公司，2003 年 6 月初版），頁 33-58、228-270。

4　以上章法，見仇小屏：《篇章結構類型論》上、下（臺北市：萬卷樓圖書公司，2000 年 2 月初版），頁 1-620。又見陳滿銘：〈談辭章章法的主要內容〉，《章法學新裁》（臺

圖底、敲擊[5] 等。而它們皆可依其秩序律，形成「順」與「逆」的兩種
「移位」結構；依變化律，形成「轉位」結構；依聯貫與統一兩律，透
過「移位」、「轉位」的作用，將結構由「章」擴及於「篇」，而形成完
整之篇章邏輯結構[6]。

第一節　組合與章法

　　對於詩歌意象結構的組合方式，盛子潮、朱水湧《詩歌形態美學》
（1987）、陳振濂《空間詩學導論》（1989）、李元洛《詩美學》（1990）、
陳植鍔《詩歌意象論》（1990）、陳慶輝《中國詩學》（1994）等，已進
行過一些有益的探討，而趙山林《詩詞曲藝術論》（1998）則總結為承
續、層遞、逆推、並置、對比、反諷、輻輳、輻射、交錯、與疊映等十
式、作了進一步之展開和深入討論，受到學界之重視。而這些意象之組
合方式，雖呈現其多樣面貌，卻正如王長俊等《詩歌意象學》所言「那
些起連接作用的紐帶隱蔽著，並不顯露出來」[7]，因而以「論意象之組
合方式——以趙山林《詩詞曲藝術論》所論為考察範圍」為題[8]，曾試
著由直接與「意象之組合」相關的「章法結構」[9] 切入作一系列探討，

北市：萬卷樓圖書公司，2001 年 1 月初版），頁 319-360。
5　以上五種章法，見陳滿銘：〈論幾種特殊的章法〉，臺灣師大《國文學報》31 期（2002
　　年 6 月），頁 175-204。
6　章法類型約四十種，由秩序、變化、聯貫與統一等四大規律加以統合。見陳滿銘：
　　〈章法四律與邏輯思維〉，臺灣師大《國文學報》34 期（2003 年 12 月），頁 87-118。
7　王長俊等：「中國古典詩歌的意象雖然可以直接拼接，意象之間似乎沒有關聯，其實
　　在深層上卻互相勾連著，只是那些起連接作用的紐帶隱蔽著，並不顯露出來，這就
　　是前人所謂的『斷峰雲連』、『辭斷意屬』。」見《詩歌意象學》（合肥市：安徽文藝
　　出版社，2000 年 8 月一版一刷），頁 215。
8　陳滿銘：〈論意象之組合方式——以趙山林《詩詞曲藝術論》所論為考察範圍〉，《東
　　吳中文學報》14 期（2007 年 11 月），頁 89-128。
9　陳滿銘：〈論章法結構與意象系統——以「多」、「二」、「一（0）」螺旋結構切入作
　　考察〉，《江南大學學報·人文社會科學版》4 卷 4 期（2005 年 8 月），頁 70-77。

以挖掘「其深層的因素和邏輯」[10]。而本節則在此基礎上，特就「籠統與具體」、「部分與完整」、「互補與融合」等三方面，探討意象組合與章法結構「二而一、一而二」之關係，以見「篇章意象」與邏輯之究竟。

一　籠統與具體

在此，特舉趙山林《詩詞曲藝術論》所論「承續」、「並置」與「交錯」各一例作考察：

首先看「承續」，趙山林指出：「十八世紀德國美學家萊辛在《拉奧孔》一書中，對詩與畫的差別作了論述，其要點是：就媒介而言，畫用顏色與線條展開一個具有一定廣延的空間，而詩則用語言造成時間上前後連貫的延續的直線；就題材而言，畫的媒介長於表現空間中並列的物體，詩的媒介長於敘述時間上的先後承續的動作；就藝術的接受而言，畫是通過視覺來感受的，畫面上的形象可以同時被攝入眼簾，而詩主要是通過聽覺來感受，欣賞者是從先後承續的聲音中，亦即從事物的動作中得到滿足。萊辛此處著重論述詩畫的差別，對於詩畫的聯繫未作深入闡述，因而是不夠全面的，特別是當我們對中國古典詩歌時，尤其有這種感覺；但從總體上看，畫是空間藝術，詩是時間藝術，與畫相比，詩總是具備過程性，更注意縱向的時間延伸性，更適宜表現精神的運動、情感的流程，卻是沒有疑問的。由此表現在意象結構的組合上，承續式成為一種最常見的組合方式，便是可以理解的了。」[11]他舉章質

---

10 陳慶輝：「應該說意象的組合方式是多種多樣的，上述所舉只怕是掛一漏萬；而且複合意象的構成，作為一種審美創造，是一個複雜的心理過程，用所謂並列、對比、敘述、述議等結構形式加以說明，似乎是粗糙的、膚淺的，其深層的因素和邏輯還有待我們去挖掘和探索。」見《中國詩學》（臺北市：文史哲出版社，1994 年 12 月初版），頁 74。

11 趙山林：《詩詞曲藝術論》（杭州市：浙江教育出版社，1998 年 6 月一版一刷），頁 123。本節以趙說為討論重心，為免繁瑣，後文凡在此範圍引用其說者，一律只於引

夫詠「楊花」之〈水龍吟〉詞為例作說明：

　　燕忙鶯懶芳殘，正堤上、柳花飄墜。輕飛亂舞，點畫青林，全無
　　才思。閑趁游絲，靜臨深院，日長門閉。傍珠簾散漫，垂垂欲
　　下，依前被、風扶起。　　　蘭帳玉人睡覺，怪春衣、雪霑瓊綴。
　　繡床旋滿，香球無數，才圓卻碎。時見蜂兒，仰粘輕粉，魚吞池
　　水。望章臺路杳，金鞍遊蕩，有盈盈淚。

趙山林解釋說：「此詞摹寫楊花隨風飄舞情態，十分生動。把楊花想像
為一群天真無邪、調皮嬉鬧的孩子，也很傳神。從結構安排上說，由長
堤而青林，而深院，而空閨，而蘭帳，而繡床，而轉入園中，其間承續
遞進的脈絡十分清晰。下片帶入了思婦的意象，但相比之下，仍以楊花
意象為主，所以全詞仍屬於一種平面的承續式的意象組合方式。」（頁
136）
　　如著眼於其層次邏輯，則此詞可用如下結構表來呈現：

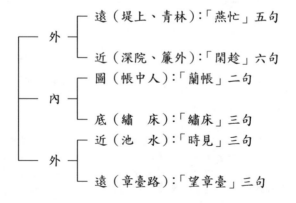

外 ┬ 遠（堤上、青林）：「燕忙」五句
　 └ 近（深院、簾外）：「閑趁」六句
內 ┬ 圖（帳中人）：「蘭帳」二句
　 └ 底（繡　床）：「繡床」三句
外 ┬ 近（池　水）：「時見」三句
　 └ 遠（章臺路）：「望章臺」三句

文後標註頁碼，不再一一附注。

由此看來，此詞主要在次層用了「先遠後近」、「先圖後底」、「先近後遠」各一疊的移位結構形成「章」，在上層用了一疊「外、內、外」的轉位結構，以統「章」成「篇」，統一全詞的意象，凸顯其「平面承續」之邏輯層次。附分層簡圖如下：

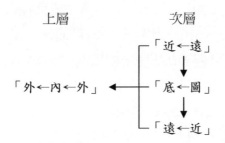

如對應於「多、二、一（0）」來看，則由「遠近」二疊與「圖底」一疊所形成之移位性調和結構與節奏（韻律），可視為「多」，由「內外」自為陰陽，徹下徹上所形成之轉位性調和結構與節奏、韻律，可視為「二」，而由此呈現的「閨怨」之主旨與「舒捲盡致」的風格、韻律，則可視為「一（0）」。

　　這樣，由「章」（兩疊遠近、圖底）而成「篇」（內外）的兩層邏輯結構來連結、統合各個意象，顯然比較能在「承續」之外具體而完整地藉「外→內→外」為基礎之「邏輯結構」來「具體」地呈現作品內蘊，以見出「其深層的因素和邏輯」。

　　其次看「並置」，趙山林認為：「無論承續式、層遞式、逆推式意象組合中的哪一種，其意象之間存在的都是縱的方向上的承續關係。而當意象之間主要表現為平行的並置的關係的時候，便產生了並置式意象組合。明人謝榛《四溟詩話》曾按寫法將詩分為兩種，一種是『一篇一意』、『摘一句不成詩』，如前舉金昌緒〈春怨〉；另一種是『一句一

意』、『摘一句亦成詩』。」他舉馬致遠〈天淨沙·秋思〉中之前三句為例作說明：

　　枯藤老樹昏鴉，小橋流水人家，古道西風瘦馬。

他說：「馬致遠〈天淨沙·秋思〉在並置三組九種意象以後，接以『夕陽西下，斷腸人在天涯』，便給全詩的畫面抹上了一層統一的感情色調，完成了這幅天涯遊子秋思圖。如果沒有這後兩句，沒有這種統一的感情基調和情緒色彩，那麼這首小令是無論如何不會成為千古傳誦的『秋思之祖』的。」（頁 126-128）

　　此例補上結尾二句「夕陽西下，斷腸人在天涯」，即為完整之一篇。而本曲旨在寫流浪天涯之苦，是採「先底後圖」的結構寫成的。在「底」的部分，主要用以寫景，它先就空間，以「枯藤」兩句寫道旁所見，以「古道」句寫道中所見；再就時間，以「夕陽」句指出是黃昏，以增強它的情味力量；在「圖」的部分，則由景轉情，點明浪跡天涯者「人生如寄」、「漂泊無定」的悲痛，亦即「斷腸」作結。

　　就在這首曲裡，可說一句一意象（狹義），形成了豐富之「意象」群，其中以「枯藤」、「老樹」、「昏鴉」、「古道」、「西風」、「瘦馬」、「夕陽西下」（黃昏）等「物」與「人在天涯」之「事」，針對著「斷腸」之「意」，透過「異質同構」[12] 之作用，而形成正面「意象」，很技巧地與「小橋」、「流水」、「人家」等「物」所形成的反面「意象」，把流浪的孤苦與團圓的溫馨作成強烈對比，以推深作者「人在天涯」的悲

---

12 陳滿銘：〈論意與象之連結——以格式塔「異質同構」說切入〉，《畢節學院學報》總 84 期（2006 年 2 月），頁 1-5。又，陳滿銘：〈論辭章意象之形成——據格式塔「異質同構」說加以推行〉，中山大學《文與哲》8 期（2006 年 6 月），頁 475-492。

痛。這種內容組織，可用如下結構表加以呈現：

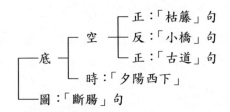

由此看來，此曲主要用了「正、反、正」、「先空後時」（章）與「先底後圖」（篇）各一疊的移位結構，以組合篇章，統一全曲的意象，凸顯其整體之邏輯層次。附分層簡圖如下：

上層　　　　　　次層　　　　　　底層
「圖←底」　◀──　「時←空」　◀──　「正←反←正」

如對應於「多、二、一（0）」來看，則由底層「正反」一疊所形成之轉位性對比結構與節奏與次層「時空」一疊所形成之移位性調和結構與節奏，可視為「多」，由上層「圖底」自為陰陽，徹下徹上所形成之移位性結構與節奏（韻律），可視為「二」，而由此呈現的「流浪之苦」之主旨與「自然精煉」[13]的風格、韻律，則可視為「一（0）」。

　　這樣，趙山林所舉之三句形成「章」，而由「章」（正→反→正）的一層邏輯結構來連結、統合各個意象，顯然在「並置」之外，可「具體」地尋繹出作品之內蘊，以見出「其深層的因素和邏輯」。

　　然後看「交錯」，趙山林說：「還有一種意象組合，不像對比式那

---

13 隋樹森評析，見賀新輝主編：《元曲鑑賞辭典》（北京市：中國婦女出版社，1988 年 5 月一版一刷），頁 218-219。

樣自首至尾採取同一的對稱形式，只是兩組意象交錯言之，紐結成型，我們稱之為交錯式意象組合。」（頁 131）他舉杜甫〈賓至〉為例作說明：

　　幽棲地僻經過少，老病人扶再拜難。豈有文章驚海內？漫勞車馬駐江干。竟日淹留佳客坐，百年粗糲腐儒餐。不嫌野外無供給，乘興還來看藥欄。

對此，趙山林解釋說：「全詩意象分屬一主一賓，其分配為：賓─主，主─賓，賓─主，主─賓。首聯迎賓，儀容莊重。頷聯謝賓，態度謙謹。頸聯留賓，熱情而真率。尾聯邀賓，懇切而殷勤。全詩能夠取得這樣的藝術效果，得力於意象結構不少。正如朱瀚所評：『對仗成篇，而錯綜照應，極結構之法。』（《杜詩評注》卷九引）」（頁 132）

　　　這種分析十分簡明。如果梳理其邏輯層次，則可用如下結構表來呈現：

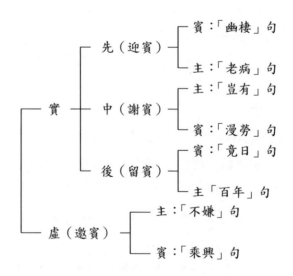

由此看來，此詩主要在底層用了二疊「先賓後主」與一疊「先主後賓」
的移位結構、次層用了「先、中、後」與「先主後賓」各一疊的移位結
構，以組合成「章」；而在上層則用一疊「先實後虛」的移位結構，以
統「章」成「篇」，統一全詩的意象，凸顯其連續「交錯」之邏輯層次。
附分層簡圖如下：

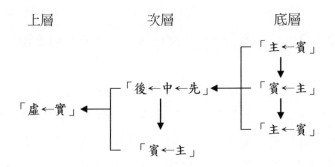

如對應於「多、二、一（0）」來看，則由「賓主」四疊與「先後」一
疊所形成之移位性調和結構與節奏（韻律），可視為「多」，由「虛實」
自為陰陽，徹下徹上所形成之移位性調和結構與節奏、韻律[14]，可視為
「二」，而由此呈現的「藉款客而表現熱情與直率」之主旨與「錯綜綿密」
的風格、韻律，則可視為「一（0）」。

　　這樣，由「章」（三疊賓主→先後、賓主）而成「篇」（虛實）的
三層邏輯結構來連結、統合各個意象，顯然比較容易在「交錯」之外
「具體」地呈現作品內蘊，以見出「其深層的因素和邏輯」。

　　可見用層層「章法結構」代替「承續」、「並置」、「交錯」……等
來呈現「意象之組合」，是比較有「具體」之效果的。

---

14 陳滿銘：〈論章法「多、二、一（0）」結構的節奏與韻律〉，臺灣師大《國文學報》
　　33 期（2003 年 6 月），頁 81-124。

二　部分與完整

在此，特舉「逆推」、「對比」與「疊映」各一例作考察：

首先看「逆推式意象組合」，趙山林認為它「與承續式意象組合均為直線型，不同處在於一者為順行，一者為逆行。現在我們就來討論逆行的逆推式意象組合。」他舉唐金昌緒〈春怨〉詩為例作說明：

打起黃鶯兒，莫教枝上啼。啼時驚妾夢，不得到遼西。

他說：「此詩起句有些突兀。好好的黃鶯，為什麼偏要打起？原來是不要牠啼。圓轉悅耳的黃鶯啼聲，為何不要聽？原來是怕啼聲驚夢。什麼好夢，值得如此留戀？原來是夢中與在遼西的親人相會。這首詩在意象組合上，雖採取倒敘的方式，但仍然表現出兩個特點：一是層次性，猶如剝蕉抽繭，剝去一層，又有一層；二是連續性，正所謂『篇法圓緊，中間增一字不得，著一意不得』（王世貞《藝苑卮言》卷四）、『就一意中圓淨成章』（王夫之《姜齋詩話》卷下）、『一氣蟬聯而下』（沈德潛《唐詩別裁集》卷十九）。」（頁 125-126）

梳理此詩內容之章法結構，可用下表來呈現：

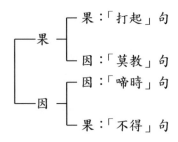

由此看來，此詩主要用了「先果後因」與「先因後果」（章）各一疊與

一疊「先果後因」的移位結構，以組合篇章，統一全詩的意象，凸顯其「逆推」之邏輯層次。附分層簡圖如下：

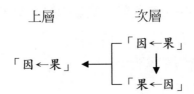

如對應於「多、二、一（0）」[15]來看，則由次層「因果」兩疊所形成之移位性調和結構與節奏，可視為「多」，由上層「因果」自為陰陽，徹下徹上所形成之移位性結構與節奏（韻律），可視為「二」，而由此呈現的「懷念征夫的悲怨之情」之主旨與「自然天成」[16]的風格、韻律，則可視為「一（0）」。

　　這樣由「章」（「果→因」、「因→果」）而成「篇」（果→因）的兩層邏輯結構來連結、統合各個意象，顯然在「順推」（「因→果」）之外，比較能呈現以「果→因」為基礎之「逆推」的「完整」內蘊，見出「其深層的因素和邏輯」。

　　其次看「對比」，趙山林說：「在並置式意象組合中，有一種特殊形態——對比式意象組合，它通過揭示意象之間的矛盾和對立，產生相反相成，相得益彰的藝術效果。關於對比的作用，古人有過很多論述。如晉人葛洪《抱朴子·廣譬》說：『不睹瓊琨之熠爍，則不覺瓦礫之可賤；不覩虎豹之或蔚，則不知犬羊之質漫；聆〈白雪〉之九成，然後悟

---

15 陳滿銘：〈章法「多、二、一（0）」邏輯結構論〉，《平頂山學院學報》20 卷 4 期（2005 年 8 月），頁 68-72。

16 狄寶心評析，見孫育華主編：《唐詩鑑賞辭典》（北京市：北京燕山出版社，2000 年 11 月一版三刷），頁 931-932。

〈巴人〉之極鄙。」清沈宗騫《芥舟學畫編》也說:『將欲作結密鬱塞,
必先之以疏落點綴;將作平衍紆徐,必先之以峭拔陡 ;將欲虛滅,必
先之以充實;將欲幽邃,必先之以顯爽。」他們都十分重視對比產生的
非同一般的藝術效果……有些對比意象的組合不止一個層次,而是有幾
個層次,由這多層次對比形成一種有縱深感的立體意象組合。」他舉梅
堯臣之〈陶者〉詩為例作說明:

　　　陶盡門前土,屋上無片瓦。十指不沾泥,鱗鱗居大廈。

趙山林解釋說:「前兩句是第一組對比意象,說的是勞者不獲。後二句
是第二組對比意象,說的是不勞而獲。這兩組對比意象之間又產生強烈
的對比,形象地表現出當時社會裡處處存在的貧富不均的不平等現
象。」(頁128-129)
　　如以層次邏輯切入,則其結構可依次呈現如下表:

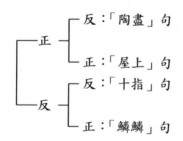

由此看來,此詩主要用了兩疊「反→正」(章)與一疊「正→反」(篇)
的對比性移位結構[17],以組合篇章,統一全詩的意象,凸顯其反覆「對

---

17 陳滿銘:〈論辭章章法的四大律〉,《章法學論粹》(臺北市:萬卷樓圖書公司,2002
　年7月初版),頁3-18。又,仇小屏:〈論章法的移位、轉位及其美感〉,《辭章學論
　文集》上冊(福州市:海潮攝影藝術出版社,2002年12月一版一刷),頁98-122。

比」之邏輯層次。附分層簡圖如下：

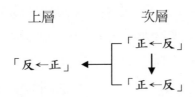

上層　　　　　　次層

「反←正」

「正←反」

「正←反」

如對應於「多、二、一（0）」[18] 來看，則由次層「正反」兩疊所形成
之移位性對比結構與節奏，可視為「多」，由上層「正反」自為陰陽，
徹下徹上所形成之移位性對比結構與節奏（韻律），可視為「二」，而
由此呈現的「為貧富不均而不平」之主旨與「樸實無華」[19] 的風格、韻
律，則可視為「一（0）」。

　　這樣，由「章」（兩疊「反→正」）而成「篇」（「正→反」）的兩
層邏輯結構來連結、統合各個意象，顯然比較能凸顯以「正反」為基礎
之「對比」的「完整」內蘊，以見出「其深層的因素和邏輯」。

　　然後看「疊映」，趙山林指出：「把不同時間、不同空間，甚至表
面看來毫不相干的幾個（或幾組）意象疊映在一起，常常會引起讀者豐
富的聯想，產生意想不到的藝術效果。」他舉司空曙〈喜外弟盧綸見宿〉
詩中之兩句為例作說明：

　　　雨中黃葉樹，燈下白頭人。

並加以解釋說：「這裡有兩個畫面：風雨飄搖，樹上黃葉紛紛墜落；孤

18　〈章法「多、二、一（0）」邏輯結構論〉，頁 68-72。
19　陳光明析評，見袁行霈主編：《歷代名篇賞析集成》下（北京市：中國文聯出版公司，
　　1988 年 12 月一版一刷），頁 1345-1347。

燈獨坐，愁人白髮分外觸目。這兩個畫面疊映在一起，便使人想到樹葉在秋風中飄搖，與人的風燭殘年正相類似，一種衰颯的氣象，一種淒涼的感覺，便躍然紙上。意象的疊映有一個要訣，就是意象之間的聯繫不宜點明，要盡量隱蔽，讓讀者自己去玩味。如錢起的〈傷秋〉：『歲去人頭白，秋來樹葉黃。搔頭向黃葉，與爾共悲傷。』意思與司空曙詩一樣，但由於採取敘述的口氣，把兩組意象之間的聯繫揭示得過於明白，結果便沒有多少詩味。韋應物的『窗前人將老，門前樹已秋』（〈淮上遇洛陽李主簿〉）、白居易的『樹初黃葉日，人欲白頭時』（〈途中感秋〉），比錢起的詩好一些，但詩句中的『將』與『已』，『日』與『時』，也多少揭示出兩組意象之間的聯繫，所以疊映的效果仍不顯著。而司空曙的兩句詩，不僅多了秋雨、昏燈這兩個形象，使得意象的內涵更為豐富，而且並不揭示兩組意象之間的聯繫，只將它們疊映起來加以組合，便取得了耐人尋味的藝術效果。謝榛《四溟詩話》在評論上述韋應物、白居易、司空曙三詩時說：『三詩同一機杼，司空為優：善狀目前之景，無限淒感，見乎言表。』這是說得不錯的。」（頁 137-138）

　　他引「同一機杼」之他作加以比較，很能突出司空曙此詩「疊映」之妙。此詩屬五律，全篇八句，是這樣子的：

　　靜夜四無鄰，荒居舊業貧。雨中黃葉樹，燈下白頭人。以我獨沉久，愧君相見頻。平生自有分，況是蔡家親。

對這首詩，喻守真解析說：

　　本詩首從夜說起，領聯融情入景，經過千錘百鍊，鑄成此十字。前句含有飄零意，後句含有老大意，其景固可繪，其情尤可憫。頸聯「獨沉久」即承「雨中」句而來，「相見」即承「燈下」句

而生。結末謂平生友朋離合自有緣分，何況爾我親誼，聚首一室，也是有分了。[20]

而普利則指出：

> 這首詩，近人俞陞雲《詩境淺說》中評曰：『前半手寫獨處之悲，後半首言相逢之喜。反正相生，為律詩一格。』從章法上看，卻是如此。正因為前悲後喜，喜中含悲，悲喜交集，才產生了感人的力量。[21]

其內容如此，如要分辨其邏輯關係，則可借助下列結構表：

```
                      ┌ 底：「靜夜」二句
        景（反－悲）──┤              ┌ 外（賓）：「雨中」句
                      └ 圖 ─────────┤
 ──┤                                 └ 內（主）：「燈下」句
        情（正－喜）──┬ 因（反）：「以我」二句
                      └ 果（正）：「平生」二句
```

由此看來，此詩主要在底層用了一疊「先外（賓）後內（主）」的移位結構、次層用了「先底後圖」、「先因（反）後果（正）」各一疊的移位結構，以形成「章」，在上層用了一疊「先景（反）後情（正）」的移位結構，以統「章」成「篇」，統一全詩的意象，凸顯其整體（含「疊

---

20 喻守真：《唐詩三百首詳析》（臺北市：臺灣中華書局，1996 年 4 月臺二三版五刷），頁 190。
21 普利評析，見《唐詩鑑賞辭典》，頁 491-492。

映」）之邏輯層次。附分層簡圖如下：

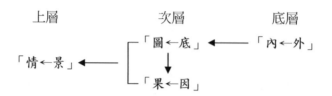

　　上層　　　　　　　　　　次層　　　　　　　底層

如對應於「多、二、一（0）」來看，則由「內外」、「圖底」與「因果」
各一疊所形成之移位結構與節奏（韻律），可視為「多」，由「情景」
自為陰陽，徹下徹上所形成之移位結構與節奏、韻律，可視為「二」，
而由此呈現的「與外弟相逢的悲喜之情」之主旨與「細密淒婉」的風格、
韻律，則可視為「一（0）」。

　　在此必須一提的是：同樣此例，就其意象之組合而言，譚德晶歸入
「喻式並置」一類，他認為：

> 司空曙的這首詩整體看十分平常，但「雨中」一聯歷來為人稱
> 道。這聯詩妙就妙在它採用了意象的喻式並置手法。它頗類似於
> 兩個互相生發的電影蒙太奇：它呈現出的第一個鏡頭是一棵在雨
> 中的秋天的黃葉樹，呈現的第二個鏡頭便是昏暗的燈光下的一個
> 滿頭白髮的老人。在這兩個「鏡頭」之間，沒有任何說明，沒有
> 任何連接，詩人只是將它們並置在一起，讓它們互相生發、互相
> 映襯，但其中所包含的暗示意義，讀者能從中很清楚地感受
> 到。[22]

---

22 譚德晶：《唐詩宋詞的藝術》（上海市：學林出版社，2001 年 9 月一版一刷），頁
　141-142。

這樣看來，切入之角度不一樣，結果就不同。但相同的是，由各層章法結構來連結、統合各個意象，似乎比較容易在「疊映」或「喻式並置」之外，呈現作品之整體內蘊，以見出「其深層的因素和邏輯」。即以此例而言，以「外（賓）→內（主）」的邏輯結構以凸顯「疊映」之內容，顯然會比較「完整」一些。

可見用層層「章法結構」代替「逆推」、「對比」、「疊映」……等來呈現「意象之組合」，是比較有「完整」之效果的。

三　互補與融合

在此，特舉「層遞」、「反諷」與「輻輳」為例加以考察：

首先看「層遞」，趙山林說：「承續式意象組合中有一種表現出明顯的層次遞進性，可以稱為層遞式意象組合。」他舉劉皂（一說賈島）〈渡桑乾〉詩作說明：

> 客舍并州已十霜，歸心日夜憶咸陽。無端更渡桑乾水，卻望并州是故鄉。

他說：「詩人故鄉為咸陽，而作客於咸陽以北的并州已經十載，心中無日不起歸思，此為第一層；思歸不得，卻又出於某種原因，北渡桑乾，連住并州亦不可得，更不知何日能返咸陽。此又進一層。詩人的鄉思便在這兩層遞進中抒發得淋漓盡致。俞陛雲《詩境淺說續編》評此詩『曲折寫出而仍能一氣，最為難到之境』，正好指出了此詩意象組合上層遞性的特點。」（頁124）

　　梳理此詩之內容，其章法結構可用下表來呈現：

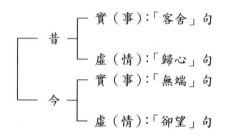

由此看來，此詩主要用了兩疊「先實後虛」（章）與一疊「先昔後今」的移位結構，以組合篇章，統一全詩意象，凸顯其「層遞」之邏輯層次。附分層簡圖如下：

如對應於「多、二、一（0）」來看，則由「虛實」兩疊所形成之移位性調和結構與節奏，可視為「多」，由「今昔」自為陰陽，徹下徹上所形成之移位性結構與節奏（韻律），可視為「二」，而由此呈現的「思歸之切」之主旨與「曲折而迫切」的風格、韻律，則可視為「一（0）」。

　　這樣，由「章」（兩疊虛實）而成「篇」（今昔）的兩層邏輯結構來連結、統合各個意象，顯然比較能具體而完整地呈現以「實→虛」為基礎之「層遞」的內蘊，見出「其深層的因素和邏輯」。不過，也很明顯地在「邏輯結構」之外，如兼顧「形象思維」，而多出「層遞」之意涵，這對「意象之組合」之掌握而言，是有加分作用的。

其次看「反諷」，趙山林認為「在對比式意象組合中，還有一種特殊的情況，就是對比的雙方不是勢均力敵，而是有著明顯的懸殊。詩人有意要打破均衡，以取得某種特殊的效果。」他舉李白的〈越中覽古〉詩為例作說明：

> 越王勾踐破吳歸，戰士還家盡錦衣。宮女如花滿春殿，只今唯有鷓鴣飛。

對此，他解釋說：「按照黃叔燦《唐詩箋注》的說法，前三句極力渲染越王勾踐破吳的『雄圖伯業，奕奕聲光』，最後追出『鷓鴣』一句結局，是弔古傷今也。前三句推出一系列意象，但它們所構成的，只不過是一幅表象，是外在的、表層的；後一句意象較少，但它所表現的卻是一個內在的、深層的事實。這種『一次事實和一次表象之間的對比』（哈肯‧傑弗利語，轉引自盛子潮等《詩歌形態美學》頁 77，廈門大學出版社，1987 年版），便是反諷式意象組合的基本特徵。」（頁 130-131）

這首詩由層次邏輯切入，其結構可呈現如下表：

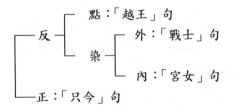

由此看來，此詩主要在「章」部分，用「先外後內」、「先點後染」各一疊的調和性移位結構，形成其邏輯層次；而在「篇」部分，則以一疊「先反後正」的對比性移位結構，以統「章」成「篇」，統一全詞的意象，凸顯其「反諷」之邏輯層次。附分層簡圖如下：

上層	次層	底層
「正←反」 ←	「染←點」 ←	「內←外」

如對應於「多、二、一（0）」來看，則由「內外」、「點染」各一疊所形成之調和性移位結構與節奏，可視為「多」，由「正反」自為陰陽，徹下徹上所形成之對比性移位結構與節奏（韻律），可視為「二」，而由此呈現的「弔古傷今」之主旨與「流轉自然」的風格、韻律，則可視為「一（0）」。

這樣由「章」（內外→點染）而成「篇」（正反）的三層邏輯結構來連結、統合各個意象，顯然比較能具體而完整地呈現以「正反」為基礎之「反諷」的內蘊，見出「其深層的因素和邏輯」；不過，「正反」的邏輯結構本身，只能凸顯「對比」現象，卻不能凸顯「反諷」之意，這就表示在「邏輯結構」之外，還需兼顧「形象思維」，而注意其義蘊、情味，因此兩者最好是要加以兼顧的。

然後看「輻輳」，趙山林指出：「承續、層遞、逆推式意象組合是直線型的，並置、對比、反諷式意象組合是平行型的，而下面要討論的輻輳式、輻射式意象組合均有一個中心點，可以說是環形的。在輻輳式意象組合中，有一個主導意象，其他意象都由外而內地趨向於這一主導意象，猶如車輪上的輻條都導向車輪中心的車轂一樣。」他舉杜甫的〈望嶽〉詩為例作說明：

岱宗夫如何？齊魯青未了。造化鍾神秀，陰陽割昏曉。盪胸生層雲，決眥入歸鳥。會當凌絕頂，一覽眾山小。

他解釋說：「全詩字面上無一『望』字，但句句寫向嶽而望，視線是由遠而近，由下而上。首聯將泰山放到整個齊魯大地上來看，以距離之

遠、範圍之廣來烘托出泰山之高。次聯是近望，是從整體上來看泰山：
它神奇秀麗，彷彿大自然情之所鍾；它高峻挺拔，故山南為陽，山北為
陰，判割分明。三聯是細望，觀察的重點是在泰山的上部。那裡雲氣層
出不窮，使詩人心胸為之蕩漾；詩人目不轉睛地凝望著投林之鳥，直到
眼眶有似決裂。末聯是由望嶽而產生的登嶽的意願，但詩人的視線此時
必然集中於泰山絕頂，這是完全可以想像的。全詩四聯，遠望→近望→
細望→極望，範圍逐漸收縮，恰如一組由外向內、逐層縮小的同心圓，
最裡面的一個圓（『會當凌絕頂，一覽眾山小』）即是全詩的主導意象
所在，也是全詩情感上的一個聚焦點。浦起龍《讀杜心解》說：『末聯
則以將來之凌眺，剔現在之遙觀，是透過一層收也。』這是說得有道理
的。」（頁133-134）

　　依此內容可梳理出其邏輯結構如下：

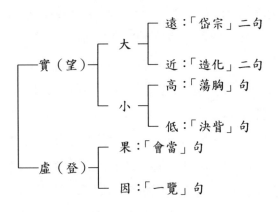

由此看來，此詩主要在底層用了「先遠後近」與「先高後低」、次層用
了「先大後小」與「先果後因」的移位結構形成「章」，在上層用了「先
實後虛」的移位結構，以統「章」成「篇」，統一全詩的意象，凸顯其
整體（含「輻輳」）之邏輯層次。附分層簡圖如下：

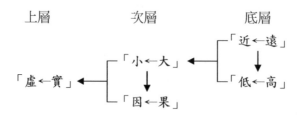

如對應於「多、二、一（0）」來看，則由底層「遠近」、「高低」各一疊所形成之移位性調和結構與節奏，與次層「大小」、「因果」各一疊所形成之移位性調和結構與節奏，可視為「多」，由上層「虛實」自為陰陽，徹下徹上所形成之移位性調和結構與節奏、韻律，可視為「二」，而由此呈現的「寄托宏大抱負」之主旨與「崢嶸雄渾」[23] 的風格、韻律，則可視為「一（0）」。

這樣由「章」（遠近、高低→大小、因果）而成「篇」（虛實）的三層邏輯結構來連結、統合各個意象。如此，顯然比較能在「輻輳」之外具體而完整地呈現作品內蘊，以見出「其深層的因素和邏輯」。不過，這些形成「輻輳」現象之「邏輯結構」本身，並不能直接凸顯這種「輻輳」之效果，因此在探討「意象之組織」（邏輯思維）之同時，有必要兼顧「意象之表現」（形象思維），以免顧此失彼。

可見用「章法結構」之外，用「層遞」、「反諷」、「輻輳」……等來呈現「意象之組合」，是可以產生「互補與融合」之效果的。

綜上所述，以趙山林所舉各種「方式」來觀察「意象之組合」，已大致可看出它們往往有「籠統」或陷於「局部」之缺憾，所以陳慶輝指出：「用所謂並列、對比、敘述、述議等結構形式加以說明，似乎是粗糙的、膚淺的。」[24] 對此，如追根究柢地來看，則「意象之組合」，乃

---

23 韓兆琦評析，見張秉戍主編：《山水詩歌鑑賞辭典》（北京市：中國旅遊出版社，1989 年 10 月一版一刷），頁 241-242。

24 《中國詩學》，頁 74。

屬於「邏輯思維」的範疇；而所謂「承續」、「層遞」、「逆推」、「對比」、「反諷」、「輻輳」、「交錯」與「疊映」等，卻是大都偏於「形象思維」（意象之表現）來著眼的[25]。因此以「邏輯結構」呈現作品整體之內蘊，以見出「其深層的因素和邏輯」，當然就比較具體而完整。不過，「邏輯思維」與「形象思維」是彼此互動的，亦即「形象」中有「邏輯」、「邏輯」中是有「形象」，因此「意象之組合」雖屬「邏輯思維」的範疇，卻最好能兼顧「形象思維」的部分，注意到「意象之表現」，使兩者「互補與融合」，以求更趨完善。

第二節　移位與轉位

上文探討過，一篇辭章之內涵，如著眼於「意象」，則它是由「意象」之形成、表現、組織與統合等層層疊合而成。即以其篇章組織來說，涉及的就是「章法」，而「章法」，簡言之，乃梳理內容「本末先後」之輯規律或模式；如鎖定「意」與「象」之「二元」，單單就其「本末先後」看，既有「移位」的「先意後象」與「先象後意」，也有「轉位」的「意、象、意」與「象、意、象」。本節即聚焦於此，先探討其理論基礎，再觀察其篇章應用，以見出「篇章意象」組織之「基本類型」於一斑。

---

25 陳滿銘：〈論語文能力與辭章研究──以「多」、「二」、「一（0）」螺旋結構作考察〉，臺灣師大《國文學報》36 期（2004 年 12 月），頁 67-102。對此，王德春指出：「（陳）滿銘認為辭章是結合『形象思維』與『邏輯思維』而形成的，這是正確的看法。他認為風格學合形象思維與邏輯思維而為一，這也是正確的看法。他又認為修辭學主要以形象思維為對象，章法學主要以邏輯思維為對象，這大體上也是正確的看法。」〈適應語言發展趨勢的論著──評陳滿銘教授的辭章學〉，《陳滿銘與辭章章法學──陳滿銘辭章章法學術思想論集》臺北市：文津出版社，2007 年 12 月初版一刷），頁 49。

一　理論基礎

　　篇章中「意」與「象」在「同構」的作用下，會藉由「移位」與「轉位」的規律，而形成其基本結構。而這種「移位」與「轉位」，可以在《周易》一書中找到其理論基礎的。在中國人的眼裡，宇宙萬物是離不開「（陰陽）二元」之作用的，而就在其運動變化的歷程中，形成了層層疊疊的「移位」與「轉位」現象。先以「移位」來看，陰陽兩種動力在對待往來中起伏消息、迭相推盪而產生「移位」，而其相互的作用，《易傳》是以相互推移（剛柔相推）、相互摩擦（剛柔相摩）、與相互衝擊（八卦相盪）等各種形式，加以呈現[26]，為順向移位與逆向移位，提出了最精微的論證。

　　而〈乾〉、〈坤〉兩卦，作為天地陰陽的對待統一體，以六爻的變化，反映這個對待統一體的發展過程。從〈乾〉、〈坤〉兩側面，通過六爻的發展變化，研究運動變化的開展[27]，可以揭示出陰陽如何向對待面轉化、與推移之究竟。在此，特以〈乾卦〉為例，看其六爻之變化：

　　　初九，潛龍勿用。
　　　〈象〉曰：潛龍勿用，陽在下也。

　　　九二，見龍在田，利見大人。
　　　〈象〉曰：見龍在田，德施普也。

26　馮友蘭：《中國哲學史新編》二（臺北市：藍燈文化公司，1991 年 12 月初版），頁 376。

27　乾卦與坤卦的推移變化，參見徐志銳：《周易陰陽八卦說解》（臺北市：里仁書局，2000 年 3 月初版四刷），頁 127-134。

九三，君子終日乾乾，夕惕若，厲無咎。

〈象〉曰：終日乾乾，反復道也。

九四，或躍在淵，無咎。

〈象〉曰：或躍在淵，進無咎也。

九五，飛龍在天，利見大人。

〈象〉曰：飛龍在天，大人造也。

上九，亢龍有悔。〈象〉

曰：亢龍有悔，盈不可久也。

《周易》講爻的變化，常依爻在卦中的「位」解釋。位，是空間，有上下，有內外，有陰陽。爻位由下而上，依序排列，而有初、二、三、四、五、上等不同稱謂。它是一個發展的序列，每一個位，即代表事物發展的每一個階段。因此，爻位的變換可以導致卦的變化，爻位的升降也同時象徵著事物的發展[28]。因此，「卦象」含蘊著一個上升的發展過程與「物極必反」的思想。

　　故〈乾卦〉，由初九的「潛龍，勿用」，先移向九二的「見龍在田，利見大人」，再移向九三的「君子終日乾乾，夕惕若。厲，無咎」，復移向九四的「或躍在淵，無咎」，然後移向九五的「飛龍在天，利見大人」，形成一連串的順向位移。上九，則因已到達了極限、頂點，會由吉變凶，漸次形成逆向移位，開始向對待面轉化，造成另一種轉位，故

---

28 戴璉璋以為在《象傳》中所見的「爻位」觀念，大致可區分為：上中下位、剛柔位、同位、反轉位、比鄰位、內外位等六種。見《易傳之形成及其思想》（臺北市：文津出版社，1989 年 6 月臺灣初版），頁 80-86。

說是「亢龍有悔」了。

　　六爻之所以能夠用來模擬事物的運動變化，是因「六位」能體現「道」的陰與陽對待統一之規律性。而「六位」原則一確立，整個自然界與人類社會的基本規律全都反映出來，故〈說卦傳〉將其概括為「分陰分陽」、「六位而成章」，以體現這種哲學原理。「六爻」體現著事物在一定規律支配下的發展運動過程，從時間性上可畫分為潛在的與暴露出來的兩大階段，以一卦的卦象去體現它的運動變化[29]。因此，不但內外卦之間可以相互往來升降，就是六個爻畫之間也可以相互往來升降；通過這種往來升降的相互作用，就產生了種種的變化和運動，產生了一連串的順向「移位」與逆向「移位」。

　　《周易》哲學發展了一個開放之序列，這一序列不僅體現在〈乾〉、〈坤〉兩卦裡，更在其他的六十二卦中發其通例。因此，不僅每一卦中的六爻，由初→二→三→四→五→上，存有著「移位」現象[30]。甚而，由〈乾〉、〈坤〉到〈既濟〉，卦與卦之間，也因「移位」，而產生相反相生的有秩序的變化歷程[31]。到了〈未濟〉，即形成大反轉，則又是一個全新的變化歷程的開始。總而言之，事物之所以能不斷地運動變化而產生「移位」，是由於陰陽兩種對立趨勢的相互作用，促使事物運動不息，變化不止。

　　再以「轉位」來看，由於剛性質的力與柔性質的力相摩，陰陽相索，八卦相盪，觸類以長，終合成《周易》六十四卦物物對待、事事交感的旁通系統[32]。如上文所提，作為天地陰陽對待統一體的〈乾〉、〈坤〉

29　《周易陰陽八卦說解》，頁 60-73。
30　白金銑：〈《周易》「位移性格」哲學初詮〉，臺灣師大《中國學術年刊》23 期（2002 年 6 月），頁 7。
31　此六十四卦的卦序，乃是依《序卦傳》的順序。
32　「旁通」，形成了異類相應，也形成了位移。見曾春海：《儒家哲學論集》（臺北市：文津出版社，1989 年 5 月初版），頁 438。

兩卦，以六爻的變化，反映一序列的變化發展過程，產生了位移的情形。若再按陰陽的兩個側面來看，〈乾〉主「統」，居於剛健主導的地位；〈坤〉主「承」，居於含容順從的地位。通過六爻運動變化的展開，又可以揭示出陰陽如何漸次向對待方向轉化而互相「移位」、並形成「轉位」的歷程。

　　《周易》六十四卦，每卦設六個爻位。唯有〈乾〉、〈坤〉二卦，於六爻之上，又特設「用九」、「用六」兩爻，用來論述陰陽向對待面互相轉位之理。如〈乾卦〉：

　　用九，見群龍無首，吉。〔爻辭〕
　　〈象〉曰：用九，天德不可為首也。

又如〈坤卦〉：

　　用六，利永貞。
　　〈象〉曰：用六「永貞」，以大終也。

乾陽發展到上九，已成「亢龍」而「盈不可久」。只有發揮九變六的作用[33]，才可「見群龍無首」[34]。因為數變，爻必變；爻變，卦亦變。六爻的六個九變成六個六，〈乾卦〉就變成了〈坤卦〉。與此同時，〈坤卦〉則變成了〈乾卦〉。因乾、坤互調其位，故〈乾卦〉「六龍」仍能繼續存在，故言「見群龍無首」。因此，「天德不可為首」，天道循環沒有終

33　《周易陰陽八卦說解》，頁 15-36。
34　見，現也；首，終也。《象傳》解「見群龍无首」說：「天德不可為首也。」下文有
　　關用九、用六的說明部分，多是參考徐志銳的說法。參見《周易陰陽八卦說解》，頁
　　127-138。

了之時。

　　因為「用九」而發揮九變六的作用，〈乾卦〉變成了〈坤卦〉；同時，〈坤卦〉又變成了〈乾卦〉，則出現了「群龍無所終」，天道運行自是無終無了。這即是九、六互變，陰陽對轉，乾、坤易位的內在思想邏輯關係。而且，乾陽就在由初九→九二→九三→九四→九五，一序列的順向移位中，漸次向對待面轉化；然後九六互變，在整個變動歷程中，完成了「轉位」。於是陰陽對轉，乾、坤易位，〈乾卦〉變成了〈坤卦〉。

　　再看〈坤卦〉的「用六」。六之大用，在於可變為九。〈坤卦〉六爻的六個六皆變為九，〈坤卦〉變成了〈乾卦〉，所以「利永貞」。由於〈乾〉、〈坤〉兩卦發展到上爻，乾為「亢龍」而「盈不可久」，坤又與「龍戰」而「其道窮」。因此，對待之統一體既不正固又不能長久。唯有「用六」發揮六變九的作用，六、九互變，乾變坤，坤變乾，乾、坤易位，再重新組成一個對待之統一體，才有利於正固而長久。所以〈象傳〉解釋「用六」爻辭：「『用六永貞』，以大終也」。「以大終」，說的即是「〈坤卦〉之終終以乾」。唯有〈坤卦〉之「終終以乾」，才能「群龍無所終」；唯「群龍無所終」，才有利於對待統一體的正固而長久。而在九、六互變，乾變坤，坤變乾，再重新組成了一個對待、統一體的變動歷程中，也漸次由順向移位轉為逆向「移位」，最後完成了乾、坤互「轉位」。

　　由於陰陽相易、生生而一，《周易》哲學發展了一個開放的序列。這一序列正體現在〈乾〉、〈坤〉兩卦的「用九」、「用六」上。因此，「用九」、「用六」並不侷限於〈乾〉、〈坤〉兩卦，而是為六十四卦發其通例[35]，然後每一卦位在九、六互變中，均可一一尋出因「移位」而造成「轉位」的變動歷程。約言之，由於陰陽剛柔的相摩相推，太儀而兩儀，兩儀而四象，四象而八卦，八卦而六十四卦；再由六十四卦的位位

---

35 同前註，頁 127-138。

互移，運動變化到達極點，形成大反轉，返本而回復其根，使萬物生生而無窮。如此陰陽變轉，宇宙萬物便在一次又一次的「移位」、「轉位」中，循環反復，永無止境[36]。

可見「移位」與「轉位」是宇宙萬物形成「秩序」與「變化」的規律，而「意」與「象」之所以產生「移位」與「轉位」，其理論之基礎即建立於此。

二　篇章應用

篇章中之「意」與「象」，是屬於「陰陽二元」，其中「意」為「陰」、「象」為「陽」，它們經由「同構」之力量加以連結、「移位」或「轉位」之作用加以組織，就形成了「先意後象」、「先象後意」與「意、象、意」、「象、意、象」等四種基本類型。茲略述如次：

（一）移位類型

「移位」類型主要有兩種：「先意後象」與「先象後意」。

首先看「先意後象」類型，這個類型主要有兩式：「先情後景（物）」與「先理後事」。「先情後景（物）」的，如李煜的〈望江南〉詞：

> 多少恨，昨夜夢魂中。還似舊時遊上苑，車如流水馬如龍。花月正春風。

這闋詞首先以起二句，直接將自己夢後的滿腔怨恨傾洩而出；其次以次句，交代他「怨恨之由」；然後以「還似」三句，寫夢境。這樣以「先情後景」的結構來寫，篇幅雖短，卻充分地抒發了他亡國之痛。其結構分析表如下：

---

36 參見陳滿銘：〈章法的「移位」、「轉位」結構論〉，臺灣師大《師大學報·人文與社會類》49 卷 2 期（2004 年 10 月），頁 1-22。

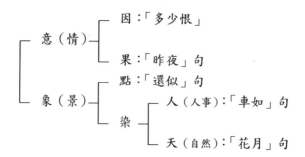

從上表可知，作者在此，在「篇」的部分，是用「先意（情）後象（景）」形成意象組織，而在「章」部分，則用「因果」邏輯條理[37]以支撐「意」、用「點染」、「天人」等邏輯條理以支撐「象」，而以「恨（今昔對比）」為「同構」貫穿全詞，形成其三層其結構的。

　　「先理後事」的，如如蘇軾的〈超然臺記〉：

　　　　凡物皆有可觀；苟有可觀，皆有可樂，非必怪奇偉麗者也。餔糟啜醨，皆可以醉；果蔬草木，皆可以飽；推此類也，吾安往而不樂？

　　　　夫所謂求福而辭禍者，以福可喜而禍可悲也。人之所欲無窮，而物之可以足吾欲者有盡；美惡之辨戰於中，而去取之擇交乎前，則可樂者常少，而可悲者常多；是謂求禍而辭福。

　　　　夫求禍而辭福，豈人之情也哉？物有以蓋之矣。彼遊於物之內，

---

37 即「章法」，所探討的乃篇章內容的邏輯關係。到目前為止所發現的章法約四十種，如今昔法、久暫法、遠近法、內外法、左右法、高低法、大小法、視角變換法、時空交錯法、狀態變換法、知覺轉換法、本末法、淺深法、因果法、眾寡法、並列法、情景法、論敘法、泛具法、空間的虛實法、時間的虛實法、假設與事實法、凡目法、詳略法、賓主法、正反法、立破法、抑揚法、問答法、平側法、縱收法、張弛法、插敘法、補敘法、偏全法、點染法、天人法、圖底法、敲擊法等。見仇小屏：《文章章法論》（臺北市：萬卷樓圖書公司，1998 年 11 月初版）頁 1-510、《篇章結構類型論》上下。又見《章法學綜論》，頁 17-58。

而不遊於物之外。物非有大小也，自其內而觀之，未有不高且大
者也，彼挾其高大以臨我，則我常眩亂反覆，如隙中之觀鬥，又
焉知勝負之所在？是以美惡橫生，而憂樂出焉，可不大哀乎！
余自錢塘移守膠西，釋舟楫之安，而服車馬之勞，去雕牆之美而
蔽采椽之居，背湖山之觀，而行桑麻之野。始至之日，歲比不
登，盜賊滿野，獄訟充斥，而齋廚索然，日食杞菊，人固疑余之
不樂也。處之期年，而貌加豐；髮之白者，日以反黑。余既樂其
風俗之淳，而其吏民亦安余之拙也，於是治其園圃，潔其庭宇，
伐安丘、高密之木，以修補破敗，為苟完之計。而園之北，因城
以為臺者舊矣，稍葺而新之。時相與登覽，放意肆志焉。南望馬
耳常山，出沒隱見，若近若遠，庶幾有隱君子乎？而其東則盧
山，秦人盧敖之所從遁也。西望穆陵，隱然如城郭，師尚父、齊
威公之遺烈猶有存者。北俯濰水，慨然太息，思淮陰之功，而弔
其不終。
臺高而安，深而明，夏涼而冬溫。雨雪之朝，風月之夕，余未嘗
不在，客未嘗不從。擷園蔬，取池魚，釀秫酒，瀹脫粟而食之，
曰：樂哉遊乎！方是時，余弟子由適在濟南，聞而賦之，且名其
臺曰「超然」，以見余之無所往而不樂者，蓋遊於物之外也。

　　此文凡分七段，其中一、二、三等段為「論（理）一意」，而四、
五、六、七等段為「敘（事）一象」。「論（理）一意」的部分，先從
正面寫「可樂」，再由反面寫「不樂」，以領出「敘」（事）的部分來。
而「敘（事）一象」的部分，用自己由杭州移官密州的經歷，先就反面
寫「宜不能樂」，然後就正面，依序採順敘法，寫「樂形於外」，採補
敘法，敘明臺名及如此命名之用意，以回抱前文作收[38]。其結構分析表

---

38 分析詳見陳滿銘：《篇章結構學》（臺北市：萬卷樓圖書公司，2005 年 5 月初版），

如下：

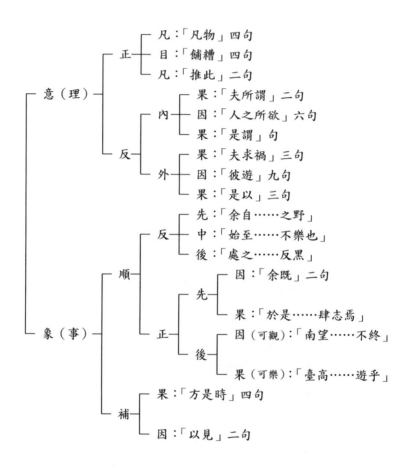

從上表可知，作者在此，在「篇」的部分，是用「先意（理）後象（事）」
形成意象組織，而在「章」部分，則用「正反」、「凡目」、「內外」、「因
果」（兩疊）等邏輯條理以支撐「意」，用「順補」、「正反」、「先後（今
昔）」（兩疊）、「因果」（三疊）等邏輯條理以支撐「象」，而以「超然（可

樂、不樂對比）為「同構」貫穿全文，形成其五層結構的。

其次看「先象後意」類型，這個類型主要有兩式：「先景（物）後情」
與「先事後理」。

「先景（物）後情」的，如杜甫的〈旅夜書懷〉詩：

> 細草微風岸，危檣獨夜舟。星垂平野闊，月湧大江流。名豈文章
> 著，官應老病休。飄飄何所似？天地一沙鷗。

此詩為泊舟江邊、觸景生情之作。起聯藉孤舟、風岸、細草，寫江
邊的寂寥；領聯藉星月、平野、江流，寫天地的高曠；這是寫景的部
分，為「象」。頸聯就文章與功業，寫自己事與願違、老病交迫的苦
惱；尾聯就旅舟與沙鷗，寫自己到處飄泊的悲哀；這是抒情的部分，為
「意」。就這樣產生相糅相襯的效果，使得滿紙盈溢著悲愴的情緒。其
結構分析表如下：

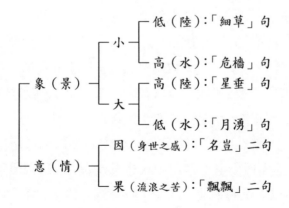

從上表可知，作者在此，在「篇」的部分，是用「先象（景）後意（情）」
形成意象組織，而在「章」部分，則用「大小」、「高低」（兩疊）等邏

輯條理以支撐「象」、用「因果」的邏輯條理以支撐「意」，而以「寂
寥（象）←→悽愴（意）」為「同構」貫穿全詩，形成其三層結構的。
　　「先事後理」的，如劉蓉的〈習慣說〉：

> 蓉少時，讀書養晦堂之西偏一室。俛而讀，仰而思；思而弗得，
> 輒起，繞室以旋。室有窪徑尺，浸淫日廣。每履之，足苦躓焉；
> 既久而遂安之。一日，父來室中，顧而笑曰：「一室之不治，何
> 以天下國家為？」命童子取土平之。
> 後蓉履其地，蹴然以驚，如土忽隆起者；俯視地，坦然則既平
> 矣。已而復然；又久而後安之。
> 噫！習之中人甚矣哉！足履平地，不與窪適也；及其久，而窪者
> 若平。至使久而即乎其故，則反窒焉而不寧。故君子之學貴慎
> 始。

　　此文旨在說明習慣對人影響之大，藉以讓人體會「學貴慎始」的道
理。它就結構而言，可大別為「敘」─「象」與「論」─「意」兩大部
分。其中「敘」屬「目」（條分）而「論」屬「凡」（總括）。屬「目」
之敘，先以「蓉少時」七句，敘述自己繞室以旋的習慣，作為引子，以
領出下面兩軌文字來。再以「室有窪徑尺」五句，敘述室有窪而足苦
躓，卻久而安的情事，這是第一軌；然後以「一日」十三句，敘述自己
因父親取土平而蹴然以驚，卻又久而後安的經過，這是第二軌。而屬
「凡」之論，則先以「噫！習之中人也甚矣哉」，為習慣對人之影響而
發出感歎；再以「足履平地」四句，呼應屬「目」之第一軌加以論述；
接著以「至使久而即乎其故」二句，呼應屬「目」之第二軌加以論述；
最後以「故君子之學貴慎始」一句，由習慣轉入為學，將一篇主意點明
作結。這樣所闡發的主題，便更為明晰，而富於說服力了。其結構分析

表如下：

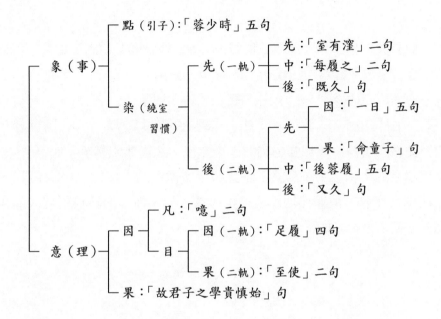

從上表可知，作者在此，在「篇」的部分，是用「先象（事）後意（理）」形成意象組織，而在「章」部分，則用「點染」、「先後（今昔）」（三疊）、「因果」等邏輯條理以支撐「象」、用「因果」（兩疊）、「凡目」等邏輯條理以支撐「意」，而以「慎始」為「同構」貫穿全文，形成其四層結構的。

（二）轉位類型

　　「轉位」類型也有兩種：「意、象、意」與「象、意、象」。

　　首先看「意、象、意」類型，主要有兩式：「情、景、情」與「理、事、理」：

　　「情、景、情」的，如杜審言的〈和晉陵陸丞早春遊望〉詩：

獨有宦遊人，偏驚物候新。雲霞出海曙，梅柳渡江春。淑氣催黃
鳥，晴光轉綠蘋。忽聞歌古調，歸思欲霑巾。

　　此詩先以起三句，泛寫「偏驚」（特別地會觸生情思）之情。再以
「雲霞」四句、具寫「物候新」的景象，分由「雲霞」、「梅柳」、「黃
鳥」、「蘋」等具寫「物」，由「曙」、「春」、「淑氣」、「晴光」等具寫
「候」，由「出海」、「渡江」、「催」、「轉綠」等具寫「新」，使「物候新」
由空泛轉為具體，以加強尾聯的感染力量。然後藉末聯承「偏驚」，並
交代題目的「和」字，寫讀了陸丞詩後所湧生的「歸思」（即歸恨），
點明主旨作收。很顯然地，這是採「情、景、情」的結構所寫成的作
品。其結構分析表如下：

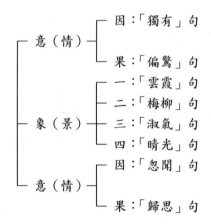

從上表可知，作者在此，在「篇」的部分，是用「意（情）、象（景）、
意（情）」形成意象組織，而在「章」部分，則先後用「因果」各一疊
的邏輯條理以支撐「意」、用「並列（一、二、三、四）」的邏輯條理
以支撐「象」，而以「驚（情）←→新（景）」為「同構」貫穿全詩，
形成其兩層結構的。

「理、事、理」的，如彭端淑的〈為學一首示子姪〉：

> 天下事有難易乎？為之，則難者亦易矣；不為，則易者亦難矣。
> 人之為學有難易乎？學之，則難者亦易矣；不學，則易者亦難
> 矣。
> 吾資之昏，不逮人也；吾材之庸，不逮人也。旦旦而學之，久而
> 不怠焉；迄乎成，而亦不知其昏與庸也。吾資之聰，倍人也；吾
> 材之敏，倍人也。屏棄而不用，其昏與庸無以異也。然則昏庸聰
> 敏之用，豈有常哉？
> 蜀之鄙有二僧，其一貧，其一富。貧者語於富者曰：「吾欲之南
> 海，何如？」富者曰：「子何恃而往？」曰：「吾一瓶一缽足矣。」
> 富者曰：「吾數年來欲買舟而下，猶未能也。子何恃而往？」越
> 明年，貧者自南海還，以告富者，富者有慚色。西蜀之去南海，
> 不知幾千里也：僧之富者不能至，而貧者至焉。人之立志，顧不
> 如蜀鄙之僧哉？
> 是故聰與敏，可恃而不可恃也；自恃其聰與敏而不學，自敗者
> 也。昏與庸，可限而不可限也；不自限其昏與庸而力學不倦，自
> 立者也。

這篇文章共分四段，其中一、二兩段，是「論」（理）的部分，先
指明「學」在於「力學不倦」，不在於難易；然後配合資材昏與敏，作
進一步的說明。而第三段為「敘」（事）的部分，特舉西蜀之二僧，一
去南海而一否的事例，來證明肯努力的終能成功、不肯努力的必將失敗
的道理。至於末段，則又是「論」（理）的部分，作者此文，首收上文
的「不為」、「聰」、「敏」、「屏棄不用」與「富者不能至」，用「是故
聰與敏」四句，從反面指明人若自恃聰敏而不去學習，則必然會走上失

敗之路；次收上文「為之」、「學之」、「昏」、「庸」、「旦旦學之」與「貧者至」，用「昏與庸」四句，從正面指出人若不自限昏庸而力學不已，則必將步上成功大道，以點明主旨作收。其結構分析表如下：

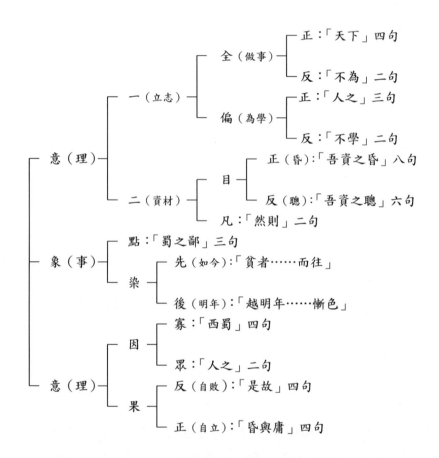

從上表可知，作者在此，在「篇」的部分，是用「意（理）、象（事）、意（理）」形成意象組織，而在「章」部分，則先後用「並列」、「全偏」、「凡目」、「正反」（四疊）、「因果」、「眾寡」等邏輯條理以支撐「意」、用「點染」、「先後（今昔）」等邏輯條理以支撐「象」，而以「成←→敗」

為「同構」貫穿全文，形成其四層結構的。

其次看「象、意、象」類型，主要有兩式：「景、情、景」與「事、理、事」：

「景、情、景」的，如白居易的〈長相思〉詞：

> 汴水流，泗水流，流到瓜州古渡頭。吳山點點愁。　思悠悠，恨悠悠，恨到歸時方始休。月明人倚樓。

作者在上片，寫的是自己置身於瓜州古渡所見到的景物：首以「汴水流」三句，寫向北所見到的「水」景，藉汴、泗二水之不斷奔流，襯托出一份悠悠別恨；再以「吳山點點愁」一句，寫向南所見到之「山」景，藉吳山之「點點」又襯托出另一份悠悠別恨來，使得情寓景中，全力為下半的抒情預鋪路子。到了下片，則即景抒情，一開頭就將一篇之主旨「悠悠」之恨拈出，再以「恨到歸時方始休」作進一層的渲染。然後以結句，寫自己在樓上對月相思的樣子，將「恨」字作更具體之描繪，所謂「以景結情」，有著無盡的韻味。其結構分析表如下：

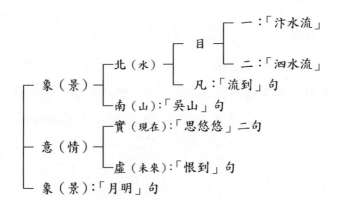

從上表可知，作者在此，在「篇」的部分，是用「象（景）、意（情）、象（景）」形成意象組織，而在「章」部分，則用「南北」、「凡目」、「並列（一、二）」各一疊的邏輯條理以支撐「象」、用「虛實」的邏輯條理以支撐「意」，而以「悠悠←→點點←→流流」（綿延不盡）為「同構」貫穿全詞，形成其四層結構的。

「事、理、事」的，如歸有光的〈項脊軒志〉：

　　項脊軒，舊南閤子也。室僅方丈，可容一人居。百年老屋，塵泥滲漉，雨澤下注，每移案，顧視無可置者。又北向，不能得日；日過午已昏。余稍為修葺，使不上漏。前闢四窗，垣牆周庭，以當南日。日影反照，室始洞然。又雜植蘭、桂、竹、木於庭，舊時欄楯，亦遂增勝。借書滿架，偃仰嘯歌，冥然兀坐，萬籟有聲。而庭階寂寂，小鳥時來啄食，人至不去。三五之夜，明月半牆，桂影斑駁，風移影動，珊珊可愛。

　　然余居此，多可喜，亦多可悲。先是，庭中通南北為一，迨諸父異爨，內外多置小門牆，往往而是。東犬西吠，客踰庖而宴，雞棲於廳。庭中始為籬，已為牆，凡再變矣。家有老嫗，嘗居於此。嫗，先大母婢也，乳二世，先妣撫之甚厚。室西連於中閨，先妣嘗一至。嫗每謂余曰：「某所，而母立於茲。」嫗又曰：「汝姊在吾懷，呱呱而泣；娘以指扣門扉曰：『兒寒乎？欲食乎？』吾從板外相為應答。」語未畢，余泣，嫗亦泣。余自束髮讀書軒中，一日，大母過余曰：「吾兒，久不見若影，何竟日默默在此，大類女郎也？」比去，以手闔門，自語曰：「吾家讀書久不效，兒之成，則可待乎！」頃之，持一象笏至，曰：「此吾祖太常公宣德間執此以朝，他日汝當用之。」瞻顧遺跡，如在昨日，令人長號不自禁。

軒東故嘗為廚，人往，從軒前過。余扃牖而居，久之，能以足音辨人。軒凡四遭火，得不焚，殆有神護者。項脊生曰：「蜀清守丹穴，利甲天下，其後秦皇帝築女懷清臺。劉玄德與曹操爭天下，諸葛孔明起隴中。方二人之昧昧於一隅也，世何足以知之？余區區處敗屋中，方揚眉瞬目，謂有奇景。人知之者，其謂與坎井之蛙何異？」

余既為此志，後五年，吾妻來歸，時至軒中，從余問古事，或憑几學書。吾妻歸寧，述諸小妹語曰：「聞姊家有閣子，且何謂閣子也？」其後六年，吾妻死，室壞不修。其後二年，余久臥病無聊，乃使人修葺南閣子，其制稍異於前。然自後余多在外，不常居。

庭有枇杷樹，吾妻死之年所手植也，今已亭亭如蓋矣。

　　此文凡分六段。其中第一、二、三等段，為前一個「敘」（事）的部分，採平敘（今）與追敘（昔）法寫成。平敘的部分為第一段，扣緊「可喜」，敘述項脊軒內外的環境；追敘的部分為二、三兩段，扣緊「可悲」，追敘在項脊軒內外所發生的一些事情，特為下一部分的「論」（理）蓄勢。而第四段為「論」（理）的部分，仿《史記》之論贊筆法，以古為喻，自比為蜀清、孔明，以抒發兼濟天下的偉大抱負。至於第五、六兩段，則是後一個「敘」（事）的部分，補敘了亡妻在軒中的一段生活、項脊軒的變遷經過，及亡妻所手植樹已「亭亭如蓋」的情形，如此以「可喜」為賓、「可悲」為主，依序寫來，有無比之情韻。其結構分析表如下：

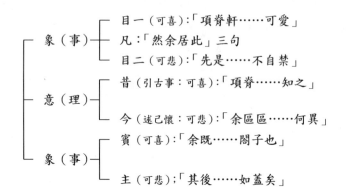

從上表可知，作者在此，在「篇」的部分，是用「象（事）、意（理）、象（事）」形成意象組織，而在「章」部分，則先後用「凡目」、「賓主」各一疊的邏輯條理以支撐「象」、用「今昔」的邏輯條理以支撐「意」，而以「悲←→喜」為「同構」貫穿全文，形成其兩層結構的。

　　經由上述，可知篇章「意」與「象」之「陰陽二元」及其「移位」與「轉位」上，則所形成的「篇章意象」組織」之基本類型，前者為「先意後象」與「先象後意」、後者為「意、象、意」與「象、意、象」。它們不但可從中國之經典探討出其理論基礎；也可透過中國之詩詞或散文，按類型之不同以觀察其辭章表現。這樣前後作「一以貫之」的考察，已顯然足以見出「篇章意象」組織較完整之面貌。

第三節　包孕結構

　　任何作品在作「篇章意象」組織的分析時，常常會發現由各種章法所形成的包孕式結構，其中以同一章法所形成者，最為特殊，如「主中

主」、「主中賓」、「賓中賓」、「賓中主」等「四賓主」[39]，即由「賓主」
這一章法所形成；又如「虛中虛」、「虛中主」、「實中實」、「實中虛」
等「四虛實」[40]，則由「虛實」這種章法所形成。它們之所以如此，必
有其共通的哲學依據，而本節即以此為基礎，特就「篇章意象」之包孕
式結構為考察對象，先探討其哲學意涵，再辨明其辭章應用，並舉例，
輔以「多」、「二」、「一（0）」螺旋結構作說明，以凸顯「篇章意象」
所形承包孕式結構之特色。

一　哲學意涵

在哲學或美學上，對所謂「對立的統一」、「多樣的統一」，即「多
而一」、「二而一」之概念，都非常重視，一向被目為事物最重要的變
化規律或審美原則，似乎已沒有進一步探討之空間。不過，若從《周
易》（含《易傳》）與《老子》等古籍中去考察，則可使它更趨於精密、
周遍，不但可由「有象」而「無象」，找出「多、二、一（0）」之逆向
結構；也可由「無象」而「有象」，尋得「（0）一、二、多」之順向
結構；並且透過《老子》「反者道之動」（四十章）、「凡物芸芸，各復
歸其根」（十六章）與《周易‧序卦》「既濟」而「未濟」之說，將順、
逆向結構不僅前後連接在一起，更形成循環、提升不已的螺旋（「多」、

---

39 「四賓主」之說，起於唐義玄，用於指師弟之間參悟的四種情況；而清代的閻若璩
　　則援用於辭章：「四賓主者：一、主中主，如一家人唯有一主翁也；二、主中賓，如
　　主翁之妻妾、兒孫、奴婢，即主翁之身分以主內事者也；三、賓中主，如親戚朋
　　友，任主翁之外事者也；四、賓中賓，如朋友之朋友，與主翁無涉者也。於四者
　　中，除卻賓中賓，而主中主亦只一見；惟以賓中主鉤動主中賓而成文章，八大家無
　　不然也。」見《潛丘札記》，《四庫全書》八五九冊（臺北市：臺灣商務印書館，
　　1983 年 6 月），頁 413-414。又參見夏薇薇：《賓主章法析論》（臺北市：文津出版
　　社，2002 年 11 月初版一刷），頁 18-20。
40 陳佳君：〈論章法的「四虛實」〉，《修辭論叢》第五輯（臺北市：洪葉文化事業有限
　　公司，2003 年 11 月初版一刷），頁 777-809。

「二」、「一（0）」）結構，以反映宇宙人生生生不息的基本規律[41]。

　　而其中之「二」，指的就是「陰陽二元」。《老子》四十二章云：

　　　　道生一，一生二，二生三，三生萬物。萬物負陰而抱陽，沖氣以
　　　　為和。

又，《周易・繫辭上》云：

　　　　一陰一陽之謂道，繼之者善也，成之者性也。
　　　　是故易有太極，是生兩儀，兩儀生四象，四象生八卦。

　　對這《老子》「一生二，二生三」的「二」，雖然歷代學者有不同
的說法，但大致說來，有認為只是「數字」而無特殊意思的，如蔣錫
昌、任繼愈等便是；有認為是「天地」的，如奚侗、高亨等便是，有認
為是「陰陽」的，如河上公、吳澄、朱謙之、大田晴軒等便是[42]。其中
以最後一種說法，似較合於原意，因為老子既說「萬物負陰而抱陽」，

---

41 陳滿銘：〈論「多」、「二」、「一（0）」的螺旋結構——以《周易》與《老子》為考
　　察重心〉，《師大學報・人文與社會類》48 卷 1 期（2003 年 7 月），頁 1-20。而所謂
　　「螺旋」，是指形成「陰陽二元對待」的兩者，如仁與智、明明德與親民、天（自誠明）
　　與人（自明誠）等，都會產生互動、循環而提升的作用，而形成螺旋結構。參見陳
　　滿銘：〈談儒家思想體系中的螺旋結構〉，臺灣師大《國文學報》29 期（2000 年 6
　　月），頁 1-36。而此「螺旋」一詞，本用於教育課程之理論上，早在十七世紀，即由
　　捷克教育家夸美紐思所提出，見《簡明國際教育百科全書》（北京市：新華書局北京
　　發行所，1991 年 6 月一版一刷），頁 611。又，相對於人文，科技界亦發現生命之
　　「基因」和「DNA」等都呈現雙螺旋結構。參見約翰・格里賓著、方玉珍等譯：《雙
　　螺旋探密——量子物理學與生命》（上海市：上海科技教育出版社，2001 年 7 月），
　　頁 271-318。
42 以上諸家之說與引證，見黃釗：《帛書老子校注析》（臺北市：學生書局，1991 年 10
　　月初版），頁 231。

看來指的雖僅僅是「萬物的屬性」，但萬物既有此屬性，則所謂有其「委」（末）就有其「源」（本），作為創生源頭之「一」或「道」，也該有此屬性才對。所以陳鼓應解釋《老子》「道生一」章說：

> 本章為老子宇宙生成論。這裡所說的「一」、「二」、「三」乃是指「道」創生萬物時的活動歷程。「混而為一」的「道」，對於雜多的現象來說，它是獨立無偶，絕對對待的，老子用「一」來形容「道」向下落實一層的未分狀態。渾淪不分的「道」，實已稟賦陰陽兩氣；《易經》所說「一陰一陽之謂『道』」；「二」就是指「道」所稟賦的陰陽兩氣，而這陰陽兩氣便是構成萬物最基本的原質。「道」再向下落漸趨於分化，則陰陽兩氣的活動亦漸趨於頻繁。「三」應是指陰陽兩氣互相激盪而形成的均適狀態，每個新的和諧體就在這種狀態中產生出來。[43]

而馮友蘭也針對《易傳》解釋說：

> 「一陰一陽之謂道」這句話固然是講的宇宙，可是它可以與「易有太極，是生兩儀」這句話互換。「道」等於「太極」，「陰」、「陽」相當於「兩儀」。[44]

可見這所謂「二」，即「兩儀」，也就是「陰陽」。而此「陰陽」，不僅是互相對待而且是互相統一、互相含融的。《老子》所謂「萬物負陰而抱陽，沖氣以為和」，就是這個意思。而在《周易》六十四卦中，除

---

43 陳鼓應：《老子今注今譯及評介》（臺北市：商務印書館，1985 年 2 月修訂十版），頁 106。
44 《馮友蘭選集》上卷，頁 286。

「乾」、「坤」兩卦，一為陽之元，一為陰之元外，其他的六十二卦，全
是陰陽互相對待而含融而統一的。《周易‧繫辭下》說：

陽卦多陰，陰卦多陽。其故何也？陽卦奇，陰卦偶。

清焦循注云：

陽卦之中多陰，則陰卦之中多陽。兩相孚合擇多益寡之義也。如
〈萃〉陽卦也，而有四陰，是陰多於陽，則以〈大畜〉孚之。〈大
有〉陰卦也，而有五陽，是陽多於陰，則以〈比〉孚之。設陽卦
多陽，則陰卦必多陰，以旁通之；如〈姤〉與〈復〉、〈遯〉與
〈臨〉是也。聖人之辭，每舉一隅而已。……奇偶指五，奇在五
則為陽卦，宜變通於陰；偶在五則為陰卦，宜進為陽。[45]

可見《周易》六十四卦，有陽卦與陰卦之分，而要分辨陽卦與陰卦，照
焦循的意思，是要看「奇在五」或「偶在五」來決定，意即每卦以第五
爻分陰陽，如是陽爻則為陽卦，如為陰爻則是陰卦[46]。用這種分法，《周
易》六十四卦剛好陰陽個半，屬於陽卦的是：

乾（下乾上乾）　　屯（下震上坎）
需（下乾上坎）　　訟（下坎上乾）
比（下坤上坎）　　小畜（下乾上巽）

---

45 陳居淵：《易章句導讀》（濟南市：齊魯書社，2002 年 12 月一版一刷），頁 209。
46 陽卦與陰卦之分，或以為要看每一卦之爻畫線段的總數來決定，如為奇數屬陽，如
　 是偶數則為陰。見鄧球柏：《帛書周易校釋》（長沙市：湖南人民出版社，2002 年 6
　 月三版一刷），頁 536。

履（下兌上乾）　　　否（下坤上乾）

同人（下離上乾）　　隨（下震上兌）

觀（下坤上巽）　　　無妄（下震上乾）

大過（下巽上兌）　　習（下坎上坎）

咸（下艮上兌）　　　遯（下艮上乾）

家人（下離上巽）　　蹇（下艮上坎）

益（下震上巽）　　　夬（下乾上兌）

姤（下巽上乾）　　　萃（下坤上兌）

困（下坎上兌）　　　井（下巽上坎）

革（下離上兌）　　　漸（下艮上巽）

巽（下巽上巽）　　　兌（下兌上兌）

渙（下坎上巽）　　　節（下兌上坎）

中孚（下兌上巽）　　既濟（下離上坎）

在此三十二卦中，除〈乾〉卦是「全陽」外，屬「多陰」而形成「陽中陰」的包孕式結構的，有六卦，即：

〈屯〉、〈比〉、〈觀〉、〈習〉、〈蹇〉、〈萃〉。

屬「多陽」而形成「陽中陽」的包孕式結構的，有十五卦，即：

〈需〉、〈訟〉、〈小畜〉、〈履〉、〈同人〉、〈無妄〉、〈大過〉、〈遯〉、〈家人〉、〈夬〉、〈姤〉、〈革〉、〈巽〉、〈兌〉、〈中孚〉。

屬「陰陽多寡相當」而形成「並列」關係的包孕式結構的，有十卦，即：

〈否〉、〈隨〉、〈咸〉、〈益〉、〈困〉、〈井〉、〈漸〉、〈渙〉、〈節〉、〈既濟〉。

據此，可依序用下圖來表示三種不同的包孕式結構：

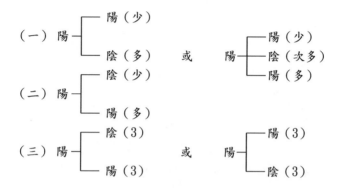

　　其中（一）、（二）兩種，除與（三）一樣各可形成「移位」結構外，又可合而形成「轉位」結構。屬於陰卦的是：

坤（坤下坤上）　　　蒙（下坎上艮）

師（下坎上坤）　　　泰（下乾上坤）

大有（下乾上離）　　謙（下艮上坤）

豫（下坤上震）　　　蠱（下巽上艮）

臨（下兌上坤）　　　噬嗑（下震上離）

賁（下離上艮）　　　剝（下坤上艮）

復（下震上坤）　　　大畜（下乾上艮）

頤（下震上艮）　　　離（下離上離）

恆（下巽上震）　　　大壯（下乾上震）

晉（下坤上離）　　　明夷（下離上坤）

　　睽（下兌上離）　　　解（下坎上震）

　　損（下兌上艮）　　　升（下巽上坤）

　　鼎（下巽上離）　　　震（下震上震）

　　艮（下艮上艮）　　　歸妹（下兌上震）

　　豐（下離上震）　　　旅（下艮上離）

　　小過（下艮上震）　　未濟（下坎上離）

在此三十二卦中，除〈坤〉卦是「全陰」外，屬「多陰」而形成「陰中陰」的包孕式結構的，有十五卦，即：

　　〈蒙〉、〈師〉、〈謙〉、〈豫〉、〈臨〉、〈剝〉、〈復〉、〈頤〉、〈晉〉、〈明夷〉、〈解〉、〈升〉、〈震〉、〈艮〉、〈小過〉。

屬「多陽」而形成「陰中陽」的包孕式結構的，有六卦，即：

　　〈大有〉、〈大畜〉、〈離〉、〈大壯〉、〈睽〉、〈鼎〉。

屬「陰陽多寡相當」而形成「並列」關係的包孕式結構的，有十卦，即：

　　〈泰〉、〈蠱〉、〈噬嗑〉、〈賁〉、〈恆〉、〈損〉、〈歸妹〉、〈豐〉、〈旅〉、〈未濟〉。

據此，可依序用下圖來表示三種不同的包孕式結構：

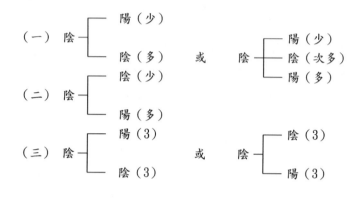

其中（一）、（二）兩種，除與（三）一樣各可形成「移位」結構外，
又可合而形成「轉位」結構。

　　而這些「陽卦」與「陰卦」，是可兩兩相對待，而「裒多益寡」或
「旁通」，以達於統一的。它們是：

乾和坤　　屯和鼎　　蒙和革　　需和晉　　訟和明夷
師和同人　比和大有　小畜和豫　履和謙　　泰和否
隨和蠱　　臨和遯　　觀和大壯　噬嗑和井　賁和困
剝和夬　　復和姤　　無妄和升　大畜和萃　頤和大過
習和離　　咸和損　　恆和益　　家人和解　睽和蹇
震和巽　　艮和兌　　漸和歸妹　豐和渙　　旅和節
中孚和小過　既濟和未濟

可見「陰」和「陽」雖兩相對待，卻可以彼此含融而形成統一。

二　篇章應用

　　由於「篇章意象」之組織是用章法形成的，乃屬於邏輯思維之範疇，講求者乃辭章之條理或結構，而此條理或結構，又對應於宇宙規律，是人生來即具存於心的[47]，所以人類自有辭章開始，即毫無例外地被應用來安排「篇章意象」。雖然作者對此，大都是日用而不知、習焉而不察的，但無損於它的存在與重要性。經過多年的努力，在前人的有限基礎上，用「發現現象以求得通則、規律」的方式，爬羅剔抉，到目前為止，一共確定了約四十種的章法類型來組織「篇章意象」，從而找出各自之心理基礎與美感效果，並尋得四大規律加以統合，終於形成完整之體系，建立了一個新的學門[48]，可藉以觀察「篇章意象」之組織。茲就「篇章意象」包孕式結構之「陰陽互動」、「基本類型」與「舉隅說明」等三項，分述如下：

47　吳應天：「文章結構規律作為文章本質的關係，恰好跟人類的思維形式相對應，而思維形式又是客觀事物本質關係的反映。」見《文章結構學》，頁 359。

48　鄭韶風：「陳滿銘教授及其研究生仇小屏、夏薇薇、陳佳君、黃淑貞等為主幹，推出了漢語辭章章法學的論著；開了『章法』論的專門辭章學先河。此類論著，從其研究的深度與廣度、科學性與實用性來講，雖非『絕後』，實屬『空前』。」見〈漢語辭章學四十年述評〉，《國文天地》17 卷 2 期（2001 年 7 月），頁 96。又鄭頤壽：「臺灣建立了「辭章章法學」的新學科，成果豐碩，代表作是臺灣師大博士生導師陳滿銘教授的《章法學新裁》（以下簡稱「新裁」）及其高足仇小屏、陳佳君等的一系列著作。」見〈中華文化沃土，辭章學圃奇葩──讀陳滿銘《章法學新裁》及其相關著作〉，《海峽兩岸中華傳統文化與現代化研討會文集》（蘇州市：「海峽兩岸中華傳統文化與現代化研討會」，2002 年 5 月），頁 131-139。又王希杰：「章法學已經初步形成了一門科學。陳滿銘教授初步建立了科學的章法學體系。……如果說唐鉞、王易、陳望道等人轉變了中國修辭學，建立了學科的中國現代修辭學，我們也可以說，陳滿銘及其弟子轉變了中國章法學的研究大方向，建立了科學的章法學，把漢語章法學的研究轉向科學的道路。」見〈章法學門外閒談〉，《國文天地》18 卷 5 期（2002 年 10 月），頁 92-101。

（一）陰陽互動

　　人對於「篇章意象」之組織，亦即章法的注意，相當地早。劉勰《文心雕龍‧章句》篇即有篇法、章法、句法、字法之說，而後來呂東萊的《古文關鍵》、謝枋得的《文章軌範》、託名歸有光的《文章指南》和劉熙載的《藝概》……等，也都或多或少地涉及章法，只可惜都「但見其樹而不見其林」。於是在偶然的機緣下，從三十多年前開始，兼顧理論與應用，經由廣搜旁推的功夫，終於找出約四十種章法，而完成「集樹成林」的工作。這些章法用在「篇」或「章」（節、段），都可以擔負組織「篇章意象」之作用。

　　由於這些用於組織「篇章意象」之章法，是建立在「陰陽二元對待」之基礎上的，每一章法本身即自成陰陽、剛柔。大抵而論，屬於本、先、靜、低、內、小、近……的，為「陰」為「柔」，屬於末、後、動、高、外、大、遠……的，為「陽」為「剛」。而《周易‧繫辭上》所謂「天尊地卑，乾坤定矣；卑高以陳，貴賤位矣；動靜有常，剛柔斷矣」，雖然沒有明說何者為「剛」？何者為「柔」？然而從其整個陰陽、剛柔學說看來，卻可清楚地加以辨別。陳望衡說：

> 《周易》中的剛柔也不只是具有性的意義，它也用來象徵或概括天地、日月、晝夜、君臣、父子這些相對立的事物。而且，剛柔也與許多成組相對立的事物性質相連屬，如動靜、進退、貴賤、高低……剛為動、為進、為貴、為高；柔為靜、為退、為賤、為低。[49]

---

49 陳望衡：《中國古典美學史》（長沙市：湖南教育出版社，1998 年 8 月一版一刷），頁 184。

這樣以「陰陽」或「剛柔」來看章法或「篇章意象」之組織，則所有以
《周易》（含《易傳》）與《老子》之「陰陽二元」為基礎而形成的章法
或「篇章意象」之組織，都可辨別它們的陰陽或剛柔。譬如：

今昔法：以「昔」為陰為柔、「今」為陽為剛。

遠近法：以「近」為陰為柔、「遠」為陽為剛。

大小法：以「小」為陰為柔、「大」為陽為剛。

本末法：以「本」為陰為柔、「末」為陽為剛。

虛實法：以「虛」為陰為柔、「實」為陽為剛。

賓主法：以「主」為陰為柔、「賓」為陽為剛。

正反法：以「正」為陰為柔、「反」為陽為剛。

立破法：以「立」為陰為柔、「破」為陽為剛。

凡目法：以「凡」為陰為柔、「目」為陽為剛。

圖底法：以「圖」為陰為柔、「底」為陽為剛。

因果法：以「因」為陰為柔、「果」為陽為剛。

點染法：以「點」為陰為柔、「染」為陽為剛。

以此為基礎，就可以因「移位」如「凡（陽）→目（陰）」或「圖（陰）
→底（陽）」、又可因「轉位」[50] 如「因（陰）→果（陽）→因（陰）」
或「果（陽）→因（陰）→ 果（陽）」而形成各種結構了。可見如泛就
意象而言，則「意」為「陰」、「象」為「陽」，可因陰陽之互動，產生
「移位」、「轉位」而形成不同結構類型。

---

50 「移位」與「轉位」之說，參見仇小屏：〈論章法的移位、轉位及其美感〉，《辭章學
論文集》上冊，頁 98-122。

（二）基本類型

「篇章意象」之組織（章法）是以「邏輯思維」為主、「形象思維」[51]為輔的，因此簡單地說，它所探討的主要是「篇章意象」（內容材料）的深層邏輯，也就是它的「條理」，而此「條理」乃源自於人之心理（意），從內在應接萬事萬物（象），所呈顯的共通理則[52]。而這共通的理則，落到「篇章意象」組織（章法）之上，便成為「秩序」、「變化」、「聯貫」、「統一」等四大規律，以反映作者之邏輯思維。其中「秩序」、「變化」與「聯貫」三者，主要著重於個別意象（內容材料）之布置，以梳理各種結構，所重在分析思維；而「統一」則主要著眼於整體意象（核心情、理）之上，藉以凝成主旨、凸顯風格；或統合個別意象（內容材料），形成綱領，以貫穿全篇[53]，所重在綜合思維。

所謂「秩序」，是將個別意象依序加以整齊安排的意思。而用任何章法來組織「篇章意象」，都可依循此律，形成其先後順序。茲舉組織「篇章意象」較常見的幾種章法來看，它們可就其先後順序，形成如下結構：

1. 虛實法：「虛→實」、「實→虛」。
2. 賓主法：「賓→主」、「主→賓」。
3. 正反法：「正→反」、「反→正」。

---

51 邏輯思維與形象思維為人類最基本的兩種思維方式。參見侯健：《文學通論》（北京市：北京大學出版社，1986 年 5 月一版一刷），頁 153-157。邏輯思維，或稱抽象思維，見李名方：〈論思維類型與語體分類〉，《李名方文集》（北京市：中國文聯出版社，2002 年 9 月一版一刷），頁 223-226。

52 此即「人同此心，心同此理」之「理」，參見陳滿銘：〈談辭章章法的主要內容〉、〈談篇章結構〉，《章法學新裁》，頁 319-360、364-419。

53 陳滿銘：〈論辭章章法的四大律〉，《辭章學論文集》（福州市：海潮攝影藝術出版社，2002 年 12 月一版一刷），頁 68-77。又，仇小屏：《文章章法論》，及《篇章結構類型論》上、下。

4. 凡目法：「凡→目」、「目→凡」。

5. 圖底法：「圖→底」、「底→圖」。

6. 因果法：「因→果」、「果→因」。

這些「順」（「陰→陽」）或「逆」（「陽→陰」）所形成的「移位」結構，隨處可見。

　　所謂「變化」，是把個別意象的次序加以參差安排的意思。而用每一章法來組織「篇章意象」，都可依循此律，造成順逆交錯的效果。同樣以上舉幾種常見用以組織「篇章意象」的章法來看，可形成如下結構：

1. 虛實法：「虛→實→虛」、「實→虛→實」。

2. 賓主法：「賓→主→賓」、「主→賓→主」。

3. 正反法：「正→反→正」、「反→正→反」。

4. 凡目法：「凡→目→凡」、「目→凡→目」。

5. 圖底法：「圖→底→圖」、「底→圖→底」。

6. 因果法：「因→果→因」、「果→因→果」。

這些「順」和「逆」交錯（「陰→陽→陰」或「陽→陰→陽」）的「轉位」結構，也隨處可見。

　　所謂「聯貫」，是就個別意象先後的銜接或呼應來說的，也稱為「銜接」。無論是用哪一種章法來組織「篇章意象」，都可以由局部的「調和」與「對比」，形成銜接或呼應，而達到聯貫的效果。在用以組織意象的約四十種章法中，大致說來，除了貴與賤、親與疏、正與反、抑與揚、立與破、眾與寡、詳與略、張與弛……等，比較容易形成「對比」外，其他的，如今與昔，遠與近、大與小、高與低、淺與深、賓與

主、虛與實、平與側、凡與目、縱與收、因與果……等，都極易形成
「調和」的關係。[54] 一般說來，篇章裡全篇純然形成「對比」者較少，
而在「對比」（主）中含有「調和」（輔）者則較常見；至於全篇純然
形成「調和」者則較多；而在「調和」（主）中含有「對比」（輔）者，
雖然也有，卻較少見；這種情形，尤以古典詩詞為然。不過，無論怎
樣，都可以使整體意象收到前後呼應、聯貫為一的效果[55]。

　　所謂的「統一」，是就整體意象的通貫來說的。這裡所說的「統
一」，乃側重於內容（包含內在的情理「意」與外在的材料「象」）而言，
與前三個原則之側重於形式（條理）者，有所不同。也就是說，這個
「統一」，和聯貫律中由「調和」所形成的「統一」，所指非一。因此要
達成內容（包含內在的情理「意」與外在的材料「象」）的「統一」，
則非訴諸主旨（核心意象）與綱領（個別意象的統合）不可。而綱領既
有單軌、雙軌或多軌的差別，就是主旨也有置於篇首、篇腹、篇末與篇
外的不同[56]。一篇辭章的「篇」與「章」，無論是何種類型，都可以由
此「一以貫之」。

　　「篇章意象」組織（章法）的四大律，如對應於《周易》（含《易傳》）
與《老子》所含藏之「多」、「二」、「一 0」的螺旋結構來說，其「秩
序」、「變化」二律中的順或逆（秩序）的「移位」與變化的「轉位」
結構，都可以呈現這種「多樣對待」（「多」）的條理；而「篇章意象」
組織（章法）中「移位」所形成之變化[57]，也與此「多樣對待」（「多」）
的條理不謀而合。當然，這裡所說的「秩序」，也含有「變化」的成分，

---

54 同前註。

55 除此效果外，「對比」與「調和」還可以影響一篇辭章之風格，通常「對比」會使文
　章趨於陽剛，而「調和」則會使文章趨於陰柔。參見仇小屏：《古典詩詞時空設計美
　學》（臺北市：文津出版社，2002 年 12 月初版一刷），頁 323-331。

56 〈談辭章章法的主要內容〉，《章法學新裁》，頁 351-359。

57 〈論章法的移位、轉位及其美感〉，頁 98-122。

而「變化」，同樣含有「秩序」的成分，只是為了說明方便，就有所偏重地予以區隔而已。總結起來說，這個部分所呈現的是「多而二」或「二而多」（多樣的二元對待）的結構。而以意象組織（章法）之「聯貫」、「統一」二律而言，則所呈現的是「二而一（0）」或「（0）一而二」（剛柔的統一）的結構：首先是非對比式結構單元「同類相從」所造成的「聯貫」，其次是以「調和」（柔）與「對比」（剛）統合各結構單元，由局部（章）趨於全體（篇）的「聯貫」，又其次是結構單元之「移位」、「轉位」所造成局部「節奏」趨於整篇「韻律」[58]的「聯貫」；這說的都是「二」。然後是以主旨（情、理）或綱領貫穿各個部分（含剛柔、移位、轉位、節奏、韻律等）而凝為一體的「統一」（調和性或對比性）；這說的是「一（0）」或「（0）一」。

這樣看來，如單著眼於鑑賞面，則上述「篇章意象」組織（章法）的四大規律，恰恰切合於「多、二、一（0）」的順序。其中「秩序與變化」，相當於「多」（多樣），即「多樣的二元對待」；「聯貫」，以其根本而言，相當於「二」（陽剛、陰柔）；而「統一」則相當於「一（0）」。如此由「多樣」（多樣的二元對待）而「二」（剛柔互濟）而「統一」，凸顯了「篇章意象」組織（章法）的四大規律所形成的，不是平列的關係，則是「多、二、一（0）」的邏輯結構。

而這種「多、二、一（0）」如落到「篇章意象」結構（章法）來說，

58　陳滿銘：〈論辭章章法「多、二、一（0）」結構的節奏與韻律〉，頁 81-124。而其濃縮版獲入編《中國科技發展精典文庫》第二輯（北京市：中國言實出版社，2003 年 5 月），頁 367-368。又歐陽周、顧建華、宋凡聖等《美學新編》：「與節奏相關係的是韻律。韻律是在節奏的基礎上形成的，但又比節奏的內涵豐富得多，是一種有規律的抑揚頓挫的變化，表現出一種特有的韻味或情趣。可以說，節奏是韻律的條件，韻律是節奏的深化。」（杭州市：浙江大學出版社，2001 年 5 月一版九刷），頁 79。

則核心結構[59] 以外的所有其他結構，都屬於「多」；而核心結構所形成之「二元對待」，自成陰與陽而「相反相成」，以徹下徹上，形成結構之「調和性」（陰）與「對比性」（陽）的，是屬於「二」；至於篇章之「主旨」或由「統一」所形成之風格、韻味、氣象、境界等，則屬於「一（0）」。值得一提的是，以「（0）」來指風格、韻味、氣象、境界等篇章之抽象力量，是相當合理的。

　　由此可見，若與《周易》「陽中陽」、「陽中陰」與「陰中陰」、「陰中陽」與《老子》「負陰抱陽」的義理邏輯兩相對應，則這種「多、二、一（0）」的邏輯結構，往往是會在「多而二」的上下兩層（或兩層以上）部分，由各種章法形成「篇章意象」之包孕式結構。如單就意象的移位結構而言，有下列類型：

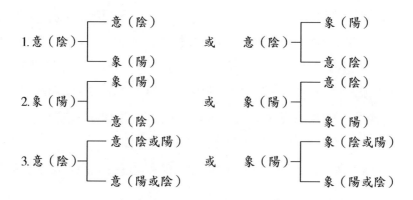

---

59 陳滿銘：〈論章法「多、二、一（0）」的核心結構〉，臺灣師大《師大學報·人文與社會類》48 卷 2 期（2003 年 12 月），頁 71-94。

如就意象的轉位結構而言，則有下列類型：

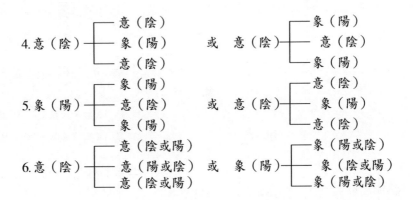

以上六種類型中的 3、6 兩種，因在「意」與「意」、「象」與「象」中有可各自形成「陰→陽」、「陽→陰」之移位與「陰→陽→陰」、「陽→陰→陽」之轉位結構，所以用「陰或陽」、「陽或陰」與「陰或陽或陰」、「陽或陰或陽」來加以概括。

（三）舉隅說明

「篇章意象」包孕式結構的各種類型，普遍見於各類文體。茲分別舉詩、詞各一例，以見一斑。

首先看王維的〈渭川田家〉詩：

> 斜光照墟落，窮巷牛羊歸。野老念牧童，倚杖候荊扉。雉雊麥苗秀，
> 蠶眠桑葉稀。田夫荷鋤至，相見語依依。即此羨閒逸，悵然歌式微。

這首詩藉「渭川田家」黃昏時「閒逸」之景──「象」，以興歆羨之情，從而表出作者急欲歸隱田園的心願──「意」。就在意象結構中

「橫向」之「意象包孕」層級，可藉「縱向」之「章法」梳理後用下表
來呈現：

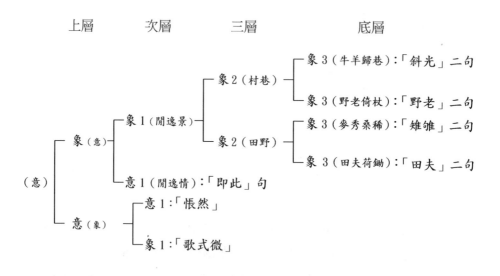

從上表可看出此詩先藉由村巷與田野，分別著眼於牛羊、野老、桑麥、
田夫，寫所歆羨的閒逸之景——「象」，再由此帶出「羨閒逸」之情——
「意」，然後用《詩經·邶風·式微》「式微，式微，胡不歸」的詩意，
以表達自己「踵武靖節」[60]的心願——「意」。這就形成了「意、象」
與「意含象」（上層）、「象1、意1」（次層）、「象2」（三層）、「象3」
（底層）的「意象包孕」層次。如拆開來看其「意象包孕」結構，加上
第一層則共有如下四種移位類型：

60 高步瀛：《唐宋詩舉要》（臺北市：學海出版社，1973 年 2 月初版），頁 12。

而著眼於整體，就其層級而言，則可用簡圖分層表示如下：

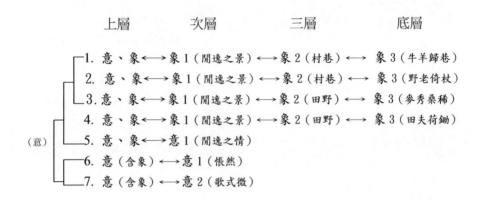

而這種「意象包孕」層級，橫向由「底層」到「上層」，呈現的是意象「由實（具體——物或事本身）而虛（抽象——物類或事類）」的各個層次；縱向由「1」到「7」，呈現的是意象「由先而後」（1→2→3→4→5→6→7）的敘寫順序。它們究竟是用什麼內在的邏輯條理，以形成其深層結構，逐一組織的呢？如細予審辨，則不難發現它用了底圖、虛實（情景）、遠近、天人（自然、人事）等「移位」的「調和」性章法，以形成其結構，那就是：

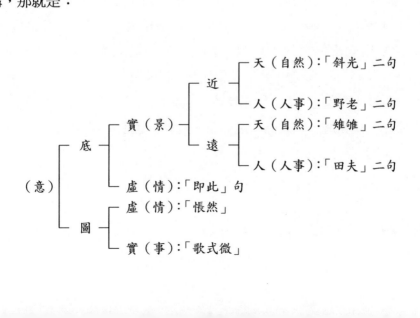

　　若特別凸顯「章法結構」，輔以「意象層級」，將上舉兩表疊合在一起，便成下表：

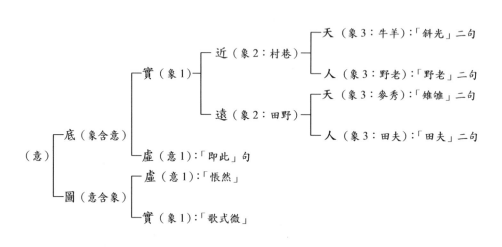

　　由此可見「意象包孕」層級與章法結構的關係，是深密得不可分割的。先就「橫象」來看，以「意、象」與「意含象」（上層）、「象1」與「意1」（次層）、「象2」（三層）、「象3」（底層）形成其小意象系統；再就「縱向」來看，以「先因後果」（上層）、「先實後虛」與「先虛後實」（次層）、「先近後遠」（三層）、兩疊「先天後人」（底層）形成其結構；然後就「整體」來看，用各層「章法結構」，將各「意象包孕」層級作縱橫向聯結，以形成其「1」至「7」級之大意象系統。其中「次」、「三」、「底」等層所屬「意象包孕」層級與「章法結構」為「多」，而上層所屬「意象」（橫）與「結構」（縱）以徹下徹上者為「二」；至於所表達「羨閒逸，歌式微」之篇章主旨與「疏散簡淡」[61]之風格，則為「一（0）」。

61　韓潤解析，見《唐詩鑑賞辭典》，頁 146-147。

這樣的結構，如果單就其陰陽互動來看，則可呈現如下圖：

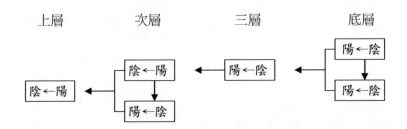

這四層結構，共由三個「陽←陰」與兩個「陰←陽」移位而調合的結構所組成。其中「陽←陰」者雖有三個，卻處於次、三、底層；而「陰←陽」者雖僅兩個，卻處於上、次兩層，加上上層又是統括性的核心結構；因此可看出此詩乃毗柔之作，與其所謂「疏散簡淡」的風格是相吻合的。

　　然後看白居易的〈長相思〉詞：

　　　汴水流，泗水流，流到瓜州古渡頭。吳山點點愁。　　思悠悠，
　　恨悠悠，恨到歸時方始休。月明人倚樓。

　　此詞藉自身之所見、所為——「象」來寫相思之情（所思）——「意」。其橫向之「意象包孕」層級，可用下表來呈現：

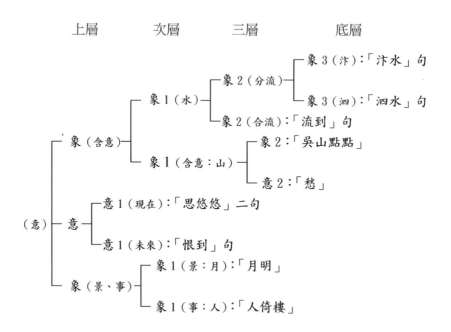

從上表可看出「作者在上片，寫的是自己置身於瓜州古渡所見的景物：
首以『汴水流』三句，寫向北所見到的『水』景，藉汴、泗二水之不斷
奔流，襯托出一份悠悠別恨；再以『吳山點點愁』一句，寫向南所見到
之『山』景，藉吳山之『點點』又襯托出另一份悠悠別恨來，使得情寓
景中，全力為下半的抒情預鋪路子。到了下片，則即景抒情，一開頭就
將一篇之主旨『悠悠』之恨拈出，再以『恨到歸時方始休』作進一層的
渲染。然後以結句，寫自己在樓上對月相思的樣子，將『恨』字作更具
體之描繪，而且也『呼應了全篇』[62]。」[63] 如拆開來看，其「意象包孕」

---

62 黃屏解析，見陳邦炎主編：《詞林觀止》上（上海市：上海古籍出版社，1994 年 4 月
　　一版一刷），頁 25。

63 陳滿銘：〈談篇章的縱向結構〉，臺灣師大《中國學術年刊》（2001 年 5 月），頁 274-
　　275。

結構，含第一層，則共有如下四種類型，其中一轉位、三移位：

而著眼於整體，就其層級而言，則可用簡圖分層表示如下：

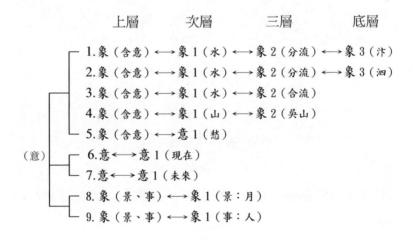

可見其橫向之「意象包孕」層級有四層（上、次、三、底）、縱向之「章法結構」有九級（1→2→3→4→5→6→7→8→9）。如特別從章法切入，則它以「轉位」之「虛實」與「移位」之「方位轉換」、「虛實」、「高低」、

「凡目」、「情景」、「遠近」等調和性章法組成其縱向之深層結構,即:

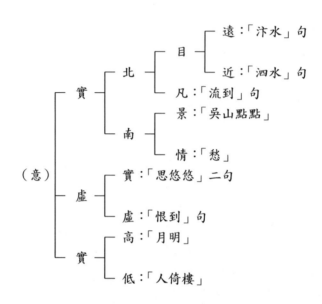

如果以縱向(章法結構)為主、橫向(意象層級)為輔加以疊合,則形成了下表:

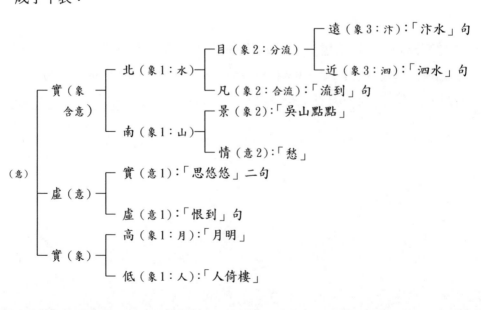

透過這個例子，可看出縱向（章法結構）與橫向（意象層級）關係之密切來。先就「意象包孕」層級來看，以「意含象」、「意」與「象」（上層）、「象1」與「意1」（次層）、「象2」與「意2」（三層）、「象3」（底層）形成小意象系統；再就「章法結構」來看，以「實、虛、實」（上層）、「先北後南」、「先實後虛」與「先高後低」（次層）、「先目後凡」與「先景後情」（三層）、「先遠後近」（底層）形成其結構；然後就整體之「意象結構」來看，用各層「章法結構」，將「意象層級」縱橫聯結，以形成其「1」至「9」級之大意象系統[64]。其中「次」、「三」、「底」等層所屬「意象層級」與「章法結構」為「多」，而上層所屬「意象層級」與「章法結構」以徹下徹上者為「二」；至於所表達「相思之情」的一篇主旨與「音調諧婉，流美如珠」[65] 之風格，則為「一（0）」。就這樣以「多」、「二」、「一（0）」統合縱橫向，將「意象包孕」層級與「章法結構」疊合而為一了。

這種結構如著眼於陰陽之互動來看，則可呈現如下：

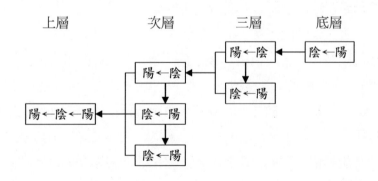

---

64 大小意象系統，見陳滿銘：〈淺論意象系統〉，《國文天地》21 卷 5 期（2005 年 10 月），頁 30-36。

65 趙仁圭、李建英、杜媛萍：「整首詞借流水寄情，含情綿邈。疊字、疊韻的頻繁使用，使詞句音調諧婉，流美如珠。」見《唐五代詞三百首譯析》（長春市：吉林文史出版社，1997 年 1 月一版一刷），頁 148。

這四層結構，共由四個「陰←陽」、一個「陽←陰」的移位與一個「陽←陰←陽」的轉位而調合的結構所組成。其中「陽←陰」、「陽←陰←陽」者雖處上、次兩層，卻皆非核心結構，因此仍以「陰←陽」之勢較盛，由此可看出此詞亦屬毗柔之作，與其所謂「音調諧婉，流美如珠」的風格，也是相當吻合的。

　　總結起來看，所謂「小意象系統」，是就「橫向」（依橫排結構表）、「個別意象」來說的，它藉「章法結構」自上層開始，依「由最大類到最小意象」之順次，逐層下遞，到最低一層的「個別意象」，即形成此「個別意象」之「小意象系統」。而所謂「大意象系統」，則是就「縱向」（依橫排結構表）、「整體意象」而言的，它藉「章法結構」將「橫向」之各「小意象系統」，逐層（上、次……底）逐級（1、2、3……）作縱向之統合，成為「大意象系統」，從而呈現「章法結構」與大小「意象系統」緊密疊合之整體結構。因此，大小「意象系統」之形成，都有賴於「（0）一」、「二」、「多」的「螺旋結構」。

　　而這種系統與結構，如著眼於創作面，所呈現的是「（0）一、二、多」；而著眼於鑑賞面，則所呈現的是「多、二、一（0）」。這就同一作品而言，作者由「意」而「象」地在從事順向（「（0）一、二、多」）創作的同時，也會一再由「象」而「意」地如讀者作逆向（「多、二、一（0）」）之檢查；同樣地，讀者由「象」而「意」地作逆向（「多、二、一（0）」）鑑賞（批評）的同時，也會一再由「意」而「象」地如作者在作順向（「（0）一、二、多」）之揣摩。如此順逆互動、循環而提升，形成螺旋結構，而最後臻於至善，自然能使得順向的創作與逆向之鑑賞合為一軌。

　　經由上述，可知「篇章意象」在進行層層組織時，其上下兩層必然會成為「移位」性或「轉位」性的包孕式結構。而這種結構所以能形成包孕，層層組織，乃由於陰陽互動而造成「層次」與「變化」，趨於「調

和」或「對比」，藉以逐層產生「節奏」、「韻律」，臻於統一、和諧的緣故。這些循環歷程，可用「多」、「二」、「一（0）」的螺旋結構加以統括，以見這種「篇章意象」包孕式結構之普遍性。

第四章
篇章意象之主題與風格

　　「篇章意象」之核心在其主題與風格，其中「主題」，主要是指「主旨」（含綱領）與來說；而風格則指結合內容與形式（藝術）所產生有整個機體所顯示的審美風貌[1]。兩者乃合作者之形象思維與邏輯思維為一而形成，關係極為密切，而且居於關鍵性之地位。

第一節　主題

　　宇宙人生之事事物物，都脫不開「陰陽二元」互動系統之牢籠，自然其中就存在著「潛性」（陰）與「顯性」（陽）之「二元互動」這一環。大體而言，同一種或同一類事物，如著眼於其「陽」面，將比較趨於表層而顯著，這就形成「顯性」；如著眼於「陰」面，則會比較趨於內層而潛伏，這就形成「潛性」。就像「三一語言學」創始人王希杰所說的：是在場的和不在場的，看得見的和看不見的，有形式標誌的和沒有形式標誌的，說得出的和說不出的等一些深層的和表層的虛實關係[2]。即以「篇章」而言，亦不例外。為此，本節特地鎖定「篇章意象」之「主題（篇旨）」（含綱領）為範圍，以凸顯內容材料間關係的「章法結構」切

1　顧祖釗：「風格的成因並不是作品中的個別因素，而是從作品中的內容與形式的有機整體的統一性中所顯示的一種總體的審美風貌。」見《文學原理新釋》（北京市：人民文學出版社，2001年5月一版二刷），頁184。
2　王希杰：〈詩歌章法（句法）的潛和顯〉，《揚州大學學報・人文社會科學版》8卷6期（2004年11月），頁47。

入，充當橋樑，進行探討。

　　而「篇旨（含綱領）潛顯」，就是主旨看是否在篇中直接明白地點出，而根據這一點，又可以分為三種情況：「全顯者」、「全潛者」、「顯中有潛者」，茲分「全顯、全潛」與「顯中有潛」兩類，舉例說明如下。

一　全顯全潛

　　篇旨「全顯」、「全潛」的，可以是有「意」有「象」，也可能只有「意」而無「象」，這種情形十分常見。

　　「全顯」者，如《史記‧孔子世家贊》：

> 太史公曰：《詩》有之：「高山仰止，景行行止。」雖不能至，然心鄉往之。余讀孔氏書，想見其為人。適魯，觀仲尼廟堂，車服、禮器，諸生以時習禮其家，余低回留之，不能去云。天下君王至於賢人眾矣，當時則榮，沒則已焉。孔子布衣，傳十餘世，學者宗之。自天子王侯，中國言六藝者，折中於夫子，可謂至聖矣！

　　這篇贊文，是採「凡」（綱領）、「目」、「凡」（主旨）的結構所寫成的。頭一個「凡」（綱領）的部分，自篇首至「然心鄉往之」止，引《詩》虛虛籠起，以「高山仰止，景行行止」兩句，領出「鄉往」兩字，作為綱領，以統攝下文。「目」的部分，自「余讀孔氏書」至「折中於夫子」止，以「由小及大」的方式，含三節來寫：首節寫自己「讀孔氏書」與「觀仲尼廟堂」之所見、所思，以「想見其為人」與「低回留之，不能去云」句，表出自己對孔子的「鄉往」之情；次節特將孔子與「天下君王至於賢人」作一對照，以「學者宗之」，表出孔門學者對孔子的「鄉往」之情，並暗示所以將孔子列為世家的理由；三節寫各家以孔子

的學說為截長補短的標準，以「折中於夫子」，表出全天下讀書人對孔子的「嚮往」之情。後一個「凡」（篇旨）的部分，即末尾「可謂至聖矣」一句，拈出主旨，以回抱前文作收。附結構分析表如下：

```
    ┌ 凡（綱領）:「太史公曰」六句
    │      ┌ 目一（自身）:「余讀」八句
  ┌ 目─┤ 目二（孔門學者）:「天下」六句
  │    └ 目三（天下讀書人）:「自天子」三句
    └ 凡（主旨）:「可謂至聖矣」
```

　　可見太史公此文，是以「嚮往」之「意」（情）為綱領，以作者本身、孔門學者以及全天下讀書人對孔子「嚮往」的「象」（事）為內容，層層遞寫，結出「至聖」（嚮往到了極點的稱號）的「意」（理），呈現一篇主旨，來讚美孔子。文雖短而意特長，令人讀了，也不禁湧生無限的「仰止」之「意」來，久久不止。顯然這「可謂至聖矣」之篇旨，是極為明顯的。顯然這一篇是有「象」有「意」的。

　　又如《吳聲歌曲・子夜歌》之二十一：

　　　　別後涕流連，相思情悲滿。憶子腹糜爛，肝腸尺寸斷。

　　此詩以抒發別後相思之情為主，洪順隆在《抒情與敘事》中即表示：「內容寫女子與男友別後，內心思念的痛苦，也是一種慕情。前二句直訴心情，後二句誇大相思之苦。」[3] 從首句的「涕流連」，至末尾的「腹糜爛」與「肝腸斷」，可見其情感由淺而深的層層遞進，並以二句的「相思情悲滿」統括前後兩目，形成「目、凡、目」結構，清楚而直

3　洪順隆：《抒情與敘事》（臺北市：黎明文化事業公司，1998 年 12 月），頁 206。

接的表達出一位思婦的怨情。其結構分析表為[4]：

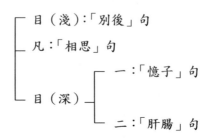

由上表可看出，作者在這短歌中，主要用了凡目及並列等章法來組織其內容材料，以形成其篇章結構，是很容易掌握的。而由於這是一首單「情」類型的詩歌，因此全篇只見「意」而無「象」，與上一文有「意」有「象」者不同。

二　顯中有潛

　　辭章之篇旨，有「顯」有「潛」，必須全盤加以掌握篇中「象」與「意」之關係，才能真正了解作者之完整意思。這樣之作品到處可見，茲舉古文、詩、詞各二例，略予說明，以見一斑。

　　古文如宋玉的〈對楚王問〉：

楚襄王問於宋玉曰：「先生其有遺行與？何士民眾庶不譽之甚也！」

宋玉對曰：「唯，然，有之；願大王寬其罪，使得畢其辭。客有歌於郢中者，其始曰下里巴人，國中屬而和者數千人；其為陽阿

4　陳佳君：〈論辭章內容結構之單一類型——以其所適用之章法為考察重心〉，《修辭論叢》第四輯（臺北市：洪葉文化事業公司，2002 年 6 月初版一刷），頁 672。

薤露，國中屬而和者數百人；其為陽春白雪，國中屬而和者，不過數十人；引商刻羽，雜以流徵，國中屬而和者，不過數人而已；是其曲彌高，其和彌寡。故鳥有鳳而魚有鯤。鳳凰上擊九千里，絕雲霓，負蒼天，足亂浮雲，翱翔乎杳冥之上；夫藩籬之鷃，豈能與之料天地之高哉？鯤魚朝發昆侖之墟，暴鬐於碣石，暮宿於孟諸，夫尺澤之鯢，豈能與之量江海之大哉？故非獨鳥有鳳而魚有鯤也，士亦有之。夫聖人瑰意琦行，超然獨處，夫世俗之民，又安知臣之所為哉？」

此文是以「先問後答」的結構寫成的。「問」的部分，是本文的引子，主要是在提明問者、被問者及所問者的問題，以引出下面回答的部分。

「答」的部分，是本文的主體，採「先點後染」[5]之結構來安排。「點」指「宋玉對曰」一句，而「染」即「曰」的內容。這個內容，首先以「唯，然，有之」承問作了三應，然後以「願大王寬其罪，使得畢其辭」兩句話，委婉的領出所以「不譽」的正式回答來；這是「凡」的部分。而這個針對「不譽」所作的正式回答，即「目」，是以「先賓後主」的結構表出的。其中「賓」的部分，自「客有歌於郢中者」至「豈能與之量江海之大哉」止，共含三小節：第一節以曲為喻，先依和曲者人數

5　「點染」本用於繪畫，指基本技巧。而移用以專稱辭章作法的，則始於清劉熙載。但由於他的所謂的「點染」，指的，乃是「情」（點）與「景」（染），和「虛實」此一章法大家族中的「情景」法，恰巧相重疊，所以就特地借用此「點染」一詞，來稱呼類似畫法的一種章法：其中「點」，指時、空的一個落足點，僅僅用作敘事、寫景、抒情或說理的引子、橋樑或收尾；而「染」，則指真正用來敘事、寫景、抒情或說理的主體。也就是說，「點」只是一個切入或固定點，而「染」則是各種內容本身。這種章法相當常見，也可以形成「先點後染」、「先染後點」、「點、染、點」、「染、點、染」等結構，而產生秩序、變化、聯貫（呼應）之作用。見陳滿銘：〈論幾種特殊的章法〉，臺灣師大《國文學報》31 期（2002 年 6 月），頁 181-187。

之遞減，條分為四層來說明，形成正反對比，以得出「其曲彌高，其和彌寡」的結論，初步為「主」的部分蓄勢；為「賓一」。第二節以鳥為喻，拿鳳凰和藩籬之鷃作個比較，以得出藩籬之鷃不足以「料天地之高」的結論，也形成正反對比，進一步的為「主」的部分蓄勢；為「賓二」。第三節以魚為喻，拿鯤魚與尺澤之鯢一正一反作個比較，以得出尺澤之鯢不足以「量江海之大」的結論，又再一次的為「主」的部分蓄勢；為「賓三」。而「主」的部分，則先以「故非獨鳥有鳳而魚有鯤也，士亦有之」兩句作上下文的接榫，再承上文的鯤、鳳凰和「引商刻羽，雜以流徵」的高雅曲子帶出「夫聖人瑰意琦行，超然獨處」兩句，然後承「尺澤之鯢」、「藩籬之鷃」及「國中屬而和者數千、「數百人」等句，引出「世俗之民，又安知臣之所為哉」兩句，一樣形成正反對比，以暗示「行高由於品高，不合於俗由於俗不能知」的道理，既回答了楚王之問，也藉以罵倒了那些無知的世俗人，真是短筆短掉，其妙無比啊！

　　林西仲說：「惟賢知賢，士民口中，如何定得人品？楚王之問，自然失當，宋玉所對，意以為不見譽之故，由於不合於俗，而所以不合之故，又由於俗不能知，三喻中不但高自位置，且把一班俗人伎倆、見識，盡情罵殺，豈不快心！」[6] 由此看來，這篇短文之所以能獲得古今人之讚譽，並不是沒有理由的。

6　林雲銘：《古文析義合編》上冊卷三（臺北市：廣文書局，1965 年 10 月再版），頁 126。

據此，則其結構分析表為：

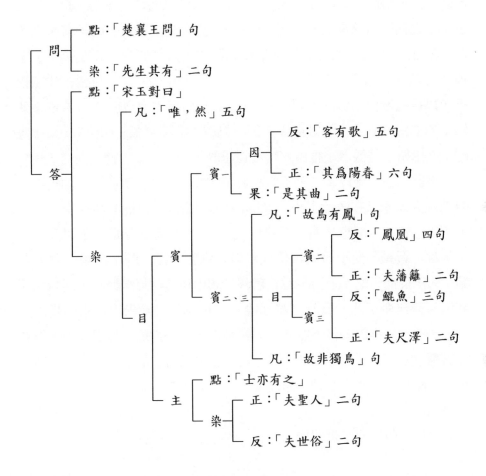

可見這篇文章，一共用了「問答」、「點染」、「凡目」、「賓主」、「因果」、「正反」等章法，因其移位或轉位，而造成層層節奏，以串聯為一篇韻律。其中「問答」、「點染」與「凡目」等所形成之結構，由於在文裡都屬於引子，僅作為引渡之用，因此都不能視為核心結構，只能視為核心結構的輔助性結構。而「先賓後主」的結構，則可以說是全文的主體所在，所以認定它是此文之核心結構，是最恰當的。就在此「先

賓後主」的核心結構下，除用「凡目」、「點染」、「因果」等所形成之輔助結構，來統合梳理各次層結構，最令人注意的是，既以三疊「先反後正」之輔助結構來支援「賓」，又以一疊「先正後反」的結構來支援「主」，而「正反」的對比性又是極強烈的，這就使得「先賓後主」這種核心結構，蘊含著毗剛之氣。這樣，在「先賓後主」的調和性結構下，以這種毗剛之氣，來凸顯「行高由於品高，不合於俗由於俗不能知」的主旨，而將「一班俗人伎倆、見識，盡情罵殺」，形成「柔中寓剛」之風格，是很合乎整體安排之需求的。

對此，張大芝以為「宋玉虛設襄王的責問本身，實際上也曲折而婉轉地表露出宋玉在政治上不得意的憤懣之情」[7]，這從其結構安排上，也可以獲知初步訊息。而何伍修也說：「全文以問句開篇，又以問句結尾，章法新穎。楚王發問，綿裡藏針，意在責難，問中潛藏著幾分狡黠；宋玉反問，剛柔並濟，旨在辯解，問中包含著無限慨歎，同時也流露出一種自命不凡、孤芳自賞之情。」[8]可見此文除表出了「行高由於品高，不合於俗由於俗不能知」的顯旨外，另外還蘊含作者在「不得意的憤懣」或「一種自命不凡、孤芳自賞」之潛旨，而形成了「潛、顯調和」之關聯，而產生互動，而此文「意」在「潛、顯」上之特色，由此可見。

又如周敦頤的〈愛蓮說〉：

　　水陸草木之花，可愛者甚蕃；晉陶淵明獨愛菊。自李唐以來，世人盛愛牡丹。

7　張大芝評析，見《古文鑑賞大辭典》（杭州市：浙江教育出版社，1998 年 10 月二版四刷），頁 151。

8　何伍修評析，見《古文鑒賞辭典》（南京市：江蘇文藝出版社，1987 年 11 月一版一刷），頁 176。

予獨愛蓮之出淤泥而不染，濯清漣而不妖；中通外直，不蔓不枝；香遠益

清，亭亭淨植，可遠觀而不可褻玩焉。

予謂：菊，花之隱逸者也；牡丹，花之富貴者也；蓮，花之君子者也。噫！

菊之愛，陶後鮮有聞。蓮之愛，同予者何人？牡丹之愛，宜乎眾矣。

這篇文章是採先「敘」後「論」的方式寫成的：

「敘」的部分：即起段。在這個部分裡，作者先以開端兩句作個總括，提明世上有許多「水陸草木之花」；然後以「晉陶淵明獨愛菊」十句，依次分寫眾花中的菊、牡丹、蓮和愛這三種花的人。由於陶淵明愛菊、世人愛牡丹，是人所共知的事實，所以只須交代這個事實，卻不必作進一步的解釋；至於愛蓮，則是作者個人的喜好，當然須把自己愛蓮的理由加以說明，因此作者便用「出淤泥而不染」七句，寫出蓮花與眾不同的特質，藉以象徵君子的高潔品格，以充分的為下文「蓮，花之君子者也」的一句論斷蓄力。「論」的部分：即次段，也是末段。在這個部分裡，作者先就菊、牡丹與蓮等三種花的品格加以衡定，然後論及愛這三種花的人，發出感慨收結。在衡定花品的一節裡，敘述菊、牡丹和蓮的次序，完全與首段相同；而在論及人物的一節裡，卻將牡丹和蓮的次序加以對調，作者作了這樣的安排，顯然的，對當代人但知追求富貴，而缺少道德理想的情形，是有著貶責的意思的，不過在語氣上卻力求委婉罷了。

很明顯地，作者在這篇文章裡，主要的是寫蓮與愛蓮的自己，這是「主」的部分。為了使這「主」的部分更為突出，便又不得不寫牡丹、菊和愛菊、愛牡丹的人，這就是「賓」的部分。有了這「賓」的部分作

陪襯，那麼作者「愛蓮」、「愛君子」與諷喻的意思──「主」便格外的清楚了。這是借賓喻主的一個明顯例子。

　　附結構表供參考：

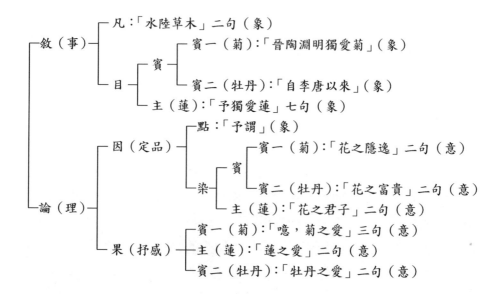

　　這是潛、顯調和之例。就此文之篇旨而言，「愛蓮」、「愛君子」是「顯」，而要「愛牡丹」、「愛富貴」與「愛菊」、「愛隱逸」者，都來「愛蓮」、「愛君子」之諷諭意思，則為「潛」；兩者屬「同類相從」，形成「潛、顯調和」之關聯，而產生互動，而此文「意」在「潛、顯」上之特色，也由此可見。

　　詩如崔顥的〈黃鶴樓〉：

　　　　昔人已乘黃鶴去，此地空餘黃鶴樓，黃鶴一去不復返。白雲千載空悠悠。晴川歷歷漢陽樹，芳草萋萋鸚鵡洲。日暮鄉關何處是？煙波江上使人愁。

　　此寫鄉愁，採「先底後圖」[9]之結構寫成。

　　「底」為前三聯，以「先圖後底」形成結構，作者在此，首先扣緊了題目，透過想像，在起、頷兩聯，就「黃鶴樓」虛寫它的來歷，而由黃鶴之一去不返與白雲千載之悠悠，預為結尾的「愁」字蓄力，這採「先因後果」之結構寫成，對全篇而言，是「底中圖」的部分。然後在頸聯，依然針對著題目，實寫自己登樓所目睹的空闊景物，而由歷歷之晴川與萋萋之芳草，正如所謂的「水流無限似儂愁」（劉禹錫〈竹枝詞〉）、「王孫遊兮不歸，春草生兮萋萋」（《楚辭·招隱士》），帶著無限愁恨，再為結尾的「愁」字助勢，這採「先遠後近」之結構寫成，對全篇而言，是「底中底」的部分。

　　「圖」為尾聯，在此，承頸聯，將空間自漢陽、鸚鵡洲推拓出去，伸向遙遠的故國，且在其上抹上一望無際的渺渺煙波，在殘陽之下，重重的網住欲歸眼，從而逼出一篇的主旨「鄉愁」，以回抱上意作結，這採「先問後答」之結構寫成。此詩，紀曉嵐指出「意境寬然有餘」（紀評《瀛奎律髓》），所以能如此，因素雖多，但與這種安排的方式，當不無關係。

9　圖底是新發現的一種章法。一般說來，作者在辭章中所用之時、空（包括「色」）材料，有一些是充當「背景」用的，也有某些是用來作為「焦點」的。就像繪畫一樣，用作「背景」的，往往對「焦點」能起烘托的作用，即所謂的「底」；而用作「焦點」的，則對「背景」而言，都會產生聚焦的功能，即所謂的「圖」。這種條理用於辭章章法上，也可造成秩序、變化、聯貫的效果，而形成「先圖後底」、「先底後圖」、「圖、底、圖」、「底、圖、底」等結構。見〈論幾種特殊的章法〉，頁 191-196。又參見潘伯瑩：《圖底章法析論》（臺北市：臺灣師範大學國研所教學碩論，2009 年 6 月）。

如此，則其結構分析表為：

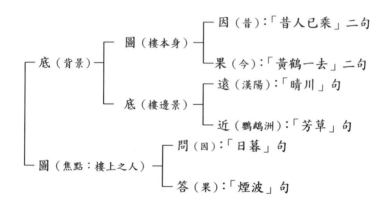

　　其中值得注意的是：「晴川歷歷漢陽樹，芳草萋萋鸚鵡洲」兩句，因為作者顯然藉著這兩句，有意由位於黃鶴樓西北的「漢陽」帶出位於漢陽西南長江中的「鸚鵡洲」來，以表達深沈的身世之感。因為看到了鸚鵡洲自然就會讓人想起那懷才不遇的狂處世禰衡來。據《後漢書‧文苑傳》說禰衡：「有才辯，而尚氣剛傲，好矯時慢物。」所以他雖受到孔融的敬愛與推介，卻先後侮慢曹操、劉表和黃祖；而最後還死於江夏太守黃祖之手，《後漢書》記述這件事說：「後黃祖在蒙衝船上，大會賓客，而衡言不遜順，祖慙，乃訶之，衡更熟視曰：『死公！云等道？』祖大怒，令五百將出，欲加箠，衡方大罵，祖恚，遂令殺之。」這樣禰衡被殺後，就葬在一沙洲上，而此一沙洲，因原就產鸚鵡，且禰衡生前又曾為此而作〈鸚鵡賦〉，於是後人便以「鸚鵡」為名。由此看來，作者是想透過這個典故來抒發他懷才不遇的痛苦啊！對於這一點，雖無其他資料可佐證，但《舊唐書》說他「累官司勳員外郎」，並且說：「開元、天寶間，同知名王昌齡、崔顥，皆位不顯。」既然「位不顯」，那麼在登黃鶴樓時，除鄉愁（顯）之外又湧生身世之感（潛），是非常合乎情理的。或許有人會以為這種義蘊和此詩的主旨「鄉愁」相牴觸，其

實不然，因為身世之感（懷才不遇之痛）和流浪之苦（鄉愁）是孿生兄弟的關係，所以杜甫〈旅夜書懷〉詩說：「名豈文章著，官應老病休（身世之感）。飄飄何所似，天地一沙鷗（流浪之苦）。」可見兩者並敘，是很自然的事。這樣，篇旨有「顯」（鄉愁）有「潛」（身世之感），形成「調和」互動，使其意味格外深長。而此詩「意」在「潛、顯」上之特色，由此可見。

又如杜甫的〈登樓〉：

> 花近高樓傷客心，萬方多難此登臨。錦江春色來天地，玉壘浮雲變古今。北極朝廷終不改，西山寇盜莫相侵。可憐後主還祠廟，日暮聊為〈梁甫吟〉。

這首詩是作者傷時念亂的作品，採「先凡（總提）後目（分應）」（首層）的結構寫成。

「凡（總提）」指起聯。作者在此，又包孕「先果後因」與「先因後果」兩層結構，敘先因「萬方多難」而「登樓」，次由「登樓」而見「花近高樓」（樓外春色），末由見「花近高樓」而「傷客心」，開門見山地將一篇之主旨「傷客心」拈出。

「目（分應）」指頸、頷、尾聯。作者在此，又包孕「先因後果」（次層）與「先因後果」、「先果後因」（三層）的兩層結構加以呈現：先以三、四兩句，用「先低後高」的結構，寫「登臨」所見之樓外春色；這是「目」之一，也是「因中果」；再以五、六兩句，寫「萬方多難」；這是「目」之二，即「因中因」。最後藉尾聯，承「傷客心」，寫「登臨」所感，發出當國無人的慨歎，蘊義可說是極其深婉的；這是「目」之三，即「果中因」、「果中果」。這很顯然的，是在篇首便點明主旨（綱領），然後依此分述的，所謂「綱舉目張」，條理都清晰異常。

這樣看來，其結構分析表可如下列：

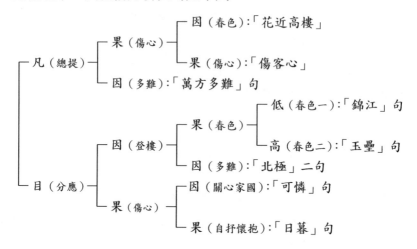

對此內容，喻守真作了如下說明：「本詩首四句是敘登樓所見的景色，正因「萬方多難」，故傷客心，春色依舊，浮雲多幻，是用來比喻時事的擾攘。頸連上句是喜神京的光復，下句是懼外患的侵陵，一憂一懼，曲曲寫出詩人愛國的心理。末聯是從樓頭望見後主祠廟，因而引起感喟，以謂像後主的昏庸，人猶奉祀，可見朝廷正統，終不致被夷狄所改變也。末句隱隱說出自己的懷抱，大有澄清天下的氣概。少陵一生心事，在此詩中略露端倪。」[10] 所謂「隱隱說出自己的懷抱，大有澄清天下的氣概」，這相對於一篇主旨「傷客心」之「顯」而言，顯然是就「潛」之一層來說的。如此，其篇旨之「潛性」（澄清天下）與「顯性」（傷客心）就形成了「對比」的關聯，而產生互動了。而此詩「意」在「潛、顯」上之特色，也由此可見。

詞如李煜的〈相見歡〉：

---

10 喻守真：《唐詩三百首詳析》（臺北市：臺灣中華書局，1996 年 4 月臺二三版五刷），頁 233-234。

　　　　無言獨上西樓，月如鉤。寂寞梧桐深院、鎖清秋。　　　剪不斷，
　　　　理還亂，是離愁。別是一般滋味、在心頭。

　　這首詞寫秋愁，是用「先具（事、景）後泛（情）」的結構寫成的。
就「具」（事、景）的部分來看，是在上片，採「先事後景」的順
序，主要用以勾畫出一片秋日愁境。它先寫主人翁默默無語地獨上西樓
的事，所謂「無言」，巧妙地反映了主人翁孤寂的心情。溫庭筠〈菩薩
蠻〉詞云：「無言勻睡臉，枕上屏山掩。時節欲黃昏，無憀獨倚門。」
用法與此相同。無獨有偶地，李煜也像溫庭筠在「無言」之外加了一個
「獨」字，使這裡孤寂之情更趨強烈，而此種身影，在不圓之月的映襯
下，更顯得悽惋了。主人翁上樓後舉頭所見既是如此，已使他愁上加
愁，更何況低頭所見又是「寂寞梧桐深院鎖清秋」的景象呢？這裡的
「寂寞」二字，與其完全看作是「情語」，不如也視為「景語」來得好，
因為此二字形容的正是樹上梧葉稀疏冷落的樣子，人見了這個樣子當然
會湧生「寂寞」之感了。至於「鎖清秋」，摹寫的則是深院的空地整個
被梧桐葉所密密圍住的寂寞之景，所謂「鎖」，是緊緊封閉的意思，在
此用作被動，主語為「清秋」。而「清秋」指的是冷落的秋色，即梧桐
落葉，這和范仲淹將「碧雲天，黃葉地」看作是冷落的「秋色」（見〈蘇
幕遮〉詞），可說異曲而同工。人見了這種冷落的秋色，自然會使寂寞
之情推深一層。
　　就「泛」（情）的部分來看，是在下片，採「先淺後深」的順序，
主要用以抒發滿懷愁緒。開頭為「剪不斷」三句，就「淺」寫離別之苦，
是說「離愁」就像千絲萬縷一樣是「剪不斷，理還亂」的，這和馮延巳
〈蝶戀花〉詞所云：「河畔青蕪堤上柳，為問新愁，何事年年有？」將
草和柳的嫩芽譬成「新愁」，用的同樣是借物喻愁的手法。李煜採這種

手法來寫，使抽象變為具體，產生了神奇的效果。至於「別是一般滋味在心頭」句，則就「深」寫身世之感、家國之哀。關於這點，有人以為不然，甚且看作是畫蛇添足之舉，這對他人而言，或許是正確的，但以李煜來說，卻錯了，因為他不這樣寫是無法表達他沈重的身世、家國之悲的。唐圭璋指出：「所謂『別是一般滋味』，是無人嚐過之滋味，惟有自家領略也。後主以南朝天才，而為北地幽囚；其所受之痛苦、所嚐之滋味，自與常人不同。心頭所交集者，不知是悔是恨，欲說則無從說起，且亦無人可說，故但云『別是一般滋味』。究竟滋味若何？後主且不自知，何況他人？此種無言之哀，更勝於痛哭流涕之哀。」[11] 這種領略是深得詞心的。

附結構分析表如下：

```
        ┌ 具（事、景）┬ 事（上樓）:「無言」句
        │            │       ┌ 高（仰觀所見）:「月如鉤」
        │            └ 景 ───┤
        │                    └ 低（俯視所見）:「寂寞梧桐」句
────────┤
        │            ┌ 淺（離別之苦）:「剪不斷」三句
        └ 泛（情）───┤
                     └ 深（家國之哀）:「別是一般」句
```

可見此詞採「即景（事）抒情」的手法來呈現，寫「景（事）」的是上片，「抒情」的是下片，而篇旨就出現在下片「抒情」的部分裡。在此用「先淺（顯）後深（潛）」的結構來寫，恰好將篇旨之潛、顯表達出來，形成了「潛、顯調和」之關聯，而產生互動，而此詞「意」在「潛、顯」上之特色，由此可見。

又如辛棄疾的〈賀新郎〉：

---

11 唐圭璋：《唐宋詞簡釋》（臺北市：木鐸出版社，1982 年 3 月初版），頁 39。

綠樹聽鵜鴂，更那堪、鷓鴣聲住，杜鵑聲切！啼到春歸無尋處，苦恨芳菲都歇。算未抵人間離別：馬上琵琶關塞黑，更長門翠輦辭金闕。看燕燕，送歸妾。　　將軍百戰身名裂，向河梁回頭萬里，故人長絕。易水蕭蕭西風冷，滿座衣冠似雪。正壯士、悲歌未徹。啼鳥還知如許恨，料不啼清淚長啼血。誰共我，醉明月。

　　這闋詞是用「先賓後主」（此對題目（顯）而言，若就含藏之主旨（潛）而言，則是「先主後賓」）的順序寫成的。其中的「賓」，採「先敲後擊」[12]之結構寫成。作者先以「綠樹」句起至「苦恨」句止，從側面切入，用鵜鴂、鷓鴣、杜鵑等春鳥之依序啼春，啼到春歸，以寫「苦恨」；這是頭一個「敲」的部分。再以「算未抵」句起至「正壯士」句止，由「鳥」過渡到「人」，採「先平提、後側收」[13]的技巧，舉古代之二女（昭君、歸妾）二男（李陵、荊軻）為例，用「先反後正」的形式，來寫人間離別的「苦恨」，暗涉慶元黨禍，將朝臣之通敵與志士之犧牲，構成強烈的對比，以抒發家國之恨[14]；這是「擊」的部分，也是本

---

12 「敲擊」一詞，一般用作同義的合義複詞，都指「打」的意思。但嚴格說來，「敲」與「擊」兩個字的意義，卻有些微的不同，《說文》說：「敲，橫擿也。」徐鍇《繫傳》：「橫擿，從旁橫擊也。」而《廣韻‧錫韻》則說：「擊，打也。」可見「擊」是通指一般的「打」，而「敲」則專指從旁而來的「打」。也就是說，以用力之方向而言，前者可指正（前後）面，也可指側面，而後者卻僅可指側面。依據此異同，移用於章法，用「敲」專指側寫，用「擊」專指正寫，以區隔這種篇章條理與「正反」、「平側」（平提側注）、賓主等章法的界線，希望在分析辭章時，能因而更擴大其適應的廣度與貼切度。見〈論幾種特殊的章法〉，頁196-202。

13 陳滿銘：〈談「平提側收」的篇章結構〉，《章法學新裁》（臺北市：萬卷樓圖書公司，2001年1月初版），頁435-459。

14 羈本棟：「鄧小軍先生所撰〈辛棄疾〈賀新郎‧別茂嘉弟〉詞的古典與今典〉一文……認為辛棄疾〈賀新郎〉詞的主要結構，『乃是古典字面，今典實指。即借用古典，以指靖康之恥、岳飛之死之當代史。從而亦寄託了稼軒自己遭受南宋政權排斥之悲憤，及對南宋政權對金妥協投降政策之判斷。』」見《辛棄疾評傳》（南京市：南京大學出版社，1998年12月一版一刷），頁400-401。另見陳滿銘：〈唐宋詞拾玉

詞的主結構所在。末以「啼鳥」二句，又應起回到側面，用虛寫（假設）
方式，推深一層寫啼鳥的「苦恨」；這是後一個「敲」的部分。而「主」，
則正式用「誰共我」二句，表出惜別「茂嘉十二弟」之意，以收拾全篇。
所謂「有恨無人省」[15]，作者之恨在其弟離開後，將要變得更綿綿不盡
了。附結構分析表如下：

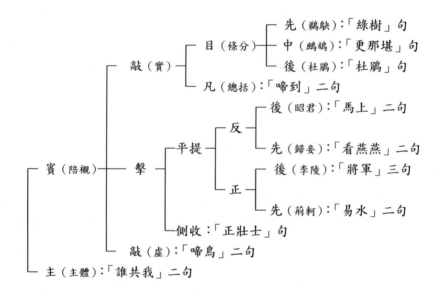

如此，既以「賓」和「主」、「敲」和「擊」、「虛」和「實」、「凡」和
「目」、「平提」和「側收」、「先」（昔）和「後」（今）等結構，形成「調
和」，又以「正」和「反」形成「對比」、「敲」和「擊」形成「變化」；
也就是說，在「調和」中含有「對比」，在「順敘」中含有「變化」。

〔四〕——辛棄疾的〈賀新郎〉〉，《國文天地》12 卷 1 期（1996 年 6 月），頁 66-69。
15 蘇軾題作「黃州定慧院寓居作」之〈卜算子〉詞下片：「驚起卻回頭，有恨無人省。
揀盡寒枝不肯棲，寂寞沙洲冷。」見《東坡樂府箋》（臺北市：華正書局，1978 年 9
月初版），頁 168。

而這「變化」的部分，既佔了差不多整個篇幅，其中「對比」又出現在篇幅正中央，形成主結構，且用「擊」加以呈現，這樣在「變化」的牢籠之下，特用「對比」結構來凸顯其核心內容，使得其他「調和」的部分，也全為此而服務，所以這種安排，對此詞風格之趨於「沉鬱蒼涼，跳躍動盪」[16]，是大有作用的。

　　值得探討的是：此詞題作「別茂嘉十二弟。鵜鴂、杜鵑實兩種，見《離騷補注》」，可知為贈別之作。它先由啼鳥之苦恨寫到人間的別恨，然後合人、鳥雙寫，帶出贈別之意作收。就在寫人間別恨的部分裡，作者臚列了古代有關送別的恨事，來表達難言之痛，從而推深眼前的送別之情。其中頭一件恨事為漢王昭君別帝闕出塞，不過在此必須一提的是：「更長門」句，雖用漢陳皇后事，但「仍承上句意，謂王昭君自冷宮出而辭別漢闕」（鄧廣銘《稼軒詞編年箋注》），這是很合理的看法；第二件恨事為衛莊姜送妾歸陳國；第三件恨事為漢李陵送蘇武回中原；第四件恨事為戰國末荊軻別燕太子丹入秦刺秦王。以上四件送別之恨事，前二者的主角為女子，後二者的主角為男子。這樣分開列舉，所謂「悲歌未徹」，一定和當日時事有所關連。如進一步加以推敲，前二者當與當時和番聯敵的政策相涉，用以表示諷喻之意；而後二者，則與滯留或喪生於淪陷區的愛國志士相關，用以抒發關切與哀悼之情。不然，送「茂嘉十二弟」，怎麼會恨到「不啼清淚長啼血」呢？這麼說，第一、三、四等件恨事，都不成問題，必須作一番說明的是第二件恨事。大家都知道，衛莊公夫人莊姜無子，以陳女戴媯所生子完為己子，莊公死後，完繼立為君，卻被公子州吁所殺，於是莊姜送陳女戴媯歸陳，並由石腊居間謀計，終於執州吁於濮而殺了他。這件事，從某個角度來看，

---

16 陳廷焯：《白雨齋詞話》卷一，《詞話叢編》4（臺北市：新文豐出版公司，1988 年 2 月臺一版），頁 3791。

跟當時聯敵的政策是不是有關連呢？答案是相當肯定的。由此說來，作者用這四件事材來寫，除了用以襯托送別茂嘉十二弟之情（顯）外，是別有一番「言外之意」（潛）的。靠事材來替作者說話，呈現其篇旨之「潛」與「顯」，這是一個很好的例子。而由此使作品「潛」與「顯」之主旨產生「調和」互動，更增強了它的感染力。而此詞「意」在「潛、顯」上之特色，也由此可見。

第二節　風格

　　一般說來，風格是多方面的，而文學風格更是如此，有文體、作家、流派、時代、地域、民族和作品等風格之異[17]。即以一篇作品而言，又有內容與形式（藝術）風格的不同，其中以內容來說，就關涉到主題（主旨、意象），而形式（藝術），則與文（語）法、修辭和章法等有關。而一篇作品之風格，就是結合內容與形式（藝術）所產生有整個機體所顯示的審美風貌[18]，這是合作者之形象思維與邏輯思維為一而形成，可以統攝主題、文（語）法、修辭和章法等種種個別風格，呈現整體風格之美。其中篇章之風格，由於它涉及「篇章意象」之主題內涵（內容材料）及其邏輯組織（章法結構），乃關係到綜合思維，是合形象思維與邏輯思維而為一的。

　　這種篇章風格，自古以來大都經由「直觀」加以捕捉，往往涉及主觀表現，因此難免因人而異；而如今辭章之「模式」研究則日新月異，已可試著用此成果進行探索，以補「直觀」之不足。由於風格，從其源頭看，涉及了剛柔，因此本文特聚焦於篇章風格剛柔成分的力度與進

---

17 黎運漢：《漢語風格學》（廣州市：廣東教育出版社，2000 年 2 月一版一刷），頁 3。
　又，周振甫：《文學風格例話》（上海市：上海教育出版社，1989 年 7 月一版一刷），
　頁 1-290。

18 《文學原理新釋》，頁 184。

絀，凸顯「模式」研究之初步成果，並由此引證一些「直觀」累積之結晶，舉詩、詞各兩首為例作說明，然後作綜合探討，以見篇章風格於一斑，供辭章家與辭章學家參考。

一　理論基礎

作為一般術語，風格是指「作風、風貌、格調，是各種特點的綜合表現」，而這種表現是多方面的，有建築風格，雕塑風格、音樂風格、服裝設計風格、藝術風格，文學風格等[19]。即以其中的文學風格而言，又有文體、作家、流派、時代、地域、民族和作品等風格之異[20]。如再就其中之一篇作品來說，則又有內容與形式（藝術）風格的不同，而形式（藝術），更有文法、修辭和章法（含篇法）等風格之別。

從文學風格來看，在我國，自曹丕〈典論論文〉與劉勰《文心雕龍》開始，對風格概念，就探討、發展得很好，這可由傳統有關的許多論著中得知，而所探討的，大體而言，不外是作家風格、作品風格或辭章風格。而對其中之作品風格，大都僅就整體來作綜合探討，卻較少分為內容與形式加以析論，也十分自然地，從文法、修辭和章法等角度來推求其風格的，便更少見，甚至完全看不到。其中章法風格，就是如此；這是由於一直未注意到篇章或章法是建立在「陰陽二元對待」的基礎之上的緣故。

直接由「陰陽二元對待」所形成之母性風格，是「剛」與「柔」。而我國涉及此「剛」與「柔」的特性來談風格，而又強調用它們來概括各種風格的，首推清姚鼐的〈復魯絜非書〉：

19　《漢語風格學》，頁 3。
20　《文學風格例話》，頁 1-290。

鼐聞天地之道，陰陽剛柔而已。文者，天地之精英，而陰陽剛柔
之發也。……其得於陽與剛之美者，則其文如霆，如電，如長風
之出谷，如崇山峻崖，如決大川，如奔騏驥；其光也，如杲日，
如火，如金鏐鐵；其於人也，如憑高視遠，如君而朝萬眾，如鼓
萬勇士而戰之。其得於陰與柔之美者，則其文如升初日，如清
風，如雲，如霞，如煙，如幽林曲澗，如淪，如漾，如珠玉之
輝，如鴻鵠之鳴而入寥廓；其於人也，漻乎其如嘆，邈乎其如有
思，暖乎其如喜，愀乎其如悲。觀其文，諷其音，則為文者之性
情形狀舉以殊焉。且夫陰陽剛柔，其本二端，造萬物者糅而氣有
多寡、進絀，則品次億方，以至於不可窮，萬物生焉。故曰：一
陰一陽之為道。夫文之多變，亦若是已。

而周振甫在《文學風格例話》中對它作了如下闡釋：

在這裡，姚鼐把各種不同風格的稱謂作了高度的概括，概括為陽
剛、陰柔兩大類。像雄渾、勁健、豪放、壯麗等都歸入陽剛類，
含蓄、委曲、淡雅、高遠、飄逸等都可歸入陰柔類。……陽剛陰
柔可以混雜，在混雜中，陰陽之氣可以有的多有的少，有的消有
的長，這就造成風格的各種變化。[21]

　　可見風格之多樣，是由「剛」與「柔」的「多寡進絀」（多少、消長）
而形成的，因此多樣的風格，可以概括為陽剛、陰柔兩大類，以其
「剛」與「柔」之「多寡進絀」（多少、消長）而形成各種不同的風格。
　　如上所述，章法與章法結構，既然是建立在「陰陽二元對待」，亦

---

21 同前註，頁 13。

即「剛」與「柔」互動的基礎之上的，當然與「剛柔」風格就有直接之
關係。而由章法與章法結構來解釋「剛柔」風格之形成，也自然最為利
便。因此要談章法風格之形成，就必須從章法本身與章法結構之陰陽、
剛柔來探討。

　　先就章法本身之陰陽、剛柔來看，由於所有章法，無論是調和性或
對比性的，都以「一陰一陽」對待而形成，所以每一章法本身即自成陰
陽、剛柔。大抵而論，屬於本、先、靜、低、內、小、近……的，為
「陰」為「柔」，屬於末、後、動、高、外、大、遠……的，為「陽」
為「剛」[22]。這樣以「陰陽」或「剛柔」來看章（篇）法，則所有以「陰
陽二元」為基礎而形成的章（篇）法，都可辨別它們的陰陽或剛柔。譬
如：

　　　　本末法：以「本」為陰為柔、「末」為陽為剛。
　　　　虛實法：以「虛」為陰為柔、「實」為陽為剛。
　　　　賓主法：以「主」為陰為柔、「賓」為陽為剛。
　　　　正反法：以「正」為陰為柔、「反」為陽為剛。
　　　　因果法：以「因」為陰為柔、「果」為陽為剛。
　　　　凡目法：以「凡」為陰為柔、「目」為陽為剛。

以此類推，每種章法都各有其陰陽或剛柔，這樣，對風格之形成，便打
好了最佳基礎。

　　以此為基礎，再配合章法本身之調和性（陰柔）或對比性（陽剛），

---

22 陳望衡：「《周易》中的剛柔也不只是具有性的意義，它也用來象徵或概括天地、日
　月、晝夜、君臣、父子這些相對立的事物。而且，剛柔也與許多成組相對立的事物
　性質相連屬，如動靜、進退、貴賤、高低……剛為動、為進、為貴、為高；柔為
　靜、為退、為賤、為低。」見《中國古典美學史》（長沙市：湖南教育出版社，1998
　年8月一版一刷），頁184。

就可約略推得它們的陰陽或剛柔來。大致說來，在四十多種章法中，除了貴與賤、親與疏、正與反、抑與揚、立與破、眾與寡、詳與略、張與弛……等，比較容易形成「對比」外，其他的，如遠與近、大與小、高與低、淺與深、賓與主、虛與實、平與側、凡與目、縱與收、因與果……等，都極易形成「調和」的關係。

再從章法結構之陰陽、剛柔來看，這就涉及了章法單元與結構單元的「移位」與「轉位」的問題[23]。先就章法單元來說，所謂的「移位」，是指章法二元本身所形成的順向或逆向運動，如「正 → 反」（順）、「反 → 正」（逆）或「凡 → 目」（順）、「目 → 凡」（逆）等便是；而所謂的「轉位」，是指章法二元本身所形成的往復（合順、逆為一）運動，如「破 → 立 → 破」、「主 → 賓 → 主」、「實 → 虛 → 實」、「果 → 因 → 果」等便是。後就結構單元來說，所謂的「移位」，是指章法結構所形成的順向或逆向運動，如「先立後破 → 先本後末」、「先點後染 → 先近後遠」、「先昔後今 → 先抑後揚」等便是；所謂的「轉位」，是指章法結構所形成的往復（合順、逆為一）運動，如「正 → 反」與「反 → 正」、「大 → 小」與「小 → 大」、「平 → 側」與「側 → 平」等便是。而這種「移位」與「轉位」，雖然二者同是指「力」（勢）的變化，但是在程度上是有所不同的，亦即變化強度較弱者為順向之「移位」，較強者為逆向之「移位」，而變化強度最激烈者為「轉位」之「拗」[24]，也因為這樣，「移位」（順與逆）與「轉位」（拗）所形成的章法風格與所帶出的美感，也是有差別的。而推動這些運動的，是陽剛與陰柔之二元力量，如就全篇之「多、二、一（0）」來看，則都是由其核心結構

23　仇小屏：〈論辭章章法的移位、轉位及其美感〉，《辭章學論文集》上冊（福州市：海潮攝影藝術出版社，2002 年 12 月一版一刷），頁 117-122。

24　以「轉位」為「拗」，見陳滿銘〈章法風格論——以「多、二、一（0）」結構作考察〉，《溫州師範學院學報》27 卷 1 期（2006 年 2 月），頁 49-54。

發揮徹下徹上之作用，逐層予以統合的。

這樣看來，章法結構之陽剛或陰柔的強度（「勢」[25]），當受到下列幾個因素的影響：

（一）章法本身的陰柔、陽剛屬性，如「近」為陰柔、「遠」為陽剛，「正」為陰柔、「反」為陽為剛，「凡」為陰柔、「目」為陽剛。

（二）章法結構的調和、對比屬性，如淺與深、賓與主、凡與目等形成調和，而正與反、抑與揚、立與破等則形成對比。

（三）章法結構之變化，如「移位」之「順」、「逆」與「轉位」之「拗」。其中「順」屬原型，「逆」與「拗」屬變型。

（四）章法結構之層級，如上層、次層、三層……底層等。

（五）章法「多、二、一（0）」的核心結構。

以上幾個因素，對於陰陽、剛柔之「勢」（力量）之「消長」影響極大，而這所謂的「勢」，可用涂光社在《因動成勢》中的說法來說明：

> 「勢」有「順」有「逆」。「順」指其運動方式和取向與審美主體的心理傾向或思維習慣協調一致，能使欣賞者有意氣宏深盛壯、淋漓暢快的感受；「逆」則是其運動方式和取向與審美主體的心理傾向或思維習慣相牴觸、相違背，於是波瀾陡起，衝突、騷動

---

25 涂光社：「他們（按：指藝術家）或隱或顯地把宇宙萬物，尤其是把一切藝術表現物件都理解為不斷運動變化的存在，乃至是與自己心靈相通的有生命有個性的活物。他們總是企求體察和反映出物態中存在的這種靈動『勢』。」見《因動成勢》（南昌市：百花洲文藝出版社，2001 年 10 月一版一刷），頁 256。

和搏擊成為心態的主導方面。[26]

準此以觀，「順勢」較渾成暢快，「逆勢」較激盪騷動；「拗勢」則自然
地，比起順、逆來，更為渾成暢快、激盪騷動。而這些「勢」的本身，
雖然也有其陰陽（以弱、小者為陰、強、大者為陽），卻不能藉以確定
章法結構之「陰」、「陽」，是完全要看結構內之運動而定的，如結構是
向「陰」而動，則加強的是陰柔之「勢」；如「結構」是向「陽」而動，
則加強的是陽剛之「勢」了。

　　如果這種推測正確，則可根據以上所述幾種因素所形成的「勢」之
大小強弱，約略地推算出一篇辭章剛柔成分之比例來。大抵而言，據上
述因素加以推定：

（一）每一結構所形成之陰陽流動，以起始者取「勢」之數為
　　　「1」（倍）、終末者取「勢」之數為「2」（倍）。

（二）將「調和」者取「勢」數為「1」（倍）、「對比」者取「勢」
　　　之數為「2」（倍）。

（三）將「順」之「移位」取「勢」之數為「1」（倍）、「逆」
　　　之「移位」取「勢」之數為「2」（倍）、「轉位」之「拗」
　　　取「勢」之數為「3」（倍）；而「拗」向「陽」者取「勢」
　　　之數為「1」（倍）、「拗」向「陰」者取「勢」之數為「2」
　　　（倍）。[27]

（四）將處「底層」者取「勢」之數為「1」（倍）、「上一層」
　　　者取「勢」之數為「2」（倍）、「上兩層」者取「勢」之

---

[26] 同前註，頁 265。
[27] 「拗」向「陰」或「陽」部分，乃參酌仇小屏與謝奇懿之意見加以增訂。

數為「3」（倍）……以此類推。

（五）以核心結構一層所形成「勢」之數為最高，過此則「勢」
　　　之數（倍）逐層遞降。

　　雖然這些「勢」之數（倍），由於一面是出自推測，一面又為了便
於計算，因此其精確度是不足的，卻也已約略可藉以推測出一篇辭章剛
柔成分之比例來[28]。以下就根據以上五點敘述，且將陰陽之「勢」數基
準予以表格化[29]，如表一：

表一　陰陽「勢」數基準表

項目（章法） ＼ 陰陽勢數	陰	陽
（1）起始	1	
（1）終末		2
（2）調和	1	
（2）對比		2
（3）順移位	1	
（3）逆移位		2
（4）陽拗×轉位「勢」		2×3=6
（4）陰拗×轉位「勢」	1×3=3	
（5）總和	9	9
百分比	50%	50%

　　由上表可知陰陽「勢」數基準為百分之五十（50%）。也可進一步
根據以上數據會製成圖，以觀察陰陽勢數比例變化，如下圖（圖一）所
示：

---

28 以上見陳滿銘：〈章法風格論——以「多、二、一（0）」結構作考察〉，《成大中文
　　學報》12 期（2005 年 7 月），頁 147- 164。
29 以下表格，由臺灣師大華語文教學研究所碩士蕭蕙茹所繪製。

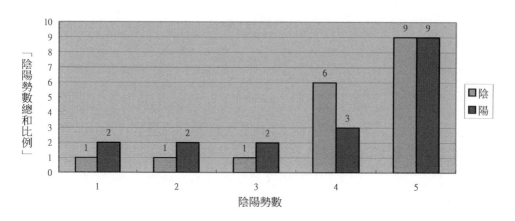

圖一　陰陽勢數基準圖

而且大概而言，可由這種剛柔成分比例之高低，分為如下三等：

（一）　首先為純剛或純柔：其「勢」之數為「66.66% → 71.43%」。

（二）　其次為偏剛或偏柔：其「勢」之數為「54.78% → 66.65%」。

（三）　又其次為剛柔互濟：其「勢」之數為「45.23% → 54.77%」。

其中「71.43%」是由轉位結構的陰陽之比例「5/7」推得，這可說是陰陽之比例之上限；而「66.66%」是由移位結構的陰陽之比例「2/3」推得，這可說是陰陽之比例之中限；至於「45.23%」與「54.77%」是以「50」為準，用上限與中限之差數「4.77」上下增損推得。茲分別表示如下：

（一）從轉位結構的陰陽比例，來看陰陽比例之上限，如下表表二所示：

表二　轉位結構之陰陽比例

項目（章法）　陰陽勢數	陰	陽
順移位	1	
逆移位		2
陽拗×轉位「勢」	2×3＝6	
陰拗×轉位「勢」		1×3＝3
總和	7	5

由上表得知，陰陽比例之上限為 5/7，約 71.43％。

（二）從移位結構的陰陽比例，來看陰陽比例之中限，如下表表三所示：

表三　移位結構之陰陽比例

項目（章法）　陰陽勢數	陰	陽
順移位×陰拗「勢」	1×3	
逆移位×陽拗「勢」		2×1
總和	3	2

由上表得知，陰陽比例之中限為 2/3，約 66.66％。

由表二、表三推出陰陽之上限和中限之差為 71.43 － 66.66＝4.77，又從表一看出陰陽勢數基準為 50，由此可推估陰陽之比例上限、中限、與下限，此亦為篇章剛柔的成分。如果取整數並稍作調整，則可以是：

（一）純剛、純柔者，其「勢」之數為「 66％ → 72％ 」。

（二）偏剛、偏柔者，其「勢」之數為「 56％ → 65％ 」。

（三）剛、柔互濟者，其「勢」之數為「45% → 55%」。[30]

據此可用下圖（圖二）來呈現：

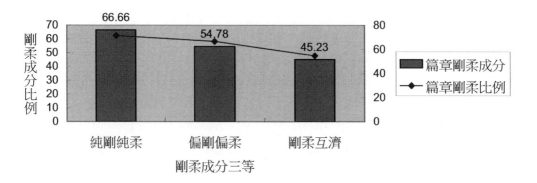

剛柔成分比例

剛柔成分三等

圖二　篇章剛柔比例圖

如此初步為姚鼐「夫陰陽剛柔，其本二端，造萬物者糅而氣有多寡、進絀則品次億方，以至於不可窮，萬物生焉」的說法，作較具體的印證。

二　實例舉隅

茲舉唐詩與宋詞各兩首為例，對其篇章風格中剛柔成分試予量化，並略作說明，以見一斑：

（一）以唐詩為例

在此，首先看王維的〈送梓州李使君〉詩：

30 陳滿銘：〈章法風格中剛柔成分的量化〉，《國文天地》19 卷 6 期（2003 年 11 月），頁 86-93。

萬壑樹參天，千山響杜鵑。山中一夜雨，樹杪百重泉。漢女輸橦
布，巴人訟芋田。文翁翻教授，不敢倚先賢。

此乃「一首投贈詩，是寫當地（梓州）的風景土俗，並寓歌頌之
意」[31]。它採「先實後虛」的結構寫成：「實」的部分，含前三聯，先
以開端四句，寫「梓州」遠近之風景，再以「漢女」二句，寫「梓州」
特別之土俗。其中「萬壑」二句，一訴諸視覺，一訴諸聽覺，來寫遠
景；「山中」二句，藉「先久後暫」的結構，以寫近景：「漢女」二句，
用「先正後反」的條理，來寫土俗。而「虛」的部分，則為末二句，以
「寓歌頌之意」作結。這樣一路寫來，可說「切地、切事、切人」，十
分得法。對此，喻守真詳析云：

> 此詩首四句是懸想梓州山林之奇勝，是切地。同時領聯重複「山
> 樹」二字，即是謹承起首「千山萬壑」而來。律詩中用重複字，
> 此可為法。頸聯特寫「巴人漢女」，是敘蜀中風俗，是切事。有
> 此一聯就移不到別處去。結尾尋出文翁治蜀化民成俗，是切人，
> 以文翁擬李使君，官同事同，是很好的影戤，是切人。這兩句意
> 謂梓州地雖僻陋，然在衣食既足之時，亦可施以教化，不能以人
> 民之難治，就改變文翁教授之政策，想來梓州人民亦不敢倚仗先
> 賢而不遵使君的命令。[32]

31　《唐詩三百首詳析》，頁 147。
32　同前註，頁 148。

解析得很深入，有助於對此詩的了解。附結構分析表如下：

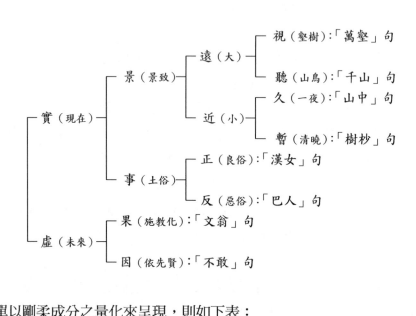

如單以剛柔成分之量化來呈現，則如下表：

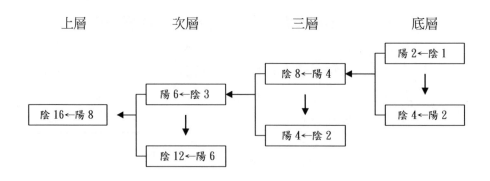

　　此詩之結構由四層重疊而組成：它最上層之「先實後虛」（逆、移位）乃其核心結構[33]，其「勢」之數為「陰16、陽8」；次層有「先景

---

33 陳滿銘：〈論章法「多、二、一（0）」的核心結構〉，臺灣師大《師大學報・人文與

後事」（順）、「先果後因」（逆）等兩個「移位」結構，其「勢」之數為「陰 15、陽 12」；三層有「先遠後近」（逆）、「先正後反」（順、對比）等兩個「移位」結構，其「勢」之數為「陰 10、陽 8」；底層有「先視覺後聽覺」（順）、「先久後暫」（逆）等兩個「移位」結構，其「勢」之數為「陰 5、陽 4」。總結起來看，此篇所形成之「勢」，其數為「陰 46、陽 32」，如換算成百分比（四捨五入），則為「陰 59、陽 41」。這是非常接近「剛柔互濟」的「偏柔」風格。

如此，對應於「多、二、一（0）」結構來看，則次層以下之結構（「景事」、「因果」、「遠近」、「正反」、「視聽」、「久暫」等各一疊）為「多」，它們由下而上地藉層層結構之陰陽流動與呼應，將「勢」形成層層節奏（韻律），以支撐上層的「先實後虛」之結構，而此核心結構即為關鍵性之「二」，它一面徹下以統合「多」，一面又歸根於「一（0）」，以「寫當地（梓州）的風景土俗，並寓歌頌之意」，而呈現「柔中帶剛」的風格。關於這點，周振甫分析云：

> 對王維這首詩的前四句，紀昀評為「高調摩雲」，許印芳評為「筆力雄大」，可歸入剛健的風格。值得注意的，是許印芳提出王維這類詩，兼有清遠、雄渾兩種風格，就意味講是清遠的，像寫既有萬壑的參天大樹，又有千山的杜鵑啼叫。經過一夜雨，看到山上的百重泉水。這裡正寫出山中雄偉的自然景象，沒有一點塵囂，透露出清遠的意味來。但從自然的景物看，又是氣勢雄渾的。假使不能賞識這種清遠的意味，就不能讚賞這種自然景物，寫不出雄渾的風格來。這個意見是值得探討的。[34]

社會類》48 卷 2 期（2003 年 12 月），頁 71-94。
34 《文學風格例話》，頁 49。

內容情意，亦即「意味」，就篇章而言，是決定一切的根源力量，也就是「意象」之「意」；而「景象」則為「意象」之「象」[35]。既然本詩就「意味講是清遠的」、就景象講是「雄渾」的，那麼這首詩就當以「清遠」（陰柔）為主、「雄渾」（陽剛）為輔，也就是說此詩的風格是「清遠中有雄渾」的。假如這種看法沒錯，則由模式探索所推出來的剛柔流動之「勢」，正好可解釋這種現象。大致說來，這首詩雖說偏於「陰柔」，即「柔中帶剛」，卻可算接近於「剛柔互濟」；而「剛柔互濟」，在中國美學中是受到極高之推崇的[36]。由此可見此詩在篇章風格上之特色。

其次看杜甫的〈登樓〉詩：

> 花近高樓傷客心，萬方多難此登臨。錦江春色來天地，玉壘浮雲變古今。北極朝廷終不改，西山寇盜莫相侵。可憐後主還祠廟，日暮聊為〈梁甫吟〉。

這首詩是作者傷時念亂的作品，他一開始便把一因一果的兩句話倒轉過來，敘先因「萬方多難」而「登樓」，次由「登樓」而見「花近高樓」（樓外春色），末由見「花近高樓」而「傷客心」，開門見山地將一篇之主旨「傷客心」拈出；這是「凡」的部分。接著先以三、四兩句，用「先低後高」的結構，寫「登臨」所見之樓外春色；這是「目」之一；再以五、六兩句，寫「萬方多難」；這是「目」之二。最後藉尾聯，承「傷客心」，寫「登臨」所感，發出當國無人的慨歎，蘊義可說是極其深婉的；這是「目」之三。這很顯然的，是在篇首便點明主旨（綱領），然後依此分述的，所謂「綱舉目張」，條理都清晰異常。對此內容，喻

35　陳滿銘：〈意象「多」、「二」、「一（0）」螺旋結構論──以哲學、文學、美學作對應考察〉，《濟南大學學報・社會科學版》17卷3期（2007年5月），頁47-53。
36　《中國古典美學史》，頁186-187。

守真作了如下說明：

> 本詩首四句是敘登樓所見的景色，正因「萬方多難」，故傷客
> 心，春色依舊，浮雲多幻，是用來比喻時事的擾攘。頸連上句是
> 喜神京的光復，下句是懼外患的侵陵，一憂一懼，曲曲寫出詩人
> 愛國的心理。末聯是從樓頭望見後主祠廟，因而引起感喟，以謂
> 像後主的昏庸，人猶奉祀，可見朝廷正統，終不致被夷狄所改變
> 也。末句隱隱說出自己的懷抱，大有澄清天下的氣概。少陵一生
> 心事，在此詩中略露端倪。[37]

他把這首詩的涵義，闡釋得極其清楚。附結構分析表：

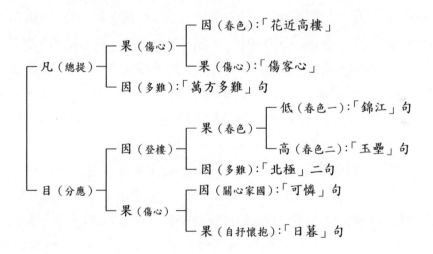

37　《唐詩三百首詳析》，頁 233-234。

如單以陰陽結構來呈現，則如下表：

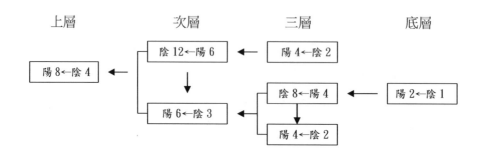

此詩含四層結構：其底層有「先低後高」（順）的「移位」結構，其「勢」之數為「陰1、陽2」；三層有二疊「先因後果」（順）與一疊「先果後因」（逆）等「移位」結構，其「勢」之數為「陰12、陽12」；次層有「先果後因」（逆）、「先因後果」（順）等「移位」結構，其「勢」之數為「陰15、陽12」；上層以「先凡後目」（順、移位）為其核心結構，其「勢」之數為「陰4、陽8」。總結起來看，此詩所形成之「勢」，其數為「陰32、陽34」，如換算成百分比（四捨五入），則為「陰48、陽52」。顯然比起上一首來，更符合理想中的「剛柔互濟」風格，只不過，杜甫此作是些微偏剛的，與王維詩之稍稍偏柔者有所不同。

　　如此，對應於「多、二、一（0）」結構來看，則次層以下之結構（「因果」五疊、「高低」一疊）為「多」，它們由下而上地藉層層結構之陰陽流動與呼應，將「勢」形成層層節奏（韻律），以支撐上層的「先凡後目」結構，而此結構即為關鍵性之「二」，它一面徹下以統合「多」，一面又歸根於「一（0）」，以表出傷時念亂之情，並抒一己懷抱，呈現了「剛中帶柔」的風格。對此，周振甫以為：

　　　這首詞（詩），從登樓所見，有錦江春色、玉壘山浮雲。從「傷

客心」裡聯繫到「萬方多難」，「寇盜」相侵，想到諸葛亮，用思深沈，所以說「雄闊高渾」，高即指用思深沈，而雄渾即屬於剛健的風格。這首詩，不光「錦江」一聯是剛健的，全詩的風格也是剛健的。[38]

對應於本詩「陰 48、陽 52」的「勢」之數來看，所謂「雄渾即屬於剛健的風格」，指的正是本詩的主要格調，而所謂「深沈」，則屬於陰柔的風格，指的該是本詩的輔助格調。而經模式探索，卻知道兩者非常接近，乃屬於「剛柔互濟」之作，這樣來看待這首詩，應是十分合理的。由此也可見此詩在篇章風格上之特色。

（二）以宋詞為例

在此，也舉兩首為例，略作說明，以見一斑。首先看蘇軾的〈卜算子〉詞：

> 缺月挂疏桐，漏斷人初靜。時見幽人獨往來，縹緲孤鴻影。
> 　驚起卻回頭，有恨無人省。揀盡寒枝不肯棲，寂寞沙洲冷。

這首詞題作「黃州定惠院寓居作」，為元豐五年十二月所作，是採「先底（賓）後圖（主）」的形式寫成的。

「底」（賓）的部分，為開篇二句，用「先天（自然）後人（人事）」的結構寫成。它先就視覺，寫月缺桐疏之景，此為「天（自然）」；再就聽覺，寫漏斷人靜之景，此為「人（人事）」。而這種景是極其寂寞的，正好襯托出作者此刻身無所寄的心境，而且也為「孤鴻」出現，安

---

38 《文學風格例話》，頁 54。

排好一個適當的環境。「圖」（主）的部分，為「時見」六句，用「先點後染」之結構，寫「孤鴻」之寂寞。其中「時見」二句為「點」、「驚起」四句為「染」。而所謂「幽人」，原為隱士，而在此卻指「孤鴻影」，因為高飛在空中的孤鴻，被「缺月」投影在沙洲之上，模糊成一團，在那裡來回移動，人遠遠地看去，很容易誤認為是個隱士，看久了，到最後才確定那是孤鴻之影。所以「時見」之主人翁，不是別人，而是作者自己。既然「幽人」是「孤鴻」之影，便以「影」為媒介，令作者把注意力由「影」投注到高飛於夜空的「孤鴻」身上。其中「驚起」二句，用「先具（事）後泛（情）」之結構，寫「孤鴻」有驚弓之恨，交代了牠所以高飛於空中的理由，這和作者不久前從「烏臺詩案」中撿回一條命，顯然是有關的，繆鉞以為此詞是：

> 東坡經歷烏臺詩案之後，貶居黃州，發抒其個人幽憤寂苦之情。[39]

這是很有見地的。而結尾二句，則以「先因後果」的結構，進一步寫「有恨」之「孤鴻」，尋尋覓覓，都不肯棲於寒枝，以致「寂寞」地在沙洲之上來往高飛。澄波解釋說：

> 牠不願棲息於高寒之枝，而甘願自守在冷漠的沙洲，遺憾的是當牠受驚回首之時，又有誰能理解牠心中隱含的淒恨和苦痛？這是蘇軾當時在官宦生涯中的實際遭遇。寒枝隱喻朝廷高位，沙洲猶如卑荒的黃州，作者以比興的手法出之，形象生動。[40]

39　唐圭璋、繆鉞等：《唐宋詞鑑賞辭典》（上海市：上海辭書出版社，1999 年 1 月一版十五刷），頁 668。

40　澄波評析，見陳邦炎主編：《詞林觀止》上（上海市：上海古籍出版社，1994 年，4

解釋得很明白。可見作者乃托鴻以寫自己，這樣透過幽獨之鴻來抒發自身幽獨之恨，風格會趨於「清俊」[41]，是很自然的事。附結構分析表供參考：

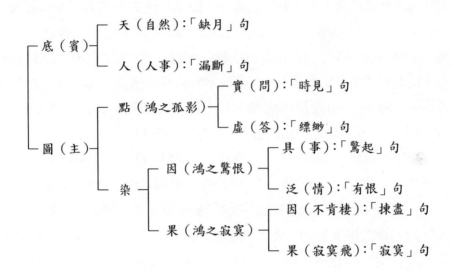

而將其剛柔成分加以量化，可呈現如下圖：

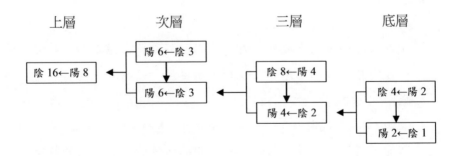

月一版一刷），頁 286。

41 陳滿銘：〈論東坡清俊詞中剛柔成分之量化〉，《畢節師範高等專科學校學報》22 卷 1
　　期（2004 年 9 月），頁 11-18。

由上圖可知，此詞含四層結構：底層先以「先具後泛」形成逆向的移位結構，其「勢」之數為「陰 4、陽 2」，再以「先因後果」形成順向的移位結構，其「勢」之數為「陰 1、陽 2」；三層先以「先實後虛」形成逆向的移位結構，其「勢」之數為「陰 8、陽 4」，再以「先因後果」形成順向的移位結構，其「勢」之數為「陰 2、陽 4」；次層以「先天後人」、「先點後染」再形成順向的移位結構，其「勢」之數為「陰 6、陽 12」；上層以「先賓後主」又形成逆向的移位結構，其「勢」之數為「陰 16、陽 8」。這樣累積成篇，其「勢」之數的總和為「陰 37、陽 32」，如換算成百分比（四捨五入），則為「陰 54、陽 46」[42]。

　　如此，對應於「多、二、一（0）」結構來看，則次層以下之結構（「天人」、「點染」、「虛實」、「泛具」各一疊與二疊「因果」）為「多」，它們由下而上地藉層層結構之陰陽流動與呼應，將「勢」形成層層節奏（韻律），以支撐上層的「先賓後主」結構，而此核心結構即為關鍵性之「二」，它一面徹下以統合「多」，一面又歸根於「一（0）」，以「發抒其個人幽憤寂苦之情」，呈現了「清峻」的風格。而這風格，從「陰 54、陽 46」的量化結果看來，此詞中之剛柔成分相當接近，是屬於「剛柔互濟」的作品。繆鉞說：

> 晚近人論詞多以「豪放」為貴，而推蘇軾為豪放之宗。這實在是一種偏見。宋詞仍是以「婉約」為主流，而蘇軾詞的特長是「超曠」，「豪放」二字不足以盡之。這首〈卜算子〉詞以及〈水調歌頭〉（明月幾時有）……〈定風波〉（莫聽穿林打葉聲）等佳什，都是「超曠」之作，同時也不失詞的傳統的深美閎約的特點。[43]

---

42 同前註。
43 繆鉞評析，見《唐宋詞鑑賞辭典》，頁 668。

這種以「直觀」為主的看法，與「模式」為依據的結果，是可參照在一起看的，所謂「超曠」（柔）而不失「深美（柔）閎約（剛）」，即「柔中帶剛」的意思，而此「剛」之成分，顯然與繆鉞所謂「發抒其個人幽憤寂苦之情」，是有密切關係的。據「模式」探索之結果，這種「幽憤寂苦之情」所產生的「剛」成分與「超曠」之思所形成的「柔」成分十分接近，因此視為「剛柔互濟」的作品，是比較合理的。由此可見此詞在篇章風格上之特色。

其次看辛棄疾的〈水龍吟〉：

> 楚天千里清秋，水隨天去秋無際。遙岑遠目，獻愁供恨，玉簪螺髻。落日樓頭，斷鴻聲裡，江南遊子。把吳鉤看了，欄干拍遍，無人會，登臨意。　　休說鱸魚堪膾，盡西風，季鷹歸未？求田問舍，怕應羞見，劉郎才氣。可惜流年，憂愁風雨，樹猶如此！倩何人、喚取紅巾翠袖，搵英雄淚？

此詞當作於宋孝宗淳熙元年（1174），題作「登建康賞心亭」，旨在寫「無人會登臨意」（請纓無路）的愁緒。它首先以「楚天」五句，寫登亭所見景物，依序是天、水、山，而將愁恨寓於其中；接著以「落日」五句，用落日與斷鴻為媒介，把流落江南的自己（遊子）帶出來，以交代題目，並進而寫自己久看吳鉤、遍拍闌干的無奈；這可說是請纓無路的結果；為前一個「果」的部分。其次以「無人會」二句，正面寫「請纓無路」的痛苦，這是一篇主旨所在，為「因」中「主」的部分。又其次以「休說」九句，藉張翰、許汜與桓溫的故事，依次寫自己有家歸不得，求田不成與時不我予的困窘。從旁將請纓無路的痛苦推深一層，為「因」中「實」的部分。最後以「倩何人」三句，由實轉虛，表達請纓的強烈願望，以收拾全詞，這是後一個「果」的部分。透過這種

結構，作者便將自己胸中的積鬱傾洩而出了。對此，梁啟超說：

> 詞中「落日樓頭，斷鴻聲裡，江南遊子。把吳鉤看了，欄干拍
> 遍，無人會，登臨意」及「倩何人、喚取紅巾翠袖，搵英雄淚」
> 等語，確是滿腹經綸在羈旅落拓或下僚沉滯中勃鬱一吐情狀。[44]

附其結構分析表如下：

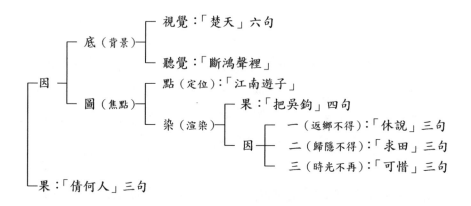

若單以其陰陽結構來呈現，則如下表：

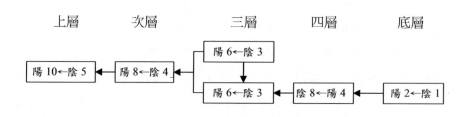

---

44 梁啟超：《辛稼軒先生年譜》，收入鄧廣銘：《增訂本稼軒詞編年箋注》附（臺北市：
　　華正書局，1978 年 12 月版），頁 8。

此詞含五層結構：其底層有一疊「並列」（順）的「移位」結構，其「勢」之數為「陰1、陽2」；四層有一疊「先果後因」（逆）的「移位」結構，其「勢」之數為「陰8、陽4」；三層有一疊「先視後聽」（順）與一疊「先點後染」（順）等「移位」結構，其「勢」之數為「陰6、陽12」；次層有一疊「先底後圖」（順）的移位結構，其「勢」之數為「陰4、陽8」；上層以一疊「先因後果」（順）的移位結構，其「勢」之數為「陰5、陽10」。總結起來看，此詞所形成之「勢」，其數為「陰25、陽36」，如換算成百分比（四捨五入），則為「陰41、陽59」。

　　掌握了這個圖，則此詞「多、二、一（0）」之結構，就一清二楚，那就是：「多←→二」指的是用「因果」（一疊）、「圖底」（一疊）、「視聽」（一疊）、「點染」（一疊）、「並列」（一疊）等所形成的移位性結構與節奏（韻律），「一（0）」指的是「請纓無路之憾」的主旨與「沉鬱悲壯，慷慨生哀」[45]、「剛中具柔，曲折委婉」[46] 之風格（韻律）。這種風格（韻律），從其「陰41、陽59」之量化結果看來，是屬於「偏剛」之作。

　　對此詞之主要特點，朱德才、薛祥生、鄧紅梅等《辛棄疾詞新釋輯評》評論說：

　　　　這首詞的主要特點，一是在風格上，於豪放中兼融沉鬱。一是在手法上，採用含蓄曲折的抒情方法。其表現之一是在抒情時移情入景並借用典故，增加詞情的曲折含蓄性；表現之二是詞作寫情層層推進，而寫到情極處時，卻只以「樹猶如此」半句咽住，讓

45　劉揚忠評析，見陳邦炎主編：《詞林觀止》上（上海市：上海古籍出版社，1994 年一版一刷），頁 520。

46　李勤印評析，見俞長江、侯健主編：《中國歷代詩歌名篇鑑賞辭典》（北京市：農村讀物出版社，1989 年 12 月一版一刷），頁 1009。

讀者去細細體會，因而顯得含蓄雋永。……它就成了稼軒早期詞中最負盛名的一首，也是「稼軒風」的一篇代表作品。[47]

所謂「豪放中兼融沉鬱」，是指「剛中帶柔」，如參照「陰 41、陽 59」之量化結果來看，屬「偏剛」之作。由此也可見此詞在篇章風格上之特色。

三　綜合探討

綜合以上詩、詞四首將其剛柔成分加以量化的結果，可分三層作綜合檢討，以見其重要功用：

首先從剛柔成分「消長進絀」之幅度來看，它們可概括成下表：

詩、詞篇名	剛柔比例	剛柔類型
王維〈送梓州李使君〉	剛 41%，柔 59%	偏柔
杜甫〈登樓〉	剛 52%，柔 48%	剛柔互濟
蘇軾〈卜算子〉	剛 46%，柔 54%	剛柔互濟
辛棄疾〈水龍吟〉	剛 59%，柔 41%	偏剛

從上表可看出：上舉四首作品，它們形成風格的剛柔成分，以陽剛而言，介於 41% 與 59% 之間；而以陰柔而言，則相應地介於 41% 與 59% 之間。若以上定「（一）純剛、純柔者，其「勢」之數為『65%→ 72%』；（二）偏剛、偏柔者，其「勢」之數為『55%→ 65% 』；（三）剛、柔互濟者，其「勢」之數為『45%→ 55% 』」之準則加以對照，則這四首詩、詞，除杜甫之〈登樓〉詩與蘇軾之〈卜算子〉詞，屬「剛柔互濟」外，其他兩首則一為「偏柔」、一為「偏剛」之作。

---

47 朱德才、薛祥生、鄧紅梅等：《辛棄疾詞新釋輯評》上（北京市：中國書店，2006 年一版一刷），頁 78。

　　其次就影響剛柔成分最大之內容主旨來看，上舉四首詩、詞的一篇
內容主旨列出如下表：

詩、詞篇名	內容主旨
王維〈送梓州李使君〉	寫梓州的風景土俗， 並寓歌頌之意、送別之情
杜甫〈登樓〉	寫登樓時自己對家國的關切與深沈的懷抱
蘇軾〈卜算子〉	寫高潔的孤鴻來抒發自身寂苦之情
辛棄疾〈水龍吟〉	寫請纓無路之憾

　　如就這種內容主旨看它們與剛柔成分之關係，首篇寫風景土俗偏於
陽剛、歌頌之意與送別之情卻偏於陰柔，而成為「偏陰」之作；次篇關
切家國偏於陽剛、懷抱深沈卻偏於陰柔，而成為「剛柔互濟」之作；三
篇寫孤鴻之高潔偏於陰柔、自身之寂苦卻偏於陽剛，而成為「剛柔互
濟」之作；末篇寫請纓無路之憾，其內容義旨偏於陽剛，卻由於多「借
用典故」、「曲折含蓄」，形成「豪放中兼融沉鬱」之特色，因此未達「純
剛」之境。這樣看來，影響篇章風格的因素雖多，但單從其內容主旨來
推測，就已可獲知大概了。直觀捕捉之所以有好成果，或許與此大有關
連，因為內容義旨之捕捉，對直觀而言，是比較直接的。

　　最後從直觀表現累積與模式探討成果之比較來看，其概略情形如下
表：

詩、詞篇名	直觀表現累積	模式探索成果
王維〈送梓州李使君〉	「清遠」、「雄渾」	「清遠」（柔59%）中有「雄渾」（剛41%）：偏柔
杜甫〈登樓〉	「剛健」含「深沈」	「剛健」（剛52%）中有「深沈」（陰48%）：剛柔互濟
蘇軾〈卜算子〉	「超曠」、「深美閎約」	「超曠」、「深美」（柔54%）中有「閎約」（剛46%）：剛柔互濟
辛棄疾〈水龍吟〉	「豪放」含「沉鬱」	「豪放」（剛59%）中有「沉鬱」（柔41%）：偏剛

在我國，自曹丕〈典論論文〉與劉勰《文心雕龍》開始，對風格概念，
就加以探討，而特別涉及「剛」與「柔」的特性來談風格的，則較晚，
如南朝梁鍾嶸的《詩品》、唐司空圖的《二十四詩品》、宋嚴羽的《滄
浪詩話》等，它們所談的風格，就有與「剛」、「柔」相接近或類似的，
卻還沒直接提到「剛」與「柔」；就是明末清初的黃宗羲在〈縮齋文集序〉
裡，固然以陰陽之氣論文，與「剛柔」有關，也一樣未直接提到「剛
柔」[48]；真正明白地提到「剛」與「柔」，而又強調用它們來概括各種
風格的，首推清姚鼐的〈復魯絜非書〉，因此周振甫即指出：「姚鼐把
各種不同風格的稱謂，作了高度的概括，概括為陽剛、陰柔兩大類。像
雄渾、勁健、豪放、壯麗等都歸入陽剛類，含蓄、委曲、淡雅、高遠、
飄逸等都可歸入陰柔類」[49]。這就把前人以「直觀表現」為主的傳統成
果作了一個總結，由此可大致看出它的重要性來。當然「直觀表現」與
「模式探索」兩者，是不能截然劃分的，也就是說：「直觀」中往往有
「模式」、「模式」中往往有「直觀」，這種天、人互動之作用是無法避
免的。不過由於「模式探索」，一直以來，還沒達到將其中「剛柔成分」
加以「量化」之地步，所以在這一方面便沒有太大的突破。為此，這次
大膽地作初步之突破，呈現「模式探索」之現階段嘗試，而又為凸顯此
一為「突破」，特將前此之成果，直接概括為「直觀表現」，與此次大
膽之「模式探索」進行比較。比較結果可看出：「直觀表現」雖對作品
風格之「稱謂」有了成果，卻無法確知其剛柔之「勢」的強弱、多寡；
「模式探索」雖推知其風格剛柔之「勢」的強弱、多寡，卻無法由此直

48　于民、孫通海：「以陽剛陰柔論文之美，早已有之，但大都不甚直接、明確、系統。
　　到了明末至清代中期，這個問題就有了明顯的發展和反映。其代表作家是清初的黃
　　宗羲與清代中期的姚鼐。黃宗羲的觀點……是崇陽而貶陰，以陽為陰制、陽氣突發
　　為迅雷而論至文。」見《中國古典美學舉要》（合肥市：安徽教育出版社，2000 年 9
　　月一版一刷），頁 962。
49　見《文學風格例話》，頁 13。

接推得作品風格之「稱謂」。這樣看來，「模式探索」即使有「有理可說」的好處，卻必須置基於「直觀表現」之上，才能對作品之篇章風格作更佳的審辯。

綜上所述，可知篇章風格之形成，乃奠基於陰陽二元（陰柔、陽剛），經由其「移位」（順、逆）、「轉位」（拗）與「調和」、「對比」之作用，以形成「多、二、一（0）」之篇章結構的。本文即以此為依據，對整體結構之陽剛與陰柔消長的情形，進行探討，先試予量化，再將這種模式探索之結果對應於傳統直觀表現之結晶作進一步的觀察。結果發現：在篇章風格之審辯上，既要重視後天「模式探索」的成果，也不可忽略先天「直觀表現」的累積。雖然受限於時間與篇幅，只舉詩、詞各二首為例加以說明而已，卻所謂「以個別表現一般，以單純表現豐富，以有限表現無限」[50]，尚可藉以看出兩者之互動關係。如此在「直觀」之外開拓「模式」之空間，以求「有理可說」，相信是大有必要，而且將是大有可為的。

第三節　主題、風格之美感效果

上兩節為了說明方便，雖將「主題（篇旨）」（含綱領）與「風格」割開來討論，但是兩者往往是統合為一的，因此特增本節合起來探討其美感效果，以凸顯其最高之藝術境界。茲分「虛實與映襯」與「層次與統一」兩層加以探討。

一　虛實與映襯

在「篇章意象」中，「意」（陰）與「象」（陽）、「主題（主旨、綱

---

50 葉朗：《中國美學史大綱》（臺北市：滄浪出版社，1986 年 9 月初版），頁 26。

領）」（陰）與「風格」（陽）、「潛」（陰）與「顯」（陽）、「柔」（陰）
與「剛」（陽）等，都是「一虛一實」的關係。而其「主旨（綱領）」（意）
潛藏，就相對地在「篇」這一層造成「意」（潛）與「象」（顯）之變化。
這樣所著眼之層面雖不同，卻依然維持著「一虛一實」的關係。

　　由於這些「虛」（陰）與「實」（陽）所形成的是「二元對待」，因
此都可以產生「虛實相生」之作用。曾祖蔭即指出這種「虛實」之美學
特徵說：

> 就藝術反映生活的特點來看，如果說現實景物是「實」，通過景
> 物所體現的思想感情是「虛」，那末，化實為虛就是要化景物為
> 情思，這在我國詩詞中表現得尤為突出。……化虛為實突出地表
> 現為將心境物化。把看不見、摸不著的思想感情、心理變化等，
> 用具體的或直觀的感性形態表現出來，也就是說，要變無形為有
> 形。從這個意義上說，具體的或直觀的物象為實，無形的思想感
> 情、心理變化等為虛。化虛為實就是把無形的思想、情趣、心理
> 等轉化為具體生動的藝術形象。[51]

　　如此透過「心境物化」（以虛化實）、「物境心化」（以實化虛）之
轉化作用，確實可以解釋「篇章意象」互動的藝術特色。也正因為它們
能由互動而結合，便成為中國美學一條重要的原則，概括了中國藝術的
美學特點。葉太平即認為：

> 藝術形象必須「虛實結合」，才能真實地反映有生命的世界。如

---

51 曾祖蔭：《中國古代文藝美學範疇》（臺北市：文津出版社，1987 年 8 月初版），頁
　167-172。

果沒有物象之外的虛空，藝術品就失去了生命。[52]

而這種「轉化」或「結合」，如對應於生理、心理來說，則建立在「兩兩相對」之基礎上。對此，宗白華便說：

> 有謂節奏為生理、心理的根本感覺，因人之生理，均兩兩相對，故於對稱形體，最易感人。[53]

而「兩兩相對」形成藝術，即兩兩「映襯」或「襯托」之意。董小玉說：

> 襯托，原係中國繪畫的一種技法，它是只用墨或淡彩在物象的外廓進行渲染，使其明顯、突出。這種技法運用於文學創作，則是指從側面著意描繪或烘托，用一種事物襯托另一種事物，使所要表現的主體在互相映照下，更加生動、鮮明。襯托之所以成為文學創作中一種重要的表現手法，是由於生活中多種事物都是互為襯托而存在的，作為真實地表現生活的文學，也就不能孤立地進行描寫，而必然要在襯托中加以表現。[54]

既然「生活中多種事物都是互為襯托而存在」，而「襯托」的主、客雙方，所呈現的就是「二元對待」的現象。上述之「意」與「象」、「主

52 葉太平：《中國文學的精神世界》（臺北市：正中書局，1994 年 12 月版），頁 290。
53 宗白華：《宗白華全集》1（合肥市：安徽教育出版社，1996 年 9 月一版二刷），頁 506。
54 董小玉：《文學創作與審美心理》（成都市：四川教育出版社，1992 年 12 月一版一刷），頁 338。

題（主旨、綱領）」與「風格」、「潛」與「顯」、「柔」與「剛」等，
都脫離不了這種現象，其中形成「調和」的，相當於襯托中的「對稱」；
而形成「對比」的，則相當於襯托中的「對立」。

　　以「對稱」而言，陳望道在《美學概論》中論述「美的形式」時，
列有「對稱與均衡」一項：

> 對稱（Symmetry）是與幾何學上所說的對稱指稱同一的事實。
> 都是將一條線（這一條線實際並不存在，也可假定其如此），為
> 軸作中心，其左右或上下所列方向各異，形象相同的狀態。……
> 所謂均衡（Balance）雖與它（按：指對稱的形式）極類似，就
> 比它活潑得多；……均衡是左右的形體不必相同，而左右形體的
> 分量卻是相等的一種形式。[55]

這種「美的形式」運用在辭章時，則不必如幾何學那麼嚴密，只要達到
均衡的狀態即可。因此落到「實」與「虛」來說，則一樣可凸顯出其對
稱（均衡）美。

　　以「對立」而言，張少康說：

> 任何藝術作品的內部都包含著許多矛盾因素的對立統一。例如我
> 國古代文藝理論中所說的形與神、假與真、一與萬、虛與實、情
> 與理、情與景、意與勢、文與質、通與變等等。每一件藝術品，
> 每一個藝術形象，都是這一組組矛盾關係的統一，是它們的綜合
> 產物。[56]

55　陳望道：《美學概論》（臺北市：文鏡文化事業公司，1984 年重排出版），頁 43-45。
56　張少康：《中國古代文學創作論》（臺北市：文史哲出版社，1991 年 6 月初版），頁
　　173。

而邱明正也表示：

> 這種既對立又統一的原則體現了矛盾著的雙方相互對立、相互排
> 斥，又在一定條件下相互轉化，相互統一的矛盾運動法則，是宇
> 宙萬物對立統一的普遍規律、共同法則在審美心理上的反映。[57]

可見「意」與「象」、「主題（主旨）」與「風格」、「潛」與「顯」、「柔」與「剛」等「虛實」二元所形成之「映襯」，無論為「對稱」或「對立」，均可趨向一種和諧統一的狀態，而獲得「相生相成」之美感效果。

二　層次與統一

從微觀來說，所謂「層次」，主要是指「虛」與「實」本身之對應或邏輯結構所形成之先後或層級而言。而從宏觀來看，則層次中是有變化、變化中是有層次的，因為層次是變化造成的結果，變化是層次形成的主因。而「篇章意象」之「意」與「象」、「主題（主旨）」與「風格」、「潛」與「顯」、「柔」與「剛」等「虛實」二元，就是如此。如林貴中在《文章礎石及其他》一書中指出：

> （層次）就是文章層面的次序。具體的說，就是文章內：理論的
> 推展安排，情緒的滋長延引，事情的呈現先後與物類的綱目歸屬
> 等，都必須按其輕重、深淺、苦樂、悲喜、前後、大小、巨
> 細⋯⋯而表現出來。[58]

---

57 邱明正：《審美心理學》（上海市：復旦大學出版社，1993 年 4 月一版一刷），頁 95。
58 林貴中：《文章礎石及其他》（臺北市：文津出版社，1990 年版），頁 74。

他所說的「理論」、「情緒」就是「主題」（主旨、綱領），為「意」，「事情」、「物類」就是「材料」，為「象」；而「輕重、深淺、苦樂、悲喜、前後、大小、巨細」為多樣的「二元對待」，則關涉到多樣的「虛實」與「映襯」，也關涉到「剛柔」。因此層次體現著由作者開展的意象系統，乃針對著篇章的內涵（意與象之互動）與脈絡（意與象之組織）加以把握。這雖是主要就「層次」加以詮釋，卻蘊含著有「甲（深、苦、悲、前、大、巨）與乙（淺、樂、喜、後、小、細）」有關「虛」（陰）與「實」（陽）的「二元變化」在內。正如鄭頤壽《辭章學概論》所言：

> 文章段落層次，或由前至後，或由後至前；或由上到下，或由下到上；或從表至裡，或從裡至表；或從大而小，或從小而大……一般說，都像螺旋似的，一層一層的推進；像剝筍一樣，一層一層地揭示中心。這就是文章的層次性。[59]

所謂「由甲（前、後、上、下、表、裡、大、小）到乙（後、前、下、上、裡、表、小、大）」，指的主要是意象組織過程中陰陽互動的「二元變化」（含虛、實互動），所謂「像螺旋似的，一層一層的推進；像剝筍一樣」，說的主要是意象組織過程中所形成螺旋的「層次」。可見「層次中是有變化、變化中是有層次的」。由此推擴，可知凡是意象系統中關於篇章之前後呼應或邏輯組織，均可形成「層次美」與「變化美」。這是意象統合之基礎，是著眼於「多」、「二」、「一（0）」螺旋結構中的「多 ⟷ 二」來說的。

　　如此，篇章在層層的對比與調和的作用下，會使得層層結構，經由局部之「統一」而趨於整體之「和諧」。如就辭章整體結構而言，則是

---

59 鄭頤壽：《辭章學概論》（福州市：福建教育出版社，1986 年初版），頁 82。

指聯結在時、空結構中，由「反復」（秩序）與「往復」（變化）所引起之「節奏」、「調和」與「對比」所呈顯之「剛柔」（陰陽），以串成整體「韻律」、突出情或理（主題〔主旨〕）、形成風格、氣象（含剛柔），而達於「統一」、「和諧」的一個境界。而這種「統一」或「和諧」，歐陽周、顧建華、宋凡聖等在其《美學新編》裡，加以闡釋說：

> 所謂統一，是指各個部分在形式上的某些共同特徵以及它們之間的某種關聯、呼應、襯托、協調的關係，也就是說，各個部分都要服從整體的要求，為整體的和諧、一致服務。有多樣而無統一，就會使人感到支離破碎、雜亂無章、缺乏整體感；有統一而無多樣，又會使人感到刻板、單調和乏味，美感也難以持久。而在多樣與統一中，同中有異，異中求同，寓「多」於「一」，「一」中見「多」，雜而不越，違而不犯；既不為「一」而排斥「多」，也不為「多」而捨棄「一」；而是把兩個對立方面有機結合起來，這樣從多樣中求統一，從統一中見多樣，追求「不齊之齊」、「無秩序之秩序」，就能造成高度的形式美。……多樣與統一，一般表現為兩種基本型態：一是對比，二是調和。……無論對比還是調和，其本身都要要求在統一中有變化，在變化中求統一，把兩者巧妙地結合在一起，就能顯示出多樣與統一的美來。[60]

這種說法，如就篇章「多」、「二」、「一（0）」結構來看，則其中之「一（0）」（統一、和諧）與「多」（層次、變化）也形成了「二元對待」，有機地結合在一起。也就是說，「一（0）」（統一、和諧）之美，需要

---

60 歐陽周、顧建華、宋凡聖等：《美學新編》（杭州市：浙江大學出版社，2001 年 5 月一版九刷），頁 80-81。

奠基在「多」（層次、變化）之上；而「多」（層次、變化）之美，也必須仰仗「一（0）」（統一、和諧）來整合。在此，最值得注意的是：歐陽周他們特將這種屬於「二元對待」的「調和」（陰）與「對比」（陽），結合「多」（多樣）與「一（0）」（統一、和諧）作說明，凸顯出「二」（「調和」（陰）與「對比」（陽））徹下徹上的居間作用。這對篇章「多」、「二」、「一（0）」螺旋結構及其所產生美感方面的認識而言，是有相當大的幫助的[61]。

　　而這個「一」，乃對應於老子「道生一」之「一」而言，如落在篇章中就是「主題（主旨）」。而「（0）」，則對應於老子「道生一」、「有生於無」的「道」或「無」[62]來說，如落在辭章中，則指的是風格、韻律、氣象、境界等辭章之抽象力量；而這些抽象力量，更是與「剛」（對比）、「柔」（調和）息息相關的。即以風格而言，就直接可用「剛」（對比）、「柔」（調和）」來概括。關於這點，姚鼐在其〈復魯絜非書〉中就已提出，大致是「姚鼐把各種不同風格的稱謂，作了高度的概括，概括為陽剛、陰柔兩大類。像雄渾、勁健、豪放、壯麗等都可歸入陽剛類；含蓄、委曲，淡雅、高遠、飄逸等都可歸入陰柔類。就這兩類看，認為『為文者之性情形狀舉以殊焉』」，性情指作者的性格，跟陽剛、陰柔有關；形狀指作品的文辭，跟陽剛、陰柔有關。又指出這兩者『糅而氣有多寡進絀』，即陽剛和陰柔可以混雜，在混雜中，陰陽之氣可以有的多有的少，有的消，有的長，這就造成風格的各種變化」[63]。據此，則陽剛（對比）和陰柔（調和），不但與風格有關，而為各種風格

---

61 陳滿銘：〈辭章「多」、「二」、「一（0）」螺旋結構論〉，中山大學《文與哲》學報10 期（2007 年 6 月），頁 483-514。

62 陳滿銘：〈論「多」、「二」、「一（0）」的螺旋結構——以《周易》與《老子》為考察重心〉，臺灣師大《師大學報・人文與社會類》48 卷 1 期（2003 年 7 月），頁 1-20。

63 《文學風格例話》，頁 13。

之母；也一樣與作者性情與作品文辭有關，而為韻律、氣象、境界等的
決定因素。這其中，一篇辭章之「主旨」與「章法」之「潛」（陰）與
「顯」（陽）就產生了一定之影響。

　　對這種道理，吳功正在其《中國文學美學》裡，以美學的觀點，從
「陰陽」這一範疇切入闡釋說：

> 　　由一個最簡括的範疇方式：陰陽，繁孳衍化出眾多的美學範疇：
> 言與意、情與景、文與質、濃與淡、奇與正、虛與實、真與假、
> 巧與拙等等，顯示出中國美學的一個顯著特徵：擴散型；又顯示
> 出中國美學的另一個顯著特徵：本源不變性。這兩個特徵的組
> 合，便顯示出中國美學在機制上的特性。如劉勰的《文心雕龍》
> 就以此作為理論的結構框架。關於審美的主客體關係，劉勰認
> 為，心（主體）「隨物以宛轉」，物（客體）「與心而徘徊」。關
> 於情與物的關係：「情以物興，故義必明雅；物以情觀，故詞必
> 巧麗」。其他關於文質、情文、通變等範疇和問題，也都是兩兩
> 對舉，都有著陰陽二元的基本因子的構成模式。[64]

　　在此，他提出了兩個重要觀點：一是指出心（主旨）與物（材料）、
文與質、情與文、通與變等等範疇，都與「陰陽二元」有關。二為「陰
陽二元」的特徵，既是「擴散」（徹下）的，也是「本源不變」（徹上）
的。也正由於「陰陽二元」，是諸多範疇構成的基本因子，有著擴散
（徹下）、本源不變（徹上）的特徵，所以既能繁衍為「多」（層次、變
化），也能歸本於「一（0）」（統一、和諧）。

---

64 吳功正：《中國文學美學》下卷（南京市：江蘇教育出版社，2001 年 9 月一版一刷），
　　頁 785-786。

　　由此可知，陽剛（對比）和陰柔（調和）之重要，因而也凸顯了
「二」（陽剛、陰柔或調和、對比）在「多」（層次、變化）、「一（0）」
（統一、和諧）之間不可或缺的地位；而「篇章意象」中「意」與「象」、
「虛」與「實」、「潛」與「顯」、「剛」與「柔」此一「陰陽二元」系
列之對待、互動，就在其中產生了應有之作用。

第五章
篇章意象之統合與美感

　　「篇章意象」在邏輯思維之層面涉及篇章組織，而在綜合思維層面涉及篇章主題與風格。由於它們與「真、善、美」與「多二一（0）」螺旋結構都有對應之密切關係，因此在本章分三節進行相關探討，以見「篇章意象」之統合樣貌及其美感。

第一節　真善美之統合

　　在辭章意象系統中，「篇章意象」居於相當重要之一環，牽連了「篇章意象」的內涵、組織與風格等。其中「內涵」所涉及的是它的內容義旨，「組織」所涉及的是它的邏輯結構，而「風格」所涉及的是它的審美風貌。由於大宇宙是呈現整體之「真、善、美」的，而篇章所表現的「小宇宙」，自然可對應於大宇宙，以它真誠的內容義旨反映「真」、完善的邏輯結構反映「善」、優秀的審美風貌反映「美」。如此來看待「篇章意象」的真、善、美，是有助於深入了解辭章之「篇章意象」的。

　　對「真」、「善」、「美」的探討，在西洋起源甚早。就以出生於西元四百多年前的柏拉圖（西元前 427-前 347）來說，認為對「美」的「理念」（「理式」）之認識，要經歷四個階段：首先是「有形領域中的美」，其次是「倫理政治領域中的美」（善），再其次是「數理學科領域中理智的美」（真），最後是：

　　　　所達到的涵蓋一切領域中理智的美，即貫通於形體美、倫理政治

的善、各門科學的真的那種集真、善、美於一身的最高的美理
念。[1]

所謂「有形領域中的美」，即客體之「美」；「倫理政治領域中的美」、「數
理學科領域中理智的美」，即融合主客體之「善」與「真」，而「那種
集真、善、美於一身的最高的美理念」，則為居於統攝地位之「美」的
「理念」（「理式」）或主體「分受」之「美感」。這樣，就含藏了如下
之邏輯結構：

美（客體）──▶ 善、真（融合主、客體）┅┅▶ （美理念）

對這種邏輯結構，鄔昆如從另外角度切入說：

> 我們綜合柏拉圖的觀念論和知識論加以探討之後，我們可以發現
> 在柏拉圖的二元宇宙劃分之中，有兩條通路：從人到「善」觀
> 念，以及從「善」觀念到人。甚至我們更進一步看來：從「善」
> 觀念到感官世界，以及從感官世界到「善」觀念。很顯然地，一
> 條是從下往上的道路，另一條是由上到下的道路。從下往上的
> 路，通常是人性對真、善、美的追求；從上到下的道路，是
> 「善」觀念對其他的觀念，感官世界，以及人類的「分受」。[2]

他分順、逆兩向來闡釋柏拉圖對真、善、美的看法，一是由上到下的順
向道路，它的邏輯層次可以理解為：

1　蔣孔陽、朱立元主編，范明生著：《西方美學通史》第一卷（上海市：上海文藝出版
　　社，1999 年 10 月一版一刷），頁 310。
2　鄔昆如：《希臘哲學趣談》（臺北市：東大圖書公司，1976 年 4 月初版），頁 151。

（美理念）┈┈┈▶ 善、真（融合主、客體）━━▶ 美（客體）

一是從下往上的逆向道路，它的邏輯層次則可以看成是：

美（客體）━━▶ 善、真（融合主、客體）┈┈┈▶（美理念）

如此一順一逆來看待柏拉圖的「美」的「理念」（「理式」），是相當能
掌握其邏輯思維的，這就可以解釋柏拉圖所說「美是善的原因」與「善
為美的標準」[3] 之似矛盾問題了。而柏拉圖之所以用「『善』觀念」為
核心來談「美」，含藏「善、真 ⟷ 美」之邏輯結構，乃受其「理式論」
（「理型說」）之影響。由柏拉圖看來，「萬事萬物有一個共同的本原，
就是神，由神創造出各類事物的共相，就是理式。現實世界中的萬事萬
物只是理式的摹本」，而且認為「完善的靈魂是形而上者，『主宰全宇
宙』……清純不雜的靈魂受神的導引，在天國中見到過真實本體或理
式，即感性事務的摹本。一旦犯了罪孽，靈魂便不完善，就『失去了羽
翼』，依附肉體進入塵世之中。這樣無形無始的靈魂本身，就因肉體而
現形」[4]。對這種理論，到了亞里士多德（西元前 384-前 322），則既有
所繼承，也有所創新，朱志榮在《古近代西方文藝理論》中就指亞里士
多德：

3　范明生注：「就柏拉圖而言，在早期蘇格拉底學派對話中，有時將美看得高於善，在
　〈大希庇亞篇〉將美看作是善的原因……在〈國家篇〉中又有了變化，善的地位上升
　了，強調『善為美的標準』，將善理念看作是最高的。」見《西方美學通史》第一卷，
　頁 429。
4　朱志榮：《古近代西方文藝理論》（上海市：華東師範大學出版社，2002 年 8 月一版
　一刷），頁 13-17。

繼承了泰勒斯以來的哲學成就，特別是柏拉圖的思想成果。然而
他的繼承是以批判為基礎，以創新為目標的。在方法論上，和他
的老師柏拉圖相比，他在批判柏拉圖「理式」說的基礎上，創立
自己的「四因」（質料因、形式因、創造因、目的因）說、「實體」
論，並以此為基石提出了和柏拉圖根本分歧的「摹仿論」。他拋
棄了柏拉圖的直觀的甚至神秘的哲學思辨，對客觀世界進行冷靜
的科學分析。[5]

他「對客觀世界進行冷靜的科學分析」，於是有「美在形式」的觀點[6]，
這是他的創新，當然也影響了他對「真、善、美」的看法，鄔昆如以為
亞里士多德：

> 在知識論裡，討論真、假、對、錯；倫理學中討論是、非、善、
> 惡；在藝術哲學中，超越了真、假、對、錯和是、非、善、惡的
> 問題，進入美與醜的分野，進入真、善、美的境界。這個境界，
> 亞里士多德把他的神明、宗教、藝術、倫理道德完全綜合為一，
> 成為一個完美的綜合人性。[7]

這種奠基於「美在形式」的觀點，影響所及，使得後來的托馬斯・阿奎
那（西元約 1225-1274）就進一步「把美同形式聯繫起來，認為美和善

5　同前註，頁 42。

6　李杜：「亞氏對柏氏理型說非議，是理型超越感覺事物而獨立存在。他以為如理型獨
　自存在，則與感覺事物的關係無法講。故他以形式說代替理型說。」見《中西哲學思
　想中的天道與上帝》（臺北市：聯經出版事業公司，1980 年 7 月初版二刷），頁
　209。

7　《希臘哲學趣談》，頁 237。

一樣，都是建立在『真實的形式上面』」[8]，這就大致形成了眾所熟知的「真→善、美」之邏輯結構。

　　其實，對「真、善、美」三者的關係，是經過漫長時間的醞釀而逐步認識的，但爭議也不少。對此，歐陽周、顧建華、宋凡聖等在《美學新編》中就以為「對美與真、善的看法，歷來有很大分歧，大體可分為『無關論』、『等同論』和『有關又有區別論』三種」，其中第一種看法「認為美與真、善無關，甚至是對立的」，以德國古典主義美學家康德與俄國的列夫‧托爾斯泰為代表；第二種看法「強調美與真、善有著密切關係，甚至將美與真、善等同起來」，以古希臘哲學家蘇格拉底與古羅馬新柏拉圖主義創始人普羅丁為代表；第三種看法「是認為美與真、善既有聯繫又有區別」：

　　　　在西方，古希臘亞里士多德較早地把美與真、善聯繫在一起，但更多地勢強調美與真的聯繫，同時也初步提出它們之間的區別。18 世紀法國唯物主義美學家狄德羅對美與真、善關係的論述較為中肯，他說：「真、善、美是緊密結合在一起的。在真或善上加上某種罕見的、令人注目的情景，真就變成美了，善也就變成美了。」（《畫論》）他強調了真、善、美不可分的關係，同時也指出它們是不同的事物，既不可割裂，也不可等同。[9]

　　而最後一種是他們所贊同的，並且也進一步指出：

　　　　真是美的源頭和基礎，美以真為內容要素。⋯⋯善是美的靈魂，

8　朱志榮：《古近代西方文藝理論》，頁 93。
9　歐陽周、顧建華、宋凡聖等：《美學新編》（杭州市：浙江大學出版社，2001 年 5 月一版九刷），頁 50-52。

美以善為內涵和目的。……雖然真是美的基礎，善是美的靈魂，但不能因而主觀地以為真的、善的就一定是美。這是因為真、善、美分屬於不同的範疇，標誌著不同價值：真屬於哲學的範疇，是人們在認識領域內衡量是與非的尺度，具有認知的價值；善屬於倫理學的範疇，是人們在道德領域內辨別好與壞的尺度，具有實用價值；美屬於美學的範疇，是人們在審美領域內觀照對象並在情感上判斷愛與憎的尺度，具有審美的價值。[10]

這種「認為美與真、善既有聯繫又有區別」的看法，普遍為人所接受，所以鄭頤壽也說：

在兩三千年的爭論中，西方對真、善（誠）與美的關係的認識也逐步辯證。柏拉圖的最大弟子亞里士多德就是其老師偏頗的文藝美學思想的異議者。從文藝復興道 18 世紀的許多美學家、藝術家，如達‧芬奇、荷加斯等，其後的柏克、費爾巴哈、車爾尼雪夫斯基直至馬克思，對美的本質及其與「真」、「善」的關係的認識逐步科學化了。……莎士比亞有一段關於真、善、美和辭章的關係，談得十分深刻。他說：「真、善、美，就是我全部的主題，真、善、美，變化成不同的辭章，我底創造力就花費在這種變化裡，三題合一，產生瑰麗的景象。真、善、美，過去是各不相關，現在呢，三位同座，真是空前。」美學家王朝聞談真、善、美的關係最為科學，他說：「真、善、美，就其歷史的發展來說，只有當人在實踐中掌握了客觀世界的規律（真），並運用於實踐，達到了改造世界的目的，實現了善，才有美的存在。但

10　同前註，頁 52-54。

> 作為歷史的成果，作為客觀對象來看，真、善、美，是同一客觀
> 對象的密不可分地聯繫在一起的三方面。人類的社會實踐，就它
> 體現客觀規律或符合於客觀規律的方面去看是真，就它符合於一
> 定時代階級的利益、需要和目的的方面去看是善，就它是人的能
> 動的創造力量的客觀的具體表現方面去看是美。」(《美學概論》)
> 真、善、美是既有密切聯繫又有區別的。[11]

可見真、善、美就這樣被認識為「既有密切聯繫又有區別的」，也就是
說，真、善、美三者，如從「求同」一面來說，可統合為一；而若從
「求異」一面來看，則可各自分立。就在「求異」一面裡，所謂「真屬
於哲學的範疇」、「善屬於倫理學的範疇」、「美屬於美學的範疇」，所
謂「就它體現客觀規律或符合於客觀規律的方面去看是真，就它符合於
一定時代階級的利益、需要和目的的方面去看是善，就它是人的能動的
創造力量的客觀的具體表現方面去看是美」，說的和上述鄔昆如對亞里
士多德學說的理解，在實質上沒有什麼差異。

而在「求同」一面裡，所謂「真是美的源頭和基礎，美以真為內容
要素」、「善是美的靈魂，美以善為內涵和目的」，所謂「只有當人在實
踐中掌握了客觀世界的規律（真），並運用於實踐，達到了改造世界的
目的，實現了善，才有美的存在」，雖沒有明確指出真、善、美三者的
先後，卻含藏了「真、善 → 美」（或真、善 ←→ 美）或「真 → 善 → 美」
的邏輯結構，美學家李澤厚說：

> 從主體實踐對客觀現實的能動關係中，實即從「真」與「善」相
> 互作用和統一中，來看「美」的誕生。……符合「真」（客觀必

---

11 鄭頤壽：《辭章學導論》（臺北市：萬卷樓圖書公司，2003 年 11 月初版），頁 500。

然性）的「善」（社會普遍性），才能夠得到肯定。……這樣，
一方面，「善」得到了實現，實踐得到了肯定，成為實現了（對
象化）的「善」。另一方面，「真」為人所掌握，與人發生關係，
成為主體化（人化）的「真」。這個「實現了的善」（對象化的善）
與人化了的「真」（主體化的真），便是「美」。……「美」是「真」
與「善」的統一。[12]

　　雖然切入點不盡相同，但單從其所蘊含的邏輯結構來看，是一致的。不
僅如此，如不理會對「真、善、美」涵義的界定有所差異，則將這種邏
輯結構對應於上述柏拉圖、亞里士多德和托馬斯‧阿奎那的說法來觀
察，也一樣可梳理得通。

　　這樣看來，從古以來對「真、善、美」涵義的界定，儘管不盡相
同，然而所含藏「真、善 → 美」（真 ⟷ 善 → 美）或「真 → 善 → 美」
等邏輯結構，卻變化不大。因為這種邏輯結構，相當原始，是可適用於
宇宙形成、含容萬物「由上而下」之各個層面的。如果換成「由下而上」
來看，則正好相反，各個層面所形成的是「美 → 真、善」（美 → 善
⟷ 真）或「美 → 善 → 真」的邏輯結構。而這種「由上而下」與「由
下而上」的順逆向結構，如同上文所述，可由後人（范明生、鄔昆如）
所掌握柏拉圖有關「真、善、美」的義理邏輯裡得到充分證明。又如果
把這順逆向的邏輯結構加以整合簡化，則可表示如下：

真 ⟷ 善 ⟷ 美

---

12 李澤厚：〈美學三題議〉，《美學論集》（臺北市：三民書局，1996 年 9 月初版），頁
　　167-168。

意即按「由上而下」的順向來看，它所呈現的是「真 → 善 → 美」的邏輯結構；而依「由下而上」的逆向來看，則它所呈現的是「美 → 善 → 真」的邏輯結構。

第二節 實例舉隅

茲分「個別」與「綜合」兩層，各舉數例說明，以見一斑。

一 個別之例

「真、善、美」之內涵與邏輯層次既是如此，如與「篇章意象」結合起來看，則在此層面，所謂的「真」，指的是統合「篇章意象」的內容義旨；所謂的「善」，指的是組織「篇章意象」的邏輯結構；所謂的「美」，指的是統合「篇章意象」的「審美風貌」。茲分別舉例說明如次。

（一）內容義旨之真

「篇章意象」中「內容義旨」之真，主要涉及篇章的情、理、事、景（物）。其中情與理為「意」，屬核心成分；事與景（物）乃「象」，為外圍成分。而此情、理與事、景（物）之辭章內容成分，就其情、理而言，是「意」；就其事、景（物）而言，是「象」。由於核心成分之「情」或「理」，是一篇之主旨所在，亦即作者所要表達的思想情意，乃合形象思維與邏輯思維為一而成，涉及整體意象。而所謂外圍成分，是以事語或景（物）語來表出的。也就是說，形成外圍結構的，不外「物」材與「事」材而已。而所敘寫的無論是「景（物）」或「事」，皆各自有其表現之「意象」（個別）。這樣由個別（章）而整體（篇），使核心成分與外圍成分融成一體，自然能凸顯「篇章意象」中「內容義旨」之真。茲舉例說明如次。

首先看杜甫的〈石壕吏〉詩：

> 暮投石壕村，有吏夜捉人。老翁踰牆走，老婦出看門。吏呼一何
> 怒，婦啼一何苦。聽婦前致詞：「三男鄴城戍，一男附書至，二
> 男新戰死。存者且偷生，死者長已矣。室中更無人，惟有乳下
> 孫。有孫母未去，出入無完裙。老嫗力雖衰，請從吏夜歸。急應
> 河陽役，猶得備晨炊。」夜久語聲絕，如聞泣幽咽。天明登前
> 途，獨與老翁別。

　　這首詩旨在寫石壕地方官吏的橫暴，以反映百姓的悲苦與政治的黑暗，乃作於唐肅宗乾元二年（西元 759 年）春。這時，作者正在由洛陽經潼關，返華州任所途中[13]。它先以開端二句，簡述事情發生的原因；再以「老翁踰牆走」二十句，以平提的方式，寫「老翁」潛走與「老婦」被捉的事實。由於被捉的是「老婦」，所以只用「老翁」一句，提明「老翁」的情況，卻以「老婦」十九句，描述「老婦」被捉的經過。就在這十九句詩裡，「老婦」四句，用以泛寫「老婦」在悲苦中無奈地向前「致詞」的事；「三男」十三句，用以具寫「致詞」的內容，它自三男戍、二男死、孫方乳、媳無裙，說到由自己備晨炊，層層遞進，道出了一家悲苦至極的慘況；「夜久」二句，用以暗示「致詞」無效，結果「老婦」還是被捉了。最後以「天明」二句，用側收的方式，回應篇首三句，說自己在天明時獨向「老翁」道別。這兩句，從表面看來，只著眼於「老翁」一面加以收結，但實際上，卻將「老婦」一面也包括在內。高步瀛《唐宋詩舉要》說：「結與翁別，為起二句之去路，此一定章法，非獨

13　霍松林分析，見《唐詩大觀》（香港：商務印書館香港分館，1986 年 1 月香港一版二刷），頁 483-484。

結老翁潛歸而已。」[14] 而劉開揚在《杜甫》中更明確地指出：「結尾寫詩人自己『天明登前途，獨與老翁別』，見得老婦已應徵而去。」[15] 如此側收，自然就收到含蓄、洗練的效果。其結構分析表為：

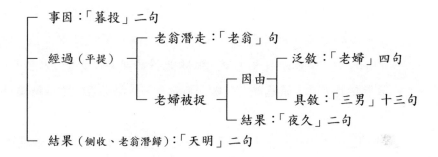

可見它乃藉各種事材，如「吏夜捉人」、「翁踰牆走」、「吏呼」、「婦啼」、「致詞」、「三男」、「一男」、「二男」、「乳下孫」、「語聲絕」、「泣幽咽」、「與老翁別」等形成系列之「象」，以反映石壕地方官吏橫暴與百姓悲苦之「意」。作者這樣寫來，其「意象」是如此之「真」，那就難怪會震撼人心了。對此，白文說：

> 〈石壕吏〉所寫是詩人親見親聞，是真人真事的詩的紀錄，連石壕村也是實有其地。作為一篇敘事詩，千餘年來不僅給無數代讀者提供了認識歷史生活的形象，而且以其強大的藝術力量震撼著讀者感情的琴弦。[16]

---

14 高步瀛選注：《唐宋詩舉要》（臺北市：學海出版社，1973 年 2 月初版），頁 68。

15 劉開揚：《杜甫》（臺北市：國文天地雜誌社，1991 年 7 月初版），頁 58。

16 白文評析，見孫育華主編：《唐詩鑑賞辭典》（北京市：北京燕山出版社，1996 年 11 月一版三刷），頁 393。

杜甫此詩「內容義旨之真」，由此可見。

　　然後看辛棄疾的〈摸魚兒〉詞：

　　　　更能消、幾番風雨，匆匆春又歸去。惜春長怕花開早，何況落紅
　　　　無數。春且住，見說道、天涯芳草無歸路。怨春不語。算只有殷
　　　　勤，畫檐蛛網，盡日惹飛絮。　　　　長門事，準擬佳期又誤，蛾眉
　　　　曾有人妒。千金縱買相如賦，脈脈此情誰訴。君莫舞，君不見、玉
　　　　環飛燕皆塵土。閒愁最苦。休去倚危闌，斜陽正在，煙柳斷腸處。

　　這闋詞題作「淳熙己亥自湖北移湖南，同官王正之置酒小山亭，為
賦。」為抒寫怨憤之作。起首「更能消」兩句，泛寫春歸之速；「惜春」
四句與「怨春」四句，依序藉無數落紅、天涯芳草及殷勤蛛網盡日惹絮
的殘景，具寫春歸之速，含有無限「惜春」、「怨春」之情，預為下片
的即事抒情鋪好路子。下片開端五句，用漢朝陳皇后被禁冷宮，請司馬
相如作賦以感悟孝武帝的典故，抒寫自己當有新除而又遭讒，以致落空
的怨憤；「君莫舞」兩句，用漢后趙飛燕與唐妃楊玉環的典故，以痛斥
小人必不會有好的下場，把怨憤之情再予推深；「閒愁」句，以「閒愁」
（即怨憤之情）點明一篇主旨，以統攝全詞。結尾三句，以煙柳上的斜
陽，暗喻日非的國運，借景結情，結得悲涼沈鬱，無可倫比[17]。如此以
「具（景、事）、泛（情）、具（景）」的結構詠來，其姿態之飛動、情
思之激切，千古罕見。其結構分析表為：

---

17 常國武：「結拍以眼前哀景烘托滿腹閒愁，綜合全篇，極哀怨淒婉之致。陳廷焯《白
　　雨齋詞話》評云：『結得愈淒涼、愈悲鬱。』信然。」見陳邦炎主編：《詞林觀止》上
　　（上海市：上海古籍出版社，19944 月一版一刷），頁 518。

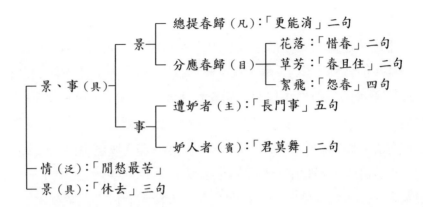

可見它乃藉各種「象」，如「春歸」、「花落」、「草芳」、「絮飛」、「斜陽」、「煙柳」之「景」與「司馬相如作〈長門宮賦〉」、「漢趙飛燕」、「唐楊玉環」之「事」，以寫作者「閑愁最苦」之「意」。其「意象」之「真」，也像上例一樣，讓人感動不已。對此，鄧廣銘、辛更儒加以詮釋說：

> 作者這時由湖北調往湖南，他對南宋面臨的嚴重局勢份外擔心，整個上片的詞意，都與此有關，也全相吻合。下片是作者的自述。他充分認識自己的險惡處境，曾在他抵達湖南後所上〈論盜賊劄子〉中有所披露：「臣孤危一身久矣，荷陛下保全，殺身不顧。」又說：「生平則剛拙自信，年來不為眾人所容，恐言未脫口而禍不旋踵。」可知詞中「娥眉曾有人妒」、「脈脈此情誰訴」當確有實際事例。他為求實現恢復中原的理想，不顧個人安危，大聲疾呼，警告那些誤國奸邪；通過對斜陽煙柳的慘澹景象的描繪，更使人感受到作者對南宋國家前途和命運的關切。[18]

作者在這首詞裡表現的「內容義旨」是如此之「真」，當然就能深深地

---

18 鄧廣銘、辛更儒評析，見唐圭璋主編：《唐宋詞鑑賞集成》（香港：中華書局香港分局，1987 年 7 月初版），頁 862。

感動人了。

　　不過，這所謂「篇章意象」中「內容義旨」之的「真」，像上舉兩例一樣，能做到「象」（事、景）與「意」（情、理）都「真」的地步，是最好不過的，但自古以來，辭章中所寫之「象」（事、景），往往只要能蘊含「真」的「意」（情、理），在眾人所能認知、覺知之範圍內，是被允許「虛構」的。也就是說「象」（事、景）只是手段，「意」（情、理）才是目的，因此創作辭章，能飽藏充分的「意」之「真」，以「理」說服人、以「情」感動人，最關重要。這樣來看待「篇章意象」中「內容義旨」之「真」，才是平正允當的。

（二）邏輯結構之善

　　「篇章意象」中「邏輯結構」之善，主要涉及章法，而章法又對應於自然規律[19]，而建立在「二元對待」之基礎上[20]。到了現在，可以掌握得相當清楚的章法，約有四十種，如今昔法、久暫法、遠近法、內外法、左右法、高低法、大小法、視角變換法、時空交錯法、狀態變換法、知覺轉換法、本末法、淺深法、因果法、眾寡法、並列法、情景法、論敘法、泛具法、空間的虛實法、時間的虛實法、假設與事實法、凡目法、詳略法、賓主法、正反法、立破法、抑揚法、問答法、平側法、縱收法、張弛法、插敘法、補敘法、偏全法、點染法、天人法、圖

19　王希杰指出「章法結構」乃：「建立在物理世界的時空基礎之上」，所以有其「客觀性」，見〈陳滿銘教授和章法學〉，《畢節學院學報》總 96 期（2008 年 2 月），頁 1-6。又吳應天以為：「文章結構規律作為文章本質的關係，恰好跟人類的思維形式相對應，而思維形式又是客觀事物本質關係的反映」，見《文章結構學》（北京市：中國人民出版社，1989 年 8 月一版三刷），頁 359。

20　陳滿銘：〈論章法結構之方法論系統〉，《肇慶學院學報》總 95 期（2009 年 1 月），頁 33-37。

底法、敲擊法等[21]。這些章法，全出自於人類共通的理則，由邏輯思維形成，都能尤其「移位」與「轉位」、「調和」與「對比」[22]，而具有形成秩序、變化、聯貫，以更進一層達於統一的功能。而這所謂的「秩序」、「變化」、「聯貫」、「統一」，便是章法的四大律。其中「秩序」、「變化」與「聯貫」三者，主要是就材料之運用來說的，重在分析；而「統一」，則主要是就情意之表出來說的，重在通貫。這樣兼顧局部的分析與整體的通貫，來牢籠各種章法，是十分周全的[23]。如此自然能凸顯「篇章意象」中「邏輯結構」之善，茲舉例說明如次。

首先看孟浩然的〈宿桐廬江寄廣陵舊遊〉詩：

> 山暝聽猿愁，滄江急夜流。風鳴兩岸葉，月照一孤舟。建德非吾土，維揚憶舊遊。還將兩行淚，遙寄海西頭。

據詩題，可知此詩為作者乘舟停泊桐廬江畔時所作，旨在抒發自己對揚州（廣陵）友人的懷念之情與自己的身世之感（愁）[24]，是以「先景後情」的結構寫成的。

「景」的部分，為「山暝」四句，一面就視覺，將空間推擴，呈現了黃昏時的山色、江流、岸樹與月下孤舟；一面又訴諸聽覺，依序寫山上猿啼、江中急流、風吹岸樹的幾種聲音；把作者在舟上所面對的空

21　陳滿銘：〈談辭章章法的主要內容〉，《章法學新裁》（臺北市：萬卷樓圖書公司，2001 年 1 月初版），頁 319-360。又，陳滿銘：〈論幾種特殊的章法〉，臺灣師大《國文學報》31 期（2002 年 6 月），頁 193-222。

22　仇小屏：〈論辭章章法的移位、轉位及其美感〉、〈論辭章章法的對比與調和之美〉，見《辭章學論文集》上冊（福州市：海潮攝影藝術出版社，2002 年 12 月一版一刷），頁 78-97、117-122。

23　陳滿銘：《章法學綜論》（臺北市：萬卷樓圖書公司，2003 年 6 月初版），頁 17-51。

24　喻守真：《唐詩三百首詳析》（臺北市：臺灣中華書局，1996 年 4 月臺二三版五刷），頁 161。

間，蒙上一片「愁」的況味。其中「山暝」三句是「底」（背景）、「月照」一句為「圖」（焦點），在此，「底」為「圖」，亦即「孤舟」上主人翁（作者）的抒情，作有力的烘托，十足地發揮了「底」（背景）的作用。

「情」的部分，為「維揚」四句，用「先賓後主」之結構來寫。其中「建德」二句為「賓」、「還將」二句為「主」，強調此地（桐廬）不是自己的故鄉（賓），以加強對揚州舊遊的懷念（主）。所謂「雖信美而非吾土兮，曾何足以少留」（王粲〈登樓賦〉），使「愁」又加深一層；尤其是「還將」二句，又由泛而具，透過凝想，將自己的眼淚遠寄到揚州，大力地深化對揚州舊友的思念之情（愁）。作者就這樣，主要以「先景後情」（篇）和「先底後圖」、「先賓後主」、「先泛後具」（章）的結構，形成「篇章邏輯」，寫得「旅況寥落」、「情深語摯」[25]，極為動人。附結構分析表如下：

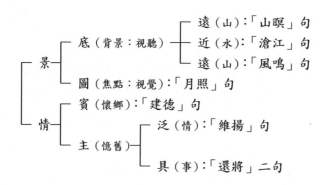

可見此詩，除了用一個「遠、近、遠」的轉位結構外，主要用了「先景後情」、「先底後圖」、「先賓後主」、「先泛後具」等移位結構。也就是

25　高步瀛選注：《唐宋詩舉要》，頁 438-439。

說，「秩序」（移位）中雖有「變化」（轉位），但還是以「秩序」（移位）為主，而且全部都是屬於調和性的結構，這對懷舊之情而言，是有深化作用的。

對此詩的邏輯結構，宋志平說：

> 詩的前四句主要寫景。這景可以分為兩組，即視覺之景和聽覺之景，山色轉暗，夜幕降臨，殘月孤舟，這是詩人眼中所見；猿猴啼叫聲，江水急流聲，風打樹葉聲，這是詩人耳中所聞。眼中之景的特點是幽暗、殘缺、孤單，耳中之景的特點是刺耳、躁動、零落。兩組景物十分和諧，共同組成一幅表達詩人那種失落飄零、迷惘悲苦、孤寂無依心緒的生動圖面。……詩的後四句直陳心胸，……直陳自己的思鄉懷友之情，飄零者，思鄉之情最切，孤獨者，懷友之意尤甚。……詩借失意之人最思鄉這一情感邏輯完成了由寫景到寫情的轉換，不露任何斧鑿的痕跡。[26]

這樣用篇章的邏輯結構為基礎進行解析，確實比較容易深入作品。

然後看李煜的〈清平樂〉詞：

> 別來春半，觸目愁腸斷。砌下落梅如雪亂，拂了一身還滿。
> 雁來音信無憑，路遙歸夢難成。離恨恰如春草，更行更遠還生。

此詞詠離恨，是採「凡、目、凡」的結構寫成。其中開篇兩句為頭一個「凡」、「砌下落梅如雪亂」四句為「目」、收結兩句是後一個「凡」。

就頭一個「凡」來看，是用「先因後果」之結構來寫的。在此，先

---

26 宋志平評析，見《唐詩鑑賞辭典》，頁104-105。

以起句「別來春半」，點明別離的時間，這是「因」；再以次句「觸目愁腸斷」，用「觸目」作一泛寫，以領出後面實寫「觸目」所見之各種景物；用「愁腸斷」，為主旨「離恨」，初就本身作形象之表出，這是「果」。

就「目」的部分來看，是用「先果後因」之結構來寫的。在此，以「砌下落梅如雪亂」兩句，承次句之「觸目」，並下應結尾之「離恨」，寫落花之多與佇立之久，進一步的就外物與本身，表示無限之「離恨」來，這是「果」。接著以「雁來音信無憑」兩句，用「雁來」與「路遙」，承次句，寫「觸目」所見；用「音信無憑」與「歸夢難成」，大力的再將「離恨」推深一層。

就後一個「凡」來看，作者以結二句，呼應頭一個「凡」的部分，拈出「離恨」，並將它譬喻成「更行更遠還生」之「春草」，藉「喻體」帶出「觸目」所見，以收拾全詞。

這樣以「凡、目、凡」的結構一路寫來，其脈絡是極其明晰的。附結構分析表如下：

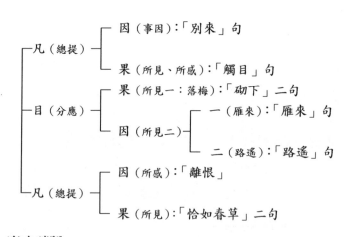

對此，唐圭璋說：

　　此首即景生情，妙在無一字一句之雕琢，純是自然流露，丰神秀
絕。起點時間，次寫景物。「砌下」兩句，即承「觸目」二字寫
實。落花紛紛，人立其中；境乃靈境，人似仙人。拂了還滿，既
見落花之多，又見描摹之生動。愁腸之所以斷者，亦以此
故。……下片，承「別來」二字深入，別來無信一層，別來無夢
一層。著末，又融合情景，說出無限離恨，眼前景、心中恨，打
並一起，意味深長。[27]

　　這種關涉「邏輯結構」的分析，對此詞之了解，是大有幫助的。
　　「篇章意象」中「邏輯結構」之善，由上舉兩例可見一斑。

（三）審美風貌之美

　　「篇章意象」中「審美風貌」之美，主要涉及風格[28]，這合作者之
形象思維與邏輯思維為一而形成，可以統攝主題、文（語）法、修辭和
章法等種種個別風格，呈現整體風格之美。如果從根本來說，它離不開
「剛」與「柔」，而這種由「陰陽二元對待」所形成之「剛」與「柔」，
可說是各種風格之母。而我國涉及此「剛」與「柔」的特性來談風格的，
雖然很早，但真正明明白白地提到「剛」與「柔」，而又強調用它們來
概括各種風格的，首推清姚鼐的〈復魯絜非書〉。它「把各種不同風格
的稱謂，作了高度的概括，概括為陽剛、陰柔兩大類。像雄渾、勁健、
豪放、壯麗等都歸入陽剛類，含蓄、委曲、淡雅、高遠、飄逸等都可歸
入陰柔類」[29]。由於「剛」與「柔」之呈現，主要得靠同樣由「陰陽二

27 唐圭璋：《唐宋詞簡釋》（臺北市：木鐸出版社，1982 年 3 月初版），頁 34。
28 顧祖釗：「風格的成因並不是作品中的個別因素，而是從作品中的內容與形式的有機
　 整體的統一性中所顯示的一種總體的審美風貌。」見《文學原理新釋》（北京市：人
　 民文學出版社，2001 年 5 月一版二刷），頁 184。
29 周振甫：《文學風格例話》（上海市：上海教育出版社，1989 年 7 月一版一刷），頁

元對待」所形成章法與章法結構[30]，因此透過篇章之邏輯結構分析，是可以看出「剛」與「柔」之「多寡進絀」（姚鼐〈復魯絜非書〉），以凸顯「篇章意象」中「審美風貌」之美的。茲舉例說明如次。

首先看王維的〈送梓州李使君〉詩：

> 萬壑樹參天，千山響杜鵑。山中一夜雨，樹杪百重泉。漢女輸橦布，巴人訟芋田。文翁翻教授，不敢倚先賢。

此乃一首投贈詩，是寫當地（梓州）的風景土俗，並寓相勉之意[31]。它採「先實後虛」的結構寫成：「實」的部分，含前三聯，先以開端四句，寫「梓州」遠近之風景，再以「漢女」二句，寫「梓州」特別之土俗。其中「萬壑」二句，一訴諸視覺，一訴諸聽覺，來寫遠景；「山中」二句，藉「先久後暫」的結構，以寫近景：「漢女」二句，用「先正後反」的條理，來寫土俗。而「虛」的部分，則為末二句，以「寓歌頌之意」作結。這樣一路寫來，可說「切地、切事、切人」，十分得法。對此，喻守真詳析云：

> 此詩首四句是懸想梓州山林之奇勝，是切地。同時頷聯重複「山樹」二字，即是謹承起首「千山萬壑」而來。律詩中用重複字，此可為法。頸聯特寫「巴人漢女」，是敘蜀中風俗，是切事。有

13。

30　章法可分陰陽剛柔，而由章法結構，藉其移位、轉位、調和、對比等變化，可粗略透過公式推算出其陰陽剛柔消長之「勢」，以見其風格之梗概。見陳滿銘：〈章法風格論——以「多、二、一（0）」結構作考察〉，《成大中文學報》12 期（2005 年 7 月），頁 147-164。

31　高步瀛：「末二句言文翁教化至今已衰，當更翻新以振之，不敢倚先賢成績而泰然無為也。此相勉之意。」見《唐宋詩舉要》，頁 429。

此一聯就移不到別處去。結尾尋出文翁治蜀化民成俗，是切人，以文翁擬李使君，官同事同，是很好的影戲，是切人。這兩句意謂梓州地雖僻陋，然在衣食既足之時，亦可施以教化，不能以人民之難治，就改變文翁教授之政策，想來梓州人民亦不敢倚仗先賢而不遵使君的命令。[32]

他的解析相當深入，有助於對此詩的了解。附結構分析表如下：

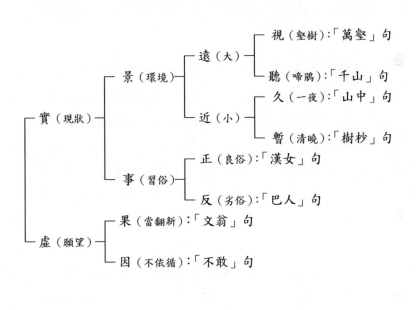

---

32 《唐詩三百首詳析》，頁 148。

如單以陰陽結構[33]來呈現，則如下表：

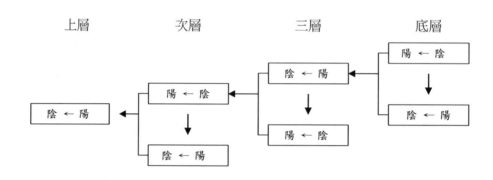

　　此詩之結構由四層重疊而組成：它最上層之「先實後虛」（逆、移位）乃其核心結構，其「勢」流向「陰」；次層有「先景後事」（順）、「先果後因」（逆）等兩個「移位」結構，其「勢」都流向「陰」；三層有「先遠後近」（逆）、「先正後反」（順、對比）等兩個「移位」結構，其「勢」之流向一為「陰」、一為「陽」；底層有「先視覺後聽覺」（順）、「先久後暫」（逆）等兩個「移位」結構，其「勢」之流向一為「陽」、一為「陰」。總結起來看，此篇所形成之「勢」，流向「陰」的有四個結構、流向「陽」的有三個結構，可看出其「陰柔」之「勢」較「多」較「進」，而「陽剛」之「勢」較「寡」較「黜」；尤其最重要的核心結構[34]，即上層結構，其「勢」又趨向於「陰柔」。因此此詩之風格顯然偏於「陰柔」，[35]關於這點，周振甫分析云：

33　〈章法風格論——以「多、二、一（0）」結構作考察〉，頁 147-164。
34　陳滿銘：〈論章法「多、二、一（0）」的核心結構〉，臺灣師大《師大學報・人文與社會類》48 卷 2 期（2003 年 12 月），頁 71-94。
35　此詩之結構由四層重疊而組成：它最上層之「先實後虛」（逆、移位）乃其核心結構，其「勢」之數為「陰 16、陽 8」；次層有「先景後事」（順）、「先果後因」（逆）等兩個「移位」結構，其「勢」之數為「陰 19、陽 14」；三層有「先遠後近」（逆）、「先正後反」（順、對比）等兩個「移位」結構，其「勢」之數為「陰 12、陽 12」；底層

　　對王維這首詩的前四句，紀昀評為「高調摩雲」，許印芳評為
「筆力雄大」，可歸入剛健的風格。值得注意的，是許印芳提出
王維這類詩，兼有清遠、雄渾兩種風格，就意味講是清遠的，像
寫既有萬壑的參天大樹，又有千山的杜鵑啼叫。經過一夜雨，看
到山上的百重泉水。這裡正寫出山中雄偉的自然景象，沒有一點
塵囂，透露出清遠的意味來。但從自然的景物看，又是氣勢雄渾
的。假使不能賞識這種清遠的意味，就不能讚賞這種自然景物，
寫不出雄渾的風格來。這個意見是值得探討的。[36]

　　內容情意，亦即「意味」，就辭章而言，是決定一切的根源力量，也就
是「意象」之「意」；而「景象」則為「意象」之「象」。既然本詩就「意
味講是清遠的」、就景象講是「雄渾」的，那麼這首詩就當以「清遠」
（陰柔）為主、「雄渾」（陽剛）為輔，也就是說此詩的風格是「清遠中
有雄渾」的。假如這種看法沒錯，則由「內容的邏輯結構」（章法結構）
所推出來的剛柔流動之「勢」，正好可解釋這種現象。大致說來，這首
詩雖說偏於「陰柔」，卻可算接近於「剛柔互濟」；而「剛柔互濟」這
種審美風貌，在美學中是受到極高之推崇的[37]。
　　然後看姜夔的〈暗香〉詞：

　　　舊時月色。算幾番照我，梅邊吹笛。喚起玉人，不管清寒與攀

　　有「先視覺後聽覺」（順）、「先久後暫」（逆）等兩個「移位」結構，其「勢」之數
　　為「陰 5、陽 4」。總結起來看，此篇所形成之「勢」，其數為「陰 52、陽 38」，如換
　　算成百分比（四捨五入），則為「陰 58、陽 42」。這是非常接近「剛柔互濟」的「偏柔」
　　風格。參見〈章法風格論──以「多、二、一（0）」結構作考察〉，頁 147-164。
36 見《文學風格例話》，頁 49。
37 陳望衡：《中國古典美學史》（長沙市：湖南教育出版社，1998 年 8 月一版一刷），
　　頁 186-187。

摘。何遜而今漸老，都忘卻、春風詞筆。但怪得、竹外疏花，香冷入瑤席。　　江國、正寂寂。歎寄與路遙，夜雪初積。翠尊易泣，紅萼無言耿相憶。長記曾攜手處，千樹壓、西湖寒碧。又片片、吹盡也，幾時見得。

　　這闋詞題作「辛亥之冬，余載雪詣石湖。止既月，授簡索句，且徵新聲，作此兩曲。石湖把玩不已，使工妓隸習之，音節諧婉，乃名之曰〈暗香〉、〈疏影〉」。乃一首詠紅梅之作，作於光宗紹熙二年（1191），採「先實後虛」的結構寫成。「實」的部分，自開篇起至「吹盡也」止。其中先以起首五句，用「先反（昔盛）後正（今衰）」之結構，就梅花之盛，寫當年梅邊吹笛、喚人攀摘的雅事；這寫的是「反」（昔盛）。再以「何遜」四句，採「先全後偏」之結構，就梅花之衰，寫如今人老花盡、無笛無詩的境況；接著以「江國」六句，承「何遜」四句，仍就梅花之衰，反用陸凱詩意，寫路遙雪深、無從寄梅的惆悵；以上寫的是「正」（今衰）。然後以「長記」二句，用「先『反』（昔盛）後『正』（今衰）」之結構，先承篇首五句，透過回憶，藉當年攜遊西湖孤山所見梅紅與水碧相映成趣的景致，以抒發無限懷舊之情；再以「又片片、吹盡也」句，就眼前，寫梅花落盡、舊歡難再的悲哀，回應「何遜」十句來寫。而「虛」部分即結尾一句，將時間伸向未來，發出「不知何時才能見得著」的感歎作結。作者就這樣以一實一虛、一盛一衰、一昔一今，作成強烈的對比來寫，將自己滿懷的今昔之感、懷舊之情，表達得極為婉轉回環，有著無盡的韻味。附其結構分析表如下：

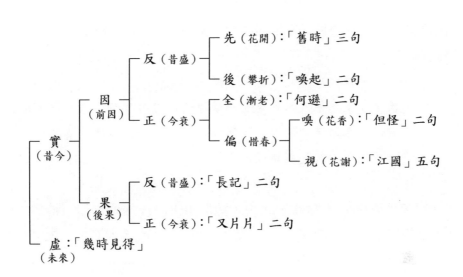

如單以陰陽結構來呈現，則如下表：

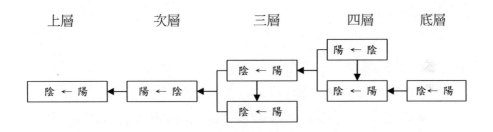

此詞含五層結構：它最上一層之「先實後虛」（逆、移位）為其核心結構，其「勢」流向「陰」；次層為「先因後果」（順）的「移位」結構，其「勢」流向「陽」；三層有「先反後正」（逆、對比）兩疊的「移位」結構，其「勢」都流向「陰」；四層有「先先後後」（順）、「先全後偏」（逆）等「移位」結構，其「勢」之流向一為「陽」、一為「陰」；底層為「先嗅覺後視覺」（逆）的「移位」結構，其「勢」均流向「陰」；將此五層加在一起，其「勢」流向「陰」者有 5 個結構、流向「陽」者

有兩個結構。可見這闋詞所形成的是「柔中寓剛」之偏陰風格。周振甫
說此詞：

> 借梅花來懷念伊人，表達了無限深情。句句不離梅花，但又在表
> 達對伊人深切懷念的深情，所以是清空之作，這種感情清雅而富
> 有詩意，所以又是騷雅的。[38]

這種「清空」、「騷雅」之說，源於張炎之《詞源》[39]，「清空」，
主要是指風格；而「騷雅」，主要是說「另有寄託」，而劉揚忠指出：

> 白石詞同詞史上柔婉豔麗與雄放豪壯兩大類型皆有不同，他一洗
> 華靡而屏除粗豪，別創一種清疏飄逸、幽潔瘦勁之體，用以抒發
> 自己作為濁世之清客、出塵之高士的幽懷雅韻與身世家國之
> 感。[40]

他所說的「清疏飄逸、幽潔瘦勁」，當等同於「清空」，是指介於婉約
與豪放之間的一種風格。姜白石的這種風格，與其說是屬「剛柔互
濟」，不如說是「柔中寓剛」的。這樣透過章法結構來推求篇章風格的

38　《文學風格例話》，頁 76。
39　張炎：「詞要清空，不要質實。清空則古雅峭拔，質實則凝澀晦昧。……白石詞如
　　〈疏影〉、〈暗香〉、〈揚州慢〉……等曲，不惟清空，又且騷雅，讀之使人神觀飛越。」
　　見《詞源》卷下，《詞話叢編》1（臺北市：新文豐出版公司，1988 年 2 月臺一版），
　　頁 259。
40　劉揚忠：《唐宋詞流派史》（福州市：福建人民出版社，1999 年 3 月一版一刷），頁
　　489。

剛柔成分之比例為「陰柔 5、陽剛 2」[41]，以呈現其「審美風貌」[42]，顯然是有助於提升此詞之鑑賞品質的。「篇章意象」中「審美風貌」之美，由由上舉兩例可見一斑。

　　綜上所述，可知「真」、「善」、「美」三者，可落到辭章上來加以呈現，在寫作層面可形成「美感 → 真 → 善 → 美」的順向結構，由此呈現出由「意」而成「象」之歷程；在閱讀層面可形成「美 → 善 → 真 → 美感」的逆向結構，由此呈現出由「象」而溯「意」之歷程。如果由此進一步落到「「篇章意象」」來探討，則可得出結論，那就是：以其真誠的內容義旨反映「真」、以其完善的邏輯結構反映「善」、以其優秀的審美風貌反映「美」。相信這樣來看待「篇章意象」的「真」、「善」、「美」，將有助於對「篇章意象」之深入了解與研究。

二　綜合之例

　　如果將「真」、「善」、「美」綜合起來，與「多」、「二」、「一（0）」之螺旋結構對應來看，則可製成如下簡圖，以表示其關係：

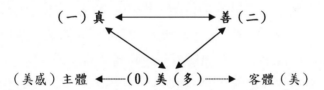

41　此詞剛柔成分如加以量化，則可發現此詞含五層結構：它最上一層之「先實後虛」（逆、移位）為其核心結構，其「勢」之數為「陰 20、陽 10」；次層為「先因後果」（順）的「移位」結構，其「勢」之數為「陰 4、陽 8」；三層有「先反後正」（逆、對比）兩疊的「移位」結構，其「勢」之數為「陰 24、陽 12」；四層有「先先後後」（順）、「先全後偏」（逆）等「移位」結構，其「勢」之數為「陰 10、陽 8」；底層為「先嗅覺後視覺」（逆）的「移位」結構，其「勢」之數為「陰 4、陽 2」；將此五層加在一起，其「勢」之數總共為「陰 62、陽 40」；如換算成百分比（四捨五入），則為「陰 61、陽 39」。可見這闋詞所形成的是「柔中寓剛」之偏陰風格，與純陰相當接近。參見〈章法風格論─以「多、二、一（0）」結構作考察〉，頁 147-164。

42　《文學原理新釋》，頁 184。

這種螺旋結構，如落在篇章上來看，則：

（一）創作（順向：寫）：美感（0）→真（一）→善（二）→美（多）
（二）鑑賞（逆向：讀）：美（多）→善（二）→真（一）→美感（0）

從創作（寫）面看，所呈現的是由「意」下貫到「象」的過程；從鑑賞（讀）面看，所呈現的是由「象」回溯到「意」的過程。這種流動性的雙向過程，無論是創作或鑑賞，都是經互動、循環而提升　的作用，而形成「意→象→意」或「象→意→象」的螺旋關係的。

　　而其中的「（0）」，在美學上，指主體之「美感」，而這主體可以指作者，也可以指讀者；在辭章上，指風格、境界等。「一」，在美學上，指「真」；在辭章上，指作者所要表達的核心情、理，即一篇「主旨」。「二」，在美學上，指「規律」，「包括自然界發展的規律，也包括人類社會發展的規律」；在辭章章法上，指兩相對待之「陰陽二元」，一篇之核心結構與各輔助結構即由此而形成，以呈現一篇「規律」，而其中居於徹下徹上的關鍵性地位的，即核心結構。「多」，在美學上，指客體之「美」；在辭章章法上，指由「陰陽二元對待」所形成之各輔助結構，藉以組合各個別意象或材料。可見「真」、「善」、「美」也可形成可順可逆的螺旋結構，與「多」、「二」、「一（0）」之螺旋結構，是互相對應的。

　　因此「多」、「二」、「一（0）」之螺旋結構落於篇章上，是主要由形成篇章邏輯組織之「章法」來呈現的。而章法「多」、「二」、「一（0）」螺旋結構，如單著眼於鑑賞一面作章法之分析，則所呈現的是「多、二、一（0）」的逆向結構。這種結構相應地也可形成「美（客體）、善、真（主體—美感）」，它們的關係可呈現如下圖：

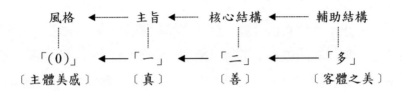

而這種結構很普遍地可從不同文體之作品中獲得檢驗。茲分古文、唐詩與宋詞，依序舉例說明如下：

（一）古文之例

茲舉兩篇為例，以見一斑：首先看孟子的〈齊人一妻一妾〉章：

> 齊人有一妻一妾而處室者，其良人出，則必饜酒而後反。其妻問所與飲食者，則盡富貴也。其妻告其妾曰：「良人出，則必饜酒肉而後反。問其與飲食者，盡富貴也，而未嘗有顯者來。吾將瞯良人之所之也。」
>
> 蚤起，施從良人之所之，遍國中無與立談者。卒之東墦間，之祭者乞其餘；不足，又顧而之他。此其為饜足之道也。
>
> 其妻歸，告其妾曰：「良人者，所仰望而終身也；今若此！」與其妻訕其良人，而相泣於中庭。而良人未之知也，施施從外來，驕其妻妾。
>
> 由此觀之，則人之所以求富貴利達者，其妻妾不羞也而不相泣者，幾希矣。

此章文字凡四段，可分為「敘」（因）與「論」（果）兩截。其中前三段為「敘」（因），末段為「論」（果）。「敘」（因）一截，先以「齊人有一妻一妾」三句，泛敘齊人常「饜酒肉而後反」以「驕其妻妾」之

事，作為故事的引子；這是「點」的部分。再以「其妻問」句起至「驕
其妻妾」句止，具體敘述其妻、妾由起疑、跟蹤，以至於發現、哭泣，
而齊人卻一無所覺的經過；這是「染」的部分；而「點」是「因」、「染」
是「果」。「論」（果）一截，即末段四句，依據上述的故事，發出感慨，
以為人追求富貴利達，很少人不像齊人那樣寡廉鮮恥，很充分地將諷喻
的義旨表達出來。依此篇章條理，可將其結構表呈現如下：

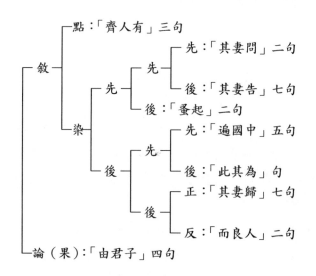

　　可見此文，經過「邏輯思維」的安排布置，在「篇」以「先敘後論」
形成其條理；而「章」則以「先點後染」、「先昔（先）後今（後）」、「先
因後果」、「先正後反」等形成其條理，而這些結構都是屬於調和性的。
其分層簡圖如下：

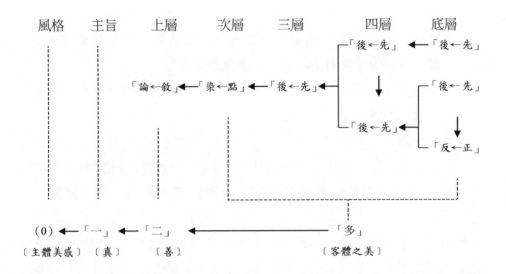

　　如對應於「多、二、一（0）」與「美、善、真」而言，則此文以一疊「點染」、五疊「先後」與一疊「正反」的「移位」性結構與節奏（韻律），形成了「多」，以呈現客體之「美」；以「先敘後論」的移位性核心結構與節奏（韻律），自為陰陽作調和，是為關鍵性之「二」，藉以統括輔助性結構，徹下徹上，形成一篇規律，以呈現「善」；以諷論人「為求富貴利祿不可寡廉鮮恥」之一篇主旨與「簡鍊生動」的風格為「一（0）」，以呈現「真」（含主體之美感）。盧元以為「全文雖只有二百餘字，可是含有辛辣而深刻的諷刺意味。」[43] 很能道出本文特色。

　　其次看韓愈的〈送董邵南遊河北序〉：

　　　　燕趙古稱多感慨悲歌之士。董生舉進士，連不得志於有司，懷抱
　　　　利器，鬱鬱適茲土，吾知其必有合也。董生勉乎哉！

---

43 盧元評析，見陳振鵬、章培恆主編：《古文鑑賞辭典》上冊（上海市：上海辭書出版社，1997 年 12 月一版二刷），頁 99。

夫以子之不遇時，苟慕義彊仁者，皆愛惜焉。矧燕趙之士，出乎
其性者哉！然吾嘗聞風俗與化移易，吾惡知其今不異於古所云
邪？聊以吾子之行卜之也。董生勉乎哉！

吾因子有所感矣。為我弔望諸君之墓，而觀於其市，復有昔時屠
狗者乎？為我謝曰：「明天子在上，可以出而仕矣。」

　　此文為一贈序，寫以送董邵南往遊河北。由於當時河北藩鎮不奉朝
命，送行之人「斷無言其當往之理，若明言其不當往，則又多此一
送」[44]，所以作者就避開河北之「今」，而從其「古」下筆。首先自開
篇起至「出乎其性者哉」句止，以「因、果、因」的順序，說古時之燕
趙〔即河北〕多「慕義彊仁」的豪傑之士，從正面預卜董生此行必受到
「愛惜」而「有合」，以見其當往；其次自「然吾嘗聞」句起至「董生
勉乎哉」句止，說如今燕趙之風俗，或許已與古時有所不同，從反面勉
董生聊以此行一卜其「合與不合」[45]，以進一步見其當往；以上兩段，
直接扣住董生之當「遊河北」來寫，是「擊」的部分。最後以末段，筆
鋒一轉，旁注於燕趙之士身上[46]，採「先泛後具」的結構來表達，要董
生傳達「明天子在上」而勸他們來仕之意，含董生不當往的暗示作
收[47]；這是「敲」的部分。由此角度分析，可畫成如下結構分析表：

---

44 林雲銘：《古文析義合編》上冊卷四（臺北市：廣文書局，1965 年 10 月再版），頁
216。

45 王文濡在首段下評注：「此段勉董生行，是正寫。」在次段下評注：「此段勉董生行，
是反寫。」見《精校評注古文觀止》卷八（臺北市：臺灣中華書局，1972 年 11 月臺
六版），頁 36-37。

46 王文濡於「吾因子而有所感矣」下評注：「上一正一反，俱送董生，此下特論燕趙。」
同前註，頁 45。

47 王文濡在篇末評注：「送董生，卻勸燕趙之士來仕，則董生之不當往，已在言外。」
同前註，頁 45。

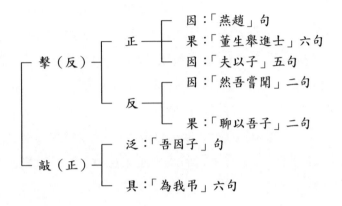

從「篇」來看，它是形成「先擊後敲」[48] 之結構的。這個結構，足以涵蓋此文正面（擊）與側面（敲）的全部內容，可視為核心結構。其中「擊」的部分，先由一疊「因、果、因」（變化）與一疊「先因後果」（秩序）的調和性之輔助結構，以轉位之「變化」（陽剛）與移位之「秩序」（調和）來支撐這「先正後反」之對比性（陽剛）結構，而造成反復與往復之節奏（韻律）；再由此對比性（陽剛）結構來為「擊」的部分作支撐，使得這個部分，一面由「移位」、「轉位」造成明顯而有變化的節奏（韻律），一面由對比與調和形成「剛中寓柔」的強大力量，有力地帶出「敲」部分。而「敲」部分，則因離開了「送董邵南」的主

---

48 為「敲擊」結構之一種。「敲擊」一詞，一般用作同義的合義複詞，都指「打」的意思。但嚴格說來，「敲」與「擊」兩個字的意義，卻有些微的不同，《說文》說：「敲，橫擿也。」徐鍇《繫傳》：「橫擿，從旁橫擊也。」而《廣韻‧錫韻》則說：「擊，打也。」可見「擊」是通指一般的「打」，而「敲」則專指從旁而來的「打」。也就是說，以用力之方向而言，前者可指正〔前後〕面，也可指側面，而後者卻僅可指側面。依據此異同，移用於章法，用「敲」專指側寫，用「擊」專指正寫，以區隔這種篇章條理與「正反」、「平側」〔平提側注〕、賓主等章法的界線，希望在分析辭章時，能因而更擴大其適應的廣度與貼切度。大體說來，「敲擊」，主要在用不同事物以表達同類情意時，藉「敲」加以引渡或旁推，來呼應「擊」的部分，與「正反」、「賓主」之彼此映襯或「平側」之有所偏重的，有所不同。見〈論幾種特殊的章法〉，頁 196-202。

題，故僅以「先泛後具」的一疊調和性結構來支撐，一面藉移位所造成的簡單節奏，與上個部分的「反復」與「往復」之節奏（韻律）銜接呼應，串聯為一篇韻律；一面藉此調和性結構，適切地表達「董生不當往」的「言外之意」。由此看來，這篇文章「先擊後敲」的核心結構本身，雖性屬調和，卻因隱含對比性極強之「正反」成分，而輔助結構之「多」，又帶有「剛中寓柔」的強大力量，所以上徹至「一（0）」，便足以表達本文頗曲折之主旨，而形成「剛柔互濟」[49]之風格。其分層簡圖如下：

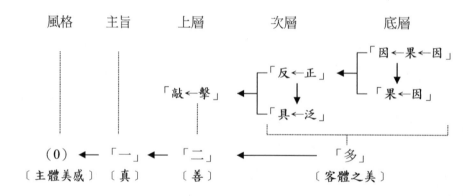

如對應於「多、二、一（0）」與「美、善、真」而言，則此文以「正反」、「因果」與「泛具」各一疊的「移位」性結構，與「轉位」性的「因、果、因」結構與節奏（韻律），形成了「多」，以呈現客體之「美」；以「先擊後敲」的移位性核心結構與節奏（韻律），自為陰陽對比，是為關鍵性之「二」，藉以統括輔助性結構，徹下徹上，形成一篇規律，以

---

49 指剛與柔之成分十分接近，這種成分可初步透過章法結構之陰陽變動試予量化，見陳滿銘：〈論東坡清俊詞中剛柔成分之量化〉，《畢節師範高等專科學校學報》22 卷 1 期（2004 年 9 月），頁 11-18。而這種量化，涉及章法風格，見陳滿銘：〈章法風格論──以「多、二、一（0）」結構作考察〉，頁 147-164。

呈現「善」；以「董生不該往」之一篇主旨與「開闔變化」的風格為「一（0）」，以呈現「真」（含主體之美感）。吳楚才說：「董生憤己不得志，將往河北求用於諸藩鎮，故公作此送之。始言董生之往必有合，中言恐未必合，終諷諸鎮之歸順，及董生不必往。文僅百十餘字，而有無限開闔，無限變化，無限含蓄。」[50] 這種特色之形成，很明顯地可從其「多、二、一（0）」結構中找到重要線索。

（二）唐詩之例

茲舉兩首為例，以見一斑：首先看李白的〈登金陵鳳凰臺〉：

　　鳳凰臺上鳳凰遊，鳳去臺空江自流。吳宮花草埋幽徑，晉代衣冠成古邱。三山半落青天外，二水中分白鷺洲。總為浮雲能蔽日，長安不見使人愁。

這首詩藉作者登臺之所見所感，以寫其身世之悲與家國之痛，是用「圖、底、圖」[51] 的結構寫成的。它首先在起聯，扣緊「金陵鳳凰臺」，突出登臨之地點，用「遊」與「去」寫其盛衰，以寓興亡之感；這是頭一個「圖」的部分。接著在頷、頸兩聯，前以「吳宮」二句，就近寫今日所見「幽徑」與「古邱」之「衰」景，而用「吳宮花草」與「晉代衣冠」帶入昔日之「盛」況，形成強烈對比，以深化興亡之感；後以「三

50　《精校評注古文觀止》卷八，頁 36-37。
51　圖底，章法之一。一般說來，作者在辭章中所用之時、空（包括「色」）材料，有一些是充當「背景」用的，也有某些是用來作為「焦點」的。就像繪畫一樣，用作「背景」的，往往對「焦點」能起烘托的作用，即所謂的「底」；而用作「焦點」的，則對「背景」而言，都會產生聚焦的功能，即所謂的「圖」。這種條理用於辭章章法上，也可造成秩序、變化、聯貫的效果，而形成「先圖後底」、「先底後圖」、「圖、底、圖」、「底、圖、底」等結構。見〈論幾種特殊的章法〉，頁 191-196。

山」二句，將空間拓大，就遠寫今日所見「三山」與「二水」一直延伸到「長安」的山水勝景；這對上敘的「臺」或下敘的「人」〔不見長安之作者〕而言，均有烘托、襯映的作用，是「底」的部分。最後在尾聯，聚焦到自己身上，以「浮雲」之「蔽日」，譬眾邪臣之蔽賢，「長安」之「不見」，喻己之謫居在外，既為自己被排擠出京而憤懣，又為唐王朝將重蹈六朝覆轍而憂慮；這是後一個「圖」的部分。循此角度切入，它的結構分析表是這樣子的：

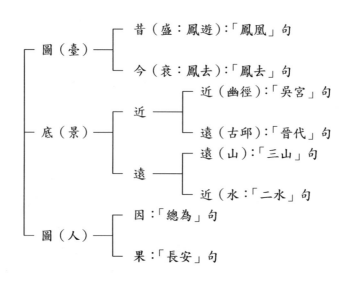

　　由上表可看出，作者此詩，經過「邏輯思維」作了安排，就最上一層來說，以「圖、底、圖」（一疊）之轉位，造成其往復節奏，以統合各次、底層節奏，串成一篇韻律，而其主旨就出現在後一個「圖」裡，因此可確定此「圖、底、圖」為核心結構；就次層而言，以「先昔後今」、「先近後遠」與「先因後果」等調和性結構，由時、空、事理之移位，造成其反復式節奏，以支撐上一層之「圖、底、圖」；就底層來說，以「先近後遠」（一疊）、「先遠後近」（一疊）調和性結構之空間

轉位，造成其往復節奏，以支撐次層之「先昔後今」（一疊）、「先近後遠」與「先因後果」。這樣看來，本詩是全由調和性之結構所組成的，而其風格也應該趨於純柔才對，但由於其中次層之「先昔後今」與底層之「先近後遠」兩結構，都形成了強烈對比，即一盛（反）一衰（正），且其主旨又在抒發家國之悲；而其中「順」和「逆」並用而產生變化的，除「圖、底、圖」外，還有中間兩聯所形成的「近、遠、近」，這些都使得此詩之風格在「柔」之中帶有「剛」氣。其分層簡圖如下：

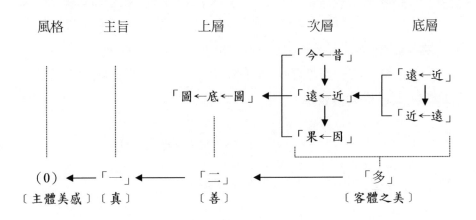

如對應於「多、二、一（0）」與「美、善、真」來看，則由「今昔」、「因果」各一疊與「遠近」三疊所形成之移性結構，可視為「多」，以呈現客體之「美」；由「圖底」自為陰陽徹下徹上所形成之轉化性結構，可視為關鍵性之「二」，藉以統括輔助性結構，形成一篇規律，以呈現「善」；而由此呈現的「憂國傷時」之主旨與「自然天成，清麗瀟灑」的風格，則可視為「一（0）」，以呈現「真」（含主體之美感）。張志英說：「這首詩，在登臨處極目遠眺，觸景生情；語言自然天成，清麗瀟灑，憂國傷時，寓意深厚。」[52] 以此對應於此詩之「多、二、一

---

52 張志英評析，見張秉戍主編：《山水詩歌鑑賞辭典》（北京市：中國旅遊出版社，

（0）」結構來看，是相當吻合的。

其次看杜甫的〈旅夜書懷〉：

細草微風岸，危檣獨夜舟。星垂平野闊，月湧大江流。名豈文章著，官應老病休。飄飄何所似？天地一沙鷗。

此詩為泊舟江邊、觸景生情之作。起聯藉孤舟、風岸、細草，寫江邊的寂寥；頷聯藉星月、平野、江流，寫天地的高曠；這是寫景的部分，為「實」。頸聯就文章與功業，寫自己事與願違、老病交迫的苦惱；尾聯就旅舟與沙鷗，寫自己到處飄泊的悲哀；這是抒情的部分，為「虛」。就這樣一實一虛地產生相糅相襯的效果，使得滿紙盈溢著悲愴的情緒[53]。其結構分析表為：

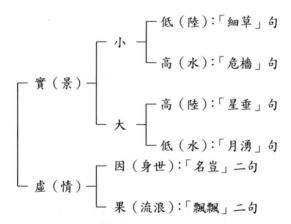

由上表可看出，作者寫這首詩，主要是用「虛（情）實（景）」、「大小」、「因果」、「高低」（二疊）等章法來組織其內容材料，以形成其篇章結構的。其分層簡圖如下：

1989 年 10 月一版一刷），頁 226。
53　傅思均評析，見《唐詩大觀》，頁 564。

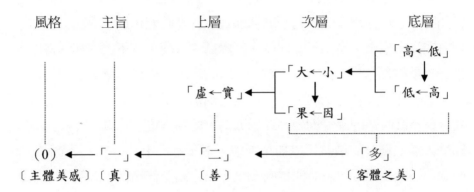

　　如對應於「多、二、一（0）」與「美、善、真」來看，則由「大
小」、「因果」各一疊與「高低」二疊所形成之移性結構，可視為「多」，
以呈現客體之「美」；由「虛實」自為陰陽徹下徹上所形成之調和性結
構，可視為關鍵性之「二」，藉以統括輔助性結構，形成一篇規律，以
呈現「善」；而由此呈現的「身世之感與流浪之苦」的主旨與「含蓄不
露，律細筆深，情景交融，渾然一體」[54]之風格，則可視為「一（0）」，
以呈現「真」（含主體之美感）；而老杜此時之心境，也可由此探知。

（三）宋詞之例

　　茲舉兩首為例，以見一斑：首先看蘇軾的〈醉落魄〉：

　　蒼顏華髮，故山歸計何時決。舊交新貴音書絕。惟有佳人，猶作
　　殷勤別。　　離亭欲去歌聲咽，蕭蕭細雨涼吹頰。淚珠不用羅巾
　　裛。彈在羅衫，圖得見時說。

---

[54] 劉風萍評析，見《唐詩鑑賞辭典》，頁 439-440。

　　這首詞題作「蘇州閶門留別」，當是熙寧七年（1074），由杭州赴密州時，途經蘇州而作。它一開篇即置重於虛時間，以「蒼顏」二句，把時間推向未來，發出不知何時才能歸鄉的感嘆，為下敘的別情蓄力。接著置重於實空間，採「主、賓、主」的順序，先以「舊交」四句，敘寫美人唱離歌殷勤送別的場景，以襯出別情，這是「主」；再以「蕭蕭」句，寫不斷吹頰的蕭蕭細雨，以景襯情，此為「賓」；末以「淚珠」句，寫美人淚滴羅衫的情狀，以加重別情，這又是「主」。然後又置重於虛時間，以結句應起，將時間推向未來，用「淚」作橋樑，設想未來見面時的情景，一面藉以安慰「美人」，一面藉以推深別情。如此以「虛（時）、實（空）、虛（時）」的結構呈現，很富於變化。依此可畫成結構分析表如下：

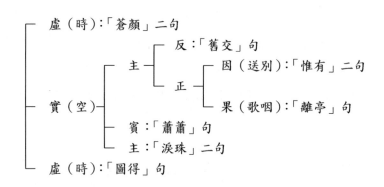

　　由上表可看出，作者此詞，經過「邏輯思維」的安排布置，先在底層以一疊「先因後果」（移位）的調和性結構，造成第一層節奏，以支撐一疊「先反後正」（移位）之對比性結構，造成第二層節奏。再由此「正反」結構來支撐一疊「主、賓、主」（轉位）的變化結構，造成第三層節奏。然後又由此「賓主」結構來支撐一疊「虛、實、虛」（轉位）的核心結構，既造成第四層節奏，以連接為整體之韻律；又由這「虛

實」的核心結構，徹下於「多」，以統合各層節奏、上徹於「一（0）」，
一面從篇外逼出主旨（別情），一面則由於這「虛、實、虛」之結構，
與次層之「主、賓、主」，將「順」與「逆」雙向合用，產生兩層「轉位」
作用，而頭一個「主」更作成「正反」對比型態，使得節奏、韻律更趨
於起伏有致，這對作品風格之所以「柔中寓剛」、情意之所以深沉來
說，是有極大影響的。其分層簡圖如下：

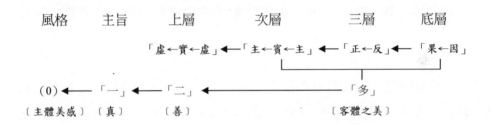

如對應於「多、二、一（0）」與「美、善、真」來看，則此詞以「賓
主」、「正反」、「因果」等輔助性結構，形成「多」，以呈現客體之
「美」；以「虛實」自為陰陽、徹下徹上所形成之變化性結構，可視為
關鍵性之「二」，藉以統括輔助性結構，形成一篇規律，以呈現「善」；
而由此充分地將「身世之感和政治懷抱」藉由離情加以抒發之一篇主旨
與「幽怨纏綿」之風格凸顯出來，是為「一（0）」，以呈現「真」，使
人獲得美感。如此看待此詞，很能凸顯它的特色。湯易水、周義敢說：
「蘇軾任杭州通判之後詞作漸多，道了離杭州赴密州前後，更大量創作
詞篇的，自此一發而不可收。他注意學習前人的經驗。沿用晚唐五代以
來婉約詞的某些寫作技巧來寫歌妓，但不寫淺斟低唱，不涉艷冶風情，
而是以幽怨纏綿的手法，表達身世之感和政治懷抱。」[55] 所謂「以幽怨

---

55 湯易水、周義感評析，見《唐宋詞鑑賞辭典》（上海市：上海辭書出版社，1999 年 1

纏綿的手法，表達身世之感和政治懷抱」，道出了本詞之特色。

其次看辛棄疾的〈賀新郎〉：

> 綠樹聽鵜鴃，更那堪、鷓鴣聲住，杜鵑聲切！啼到春歸無尋處，
> 苦恨芳菲都歇。算未抵人間離別：馬上琵琶關塞黑，更長門翠輦
> 辭金闕。看燕燕，送歸妾。　　將軍百戰身名裂，向河梁回頭萬
> 里，故人長絕。易水蕭蕭西風冷，滿座衣冠似雪。正壯士、悲
> 歌未徹。啼鳥還知如許恨，料不啼清淚長啼血。誰共我，醉明
> 月。

這闋詞題作「別茂嘉十二弟。鵜鴃、杜鵑實兩種，見《離騷補
註》」，是用「先賓後主」（此對題目而言，若就主旨而言，則是「先主
後賓」）的順序寫成的。

其中的「賓」，先以「綠樹」句起至「苦恨」句止，從側面切入，
用鵜鴃、鷓鴣、杜鵑等春鳥之依序啼春，啼到春歸，以寫「苦恨」；這
是頭一個「敲」的部分。再以「算未抵」句起至「正壯士」句止，由「鳥」
過渡到「人」，採「先平提後側收」[56] 的技巧，舉古代之二女（昭君、
歸妾）二男（李陵、荊軻）為例，用「先反後正」的形式，來寫人間離
別的「苦恨」，暗涉慶元黨禍，將朝臣之通敵與志士之犧牲，構成強烈
的對比，以抒發家國之恨[57]；這是「擊」的部分，也是本詞的主結構所

月一版十五刷），頁 721。

56　〈談「平提側收」的篇章結構〉，《章法學新裁》，頁 435-459。

57　鞏本棟：「鄧小軍先生所撰〈辛棄疾〈賀新郎·別茂嘉弟〉詞的古典與今典〉一文……
　　認為辛棄疾〈賀新郎〉詞的主要結構，『乃是古典字面，今典實指。即借用古典，以
　　指靖康之恥、岳飛之死之當代史。從而亦寄託了稼軒自己遭受南宋政權排斥之悲
　　憤，及對南宋政權對金妥協投降政策之判斷。』」見《辛棄疾評傳》（南京市：南京
　　大學出版社，1998 年 12 月一版一刷），頁 400-401。另見陳滿銘：〈唐宋詞拾玉

在。末以「啼鳥」二句，又應起回到側面，用虛寫（假設）方式，推深一層寫啼鳥的「苦恨」；這是後一個「敲」的部分。

　而「主」，則正式用「誰共我」二句，表出惜別「茂嘉十二弟」之意，以收拾全篇。所謂「有恨無人省」[58]，作者之恨在其弟離開後，將要變得更綿綿不盡了。附結構分析表如下：

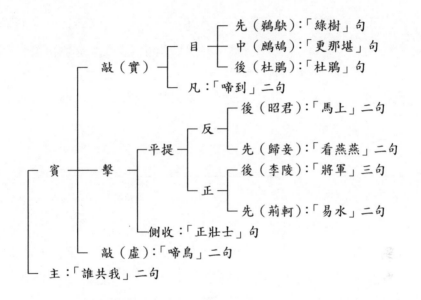

如此，既以「賓」和「主」、「敲」和「擊」、「虛」和「實」、「凡」和「目」、「平提」和「側收」、「先」（昔）和「後」（今）等結構，形成「調和」，又以「正」和「反」形成「對比」、「敲」和「擊」形成「變化」；也就是說，在「調和」中含有「對比」，在「順敘」中含有「變

〔四〕—辛棄疾的〈賀新郎〉〉，《國文天地》12 卷 1 期（1996 年 6 月），頁 66-69。
58 蘇軾題作「黃州定慧院寓居作」之〈卜算子〉詞下片：「驚起卻回頭，有恨無人省。揀盡寒枝不肯棲，寂寞沙洲冷。」見《東坡樂府箋》（臺北市：華正書局，1978 年 9 月初版），頁 168。

化」。而這「變化」的部分，既佔了差不多整個篇幅，其中「對比」又出現在篇幅正中央，形成主結構，且用「擊」加以呈現，這樣在「變化」的牢籠之下，特用「對比」結構來凸顯其核心內容，使得其他「調和」的部分，也全為此而服務，所以這種安排，對此詞風格之趨於「沉鬱蒼涼，跳躍動盪」[59]，是大有作用的。其分層簡圖如下：

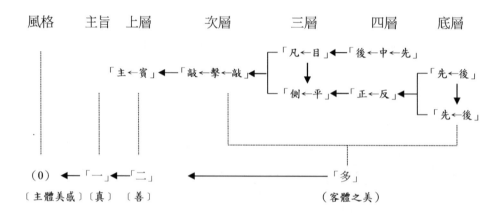

如對應於「多、二、一（0）」與「美、善、真」而言，此詞之「多」，是指用「平側」（一疊）、「凡目」（一疊）、「正反」（一疊）、「先後（今昔）」（三疊）等所形成的結構，以呈現客體之「美」；「二」指的是「敲擊」（含賓主）自為陰陽徹下徹上所形成的結構，藉以統括輔助性結構，徹下徹上，形成一篇規律，以呈現「善」；「一（0）」指的是「家國之恨」的主旨與「沉鬱蒼涼，跳躍動盪」之風格，以呈現「真」（含主體之美感）。

由上舉諸例可看出，這種「多」、「二」、「一（0）」或「美、善、真」之結構，就相當於一棵樹之合其樹幹與枝葉而成整個形體、姿態與韻味

---

59 陳廷焯：《白雨齋詞話》卷一，《詞話叢編》4，頁 3791。

一樣，是一體的，是密不可分的。

第三節　美學詮釋

　　要深入了解「篇章意象」，以呈現其整體內涵，除了須探討其哲學
源頭外，也有結合其心理基礎，進一步探析其美感效果的必要。由於意
象所講求的是以「陰陽二元對待」為基礎的形象思維與邏輯思維，並由
此「陰陽二元對待」徹下徹上以形成「多」、「二」、「一（0）」螺旋結構，
而造成節奏（局部）和韻律（整體），以感動人心。宗白華在其《藝術學》
中說：

> 有謂節奏為生理、心理的根本感覺，因人之生理，均兩兩相對，
> 故於對稱形體，最易感入。[60]

說的就是這個道理。而李澤厚也在其《美學四講》中說：

> （審美注意）長久地停留在對象的形式結構本身，並從而發展其
> 心理功能如情感、想像的滲入活動。因之其特點就在各種心理因
> 素傾注在、集中在對象形式本身，從而充分感受形式。線條、形
> 狀、色彩、聲音、時間、空間、節奏、韻律、變化、平衡、統
> 一、和諧或不和諧等形式、結構的方面，便得到了充分的『注
> 意』。讓感覺本身充分地享受對對象形式方面的這些東西，並把
> 主觀方面的各種心理因素如感情、想像、意念、願望、期待等

---

60 林同華主編：《宗白華全集》1（合肥市：安徽教育出版社，1996 年 9 月一版二刷），
　　頁 506。

等，自覺或不自覺地投入其中。[61]

這雖然是針對造型藝術來說，卻一樣適用於篇章的意象系統之上，其中所謂「時間、空間、節奏、韻律變化、平衡」，便涉及到「篇章意象」的組織，是「多 ⟷ 二」；而「統一、和諧」，則涉及「篇章意象」的主題與風格，乃「意象之核心所在」[62]，為「一（0）」。

　　既然意象組織或系統，是容易引起人之「審美注意」的，那就必然也可容易地獲得美感效果。邱明正在其《審美心理學》中說：

> 在這（審美心理活動）一過程中，主體通過求同、求異性探究，把握對象審美特性，使主客體之間、主體審美心理要素之間的矛盾、差異達於和諧、統一，獲得美感；或保持主客體的差異、矛盾、對立，以確保自己審美、創造美的獨立性、自主性和獨特個性。這一過程，是種有著內在節奏的的有序運動的過程。[63]

經過這種「有著內在節奏的的有序運動的過程」，人（主體之「意」）之對於物（客體之「象」），便接合無間而自然使人可以「獲得美感」。而這種過程，如以其「多」、「二」、「一0」的結構而言，就可以獲得如下之美感效果：

---

61 李澤厚：《美學四講》（天津市：天津社會科學院出版社，2001 年 11 月一版一刷），頁 158-159。
62 陳滿銘：〈辭章意象論〉，臺灣師大《師大學報·人文與社會類》51 卷 1 期（2005 年 4 月），頁 33。
63 邱明正：《審美心理學》（上海市：復旦大學出版社，1993 年 4 月一版一刷），頁 92。

一　「多」（秩序、變化）之美

所謂的「多」，就是「多樣」。歐陽周、顧建華、宋凡聖等在其《美學新編》中說：

> 所謂「多樣」，是指整體中所包含的各個部分在形式的區別和差異性，前面所舉各種法則（整齊一律、對稱與均衡、比例與尺度、節奏與韻律）都包含在這一總的形式美總法則中，成為其一個組成部分或一個側面。[64]

這種「多樣」，對「篇章意象」之組織而言，就是各種章法結構。它們可以造成秩序（原型）或變化（變形），而形成「整齊一律、對稱與均衡、比例與尺度、節奏與韻律」，以獲得「秩序美」與「變化美」。

一般說來，「秩序」是由形式之「齊一」或「反復」而呈現。陳望道在其《美學概論》中說：

> 形式中最簡單的，是反復（Repetition）。反復就是重複，也就是同一事物的層見疊出。如從其他的構成材料而言，其實就是齊一。所以反復的法則同時又可稱為齊一（Uniformity）的法則。這種齊一或反復的法則，原本只是一個極簡單的形式，但頗可以隨處用它，以取得一種簡純的快感。[65]

對這種「反復」或「齊一」，歐陽周、顧建華、宋凡聖等在其《美

---

64 《美學新編》，頁 80。

65 陳望道：《美學概論》（臺北市：文鏡文化事業公司，1984 年 12 月重排初版），頁 61-62。

學新編》中則稱為「整齊一律」，結合「節奏與秩序」，作了如下說明：

> 又稱單純一致、齊一、整一，是一種最常見、最簡單的形式美。
> 它是單一、純淨、重複的，不包含差異或對立的因素，給人一種
> 秩序感。顏色、形體、聲音的一致或重複，就會形成整齊一律的
> 美。農民插秧，株距相等，橫直成行；建築物採用同樣的規格，
> 長短高矮相同，門窗排列劃一；在軍事檢閱中，戰士們排成一個
> 個人數相等的方陣，戰士的身材、服裝、步伐、敬禮的動作、歡
> 呼的口號聲完全一致，都表現了一種整齊一律的美。我們常見的
> 二方或多方連續的花邊圖案，在反復中體現出一定的節奏感，也
> 屬於齊一的美。這種形式美給人一種質樸、純淨、明潔和清新的
> 感受。[66]

可見「多」（多樣），是會因其形式之「齊一」或「反復」而形成簡單「節
奏」，而「給人一種秩序感」的。

　　至於「變化」，乃一種動力作用不已之結果，也是形成「多樣」的
根本原因。《周易・繫辭上》說：「剛柔相推而生變化。……變化者，
進退之象也。」而〈繫辭下〉又說：「易，窮則變，變則通，通則久。」
可見「窮」是變化的條件，而變化又與象不可分割。對此，陳望衡在其
《中國古典美學史》中闡釋說：

> 《周易》的這些關於變的觀念對中國文化包括中國美學影響深
> 遠。……「象」最大的功能就是能變。……「變」既是空間性的，
> 表現為物體位置的變異；又是時間性的，表現為時光的線性流

---

66 《美學新編》，頁76。

程。〈繫辭上傳〉云：「法象莫大乎天地，變通莫大乎四時。」最大的象是天地，最大的變通應是春下秋冬四時的更迭。這實際上是提出，我們視察事物應該有兩種相交叉：空間的──天地（自然、社會）；時間的──四時（歷史）。[67]

既然「變化」是時、空交叉的，而「篇章意象」又離不開時空，所以這種「變化」的觀點，用於「篇章意象」，不但可以解釋其「原型」（「移位」（齊一、反復））與「變型」（「轉位」（往復））與時空交叉之關係，也可以和人之心理緊密地接軌。陳望道在其《美學概論》中說：

> 人類心理卻都愛好富於變化的刺激，大抵喚取意識須變化，保持意識的覺醒狀態也是需要變化的。若刺激過於齊一無變化，意識對它便將有了滯鈍、停息的傾向。在意識的這一根本性質上，反復的形式實有顯然的弱點。反復到底不外是同一（縱非嚴格的同一，也是異常的近似）狀態之齊一地刺激著我們的事。反復過度，意識對於本刺激也便逐漸滯鈍停息起來，移向那有變化有起伏的別一刺激去的趨勢。[68]

而「變化」，如轉位結構是會形成較複雜之「節奏」的，歐陽周、顧建華、宋凡聖等在其《美學新編》中就針對由「變化」所引生的「節奏」，加以解釋說：

> 節奏是一種連續的合規律的週期性變化的運動形式。郭沫若說：

67　《中國古典美學史》，頁 188。
68　《美學概論》，頁 63-64。

「把心臟的鼓動和肺臟的呼吸，認為節奏的起源，我覺得很鞭辟
近裡了。」是有道理的。世界上沒有一樣事物是沒有節奏的：日
出日沒，月圓月缺，寒往暑來，四時代序，這是時間變化上的節
奏；日作夜眠，起居有序，有勞有逸，這是人們日常生活上的節
奏；人體的呼吸、脈搏、情緒乃至思維，都像生物鐘一樣，是一
種有節奏的生命過程。當外在環境的節奏與人的機體的律動相協
調時，人的生理就會感到快適，並引起心理上的喜悅。[69]

可見時空或生活變化，甚至生命過程，都會引起「節奏」，與人之生理
律動相協調，產生「心理上的喜悅」。而這種由「變化」、「節奏」所引
起的「心理上的喜悅」，說的正是美感效果。

由上述可知，「篇章意象」組織之「多樣」美，是由其結構之「秩序」
（原型：移位）與「變化」（變型：轉位）[70]，引生時間或空間性之節奏
而呈現的。

二　「二」（調和、對比）之美

所謂的「二」，是「陰」（柔）與「陽」（剛）。由於事事物物，都
可形成「二元對待」，而分陰分陽。因此陰陽可說是層層對待，且一直
互動、循環的。就「篇章意象」而言，邏輯思維或綜合思維除了本身自
成陰陽，形成「調和性」的「二元對待」之外，又可以交錯而形成「對
比性」的「二元對待」，而形成另一層陰陽。其中屬於陰性的，便由調
和而造成陰柔之美；屬於陽性的，則由對比而造成陽剛之美。陳望道於

69　《美學新編》，頁 78-79。
70　仇小屏：〈論辭章章法的移位、轉位及其美感〉，《辭章學論文集·上冊》，頁 78-
　　97。又，陳滿銘：〈章法的「移位」、「轉位」結構論〉，臺灣師大《師大學報·人文
　　與社會類》49 卷 2 期（2004 年 10 月），頁 1-22。

其《美學概論》裡說：

> 兩個極相接近的東西並列在一處，其間相差很微，便多成為調和
> （Harmony）的形式。兩個極不相同的東西並列在一處，其間相
> 去很遠，便多成為對比（Contrast）的形式。例如從正黑色，漸
> 次淡薄到正白色的一列中，取正黑色和其次的但黑色相並列時就
> 是調和；取兩端的黑白兩色相並列時就是對比。……凡是調和的
> 兩件東西，總是互相類似的，並無甚麼觸目的變化。所以接觸到
> 它時，也就每每覺得它有融洽、優美、鎮靜、深沉等情趣。……
> 對比的形式，因為變化極明顯，每每帶有華美、鮮活、健強及闊
> 達等情趣，與調和所隨有的情調，差不多相反。[71]

他用顏色為例來說明，很能凸顯「調和」與「對比」的不同，而由此所
引生的「情趣」，又以「融洽、優美、鎮靜、深沉」與「華美、鮮活、
健強及闊達」加以區別，也很能分出「陰柔之美」與「陽剛之美」之差
異來。而歐陽周、顧建華、宋凡聖等在其《美學新編》中，也對這種
「調和」與「對比」因素之造成及其所引生之美，提出如下說明：

> 對比，指的是具有顯著差異的形式因素的對立統一。如色彩的濃
> 與淡、冷與暖，光線的明與暗，線條的粗和細、直與曲，體積的
> 大與小，體量的重與輕，聲音的長與短、強與弱等，有規則地組
> 合排列，就會相互對照、比較，形成變化，又相互映襯、協調一
> 致。這種對立因素的統一，可收到相反相成、相得益彰的效果。
> 色彩學上的對比色就是這個道理。如紅與綠互為補色，可產生強

71　《美學概論》，頁 70-72。

烈的色對比和反差。「桃紅柳綠」、「紅花綠葉」、「紅肥綠瘦」、
「萬綠叢中一點紅」等，使人感到特別鮮明、醒目，富有動感。
所以民間有俗話說：「紅配綠，花簇簇」，「紅間綠，看不足」。
由對立因素的統一造成的形式美，一般屬於陽剛之美。調和，指
的是沒有顯著差異的形式因素之間的對立統一。它只有量的區
別，是一種漸變的協調，並不構成強烈的對比。如果說，對比是
差異中趨向於「異」，那麼，調和則是在差異中趨向於「同」。
以色彩為例，紅與橙、橙與黃、黃與綠、綠與藍、藍與青、青與
紫、紫與紅，都是相似色，在同一色中又有濃淡、深淺的層次變
化，如綠有深綠、淺綠、暗綠、墨綠、嫩綠、翠綠、碧綠等。這
種相似或相近的顏色相互配合協調，在變化中保持大體一致，就
會給人一種融和、寧靜的感覺。……由非對立因素的統一造成的
形式美，一般屬於陰柔美。[72]

他們不但把事物「調和」與「對比」之差異與各自所造成的美感，都
說明得很清楚，也把「調和」一般屬於「陰柔美」、「對比」一般屬於「陽
剛美」的不同，明白地指出來[73]，有助於了解「陰柔美」與「陽剛美」
產生的一般原因。

　　這種「調和」與「對比」之形成，是可以另用「襯托」的一種創作
技法來作解釋的，董小玉說：

　　襯托，原係中國繪畫的一種技法，它是只用墨或淡彩在物象的外
　　廓進行渲染，使其明顯、突出。這種技法運用於文學創作，則是

72　《美學新編》，頁 81。

73　仇小屏：《古典詩詞時空設計美學》（臺北市：文津出版社，2002 年 11 月初版一
　　刷），頁 32。

指從側面著意描繪或烘托，用一種事物襯托另一種事物，使所要
表現的主體在互相映照下，更加生動、鮮明。襯托之所以成為文
學創作中一種重要的表現手法，是由於生活中多種事物都是互為
襯托而存在的，作為真實地表現生活的文學，也就不能孤立地進
行描寫，而必然要在襯托中加以表現。[74]

既然「生活中多種事物都是互為襯托而存在」，而「襯托」的主客雙方，
所呈現的就是「陰陽二元對待」的現象。這種現象，形成「調和」的，
相當於襯托中的「正襯」與「墊襯」；而形成「對比」[75]的，則相當於
襯托中的「反襯」。對於「正襯」、「墊襯」與「反襯」，董小玉解釋說：

> 襯托可以分為正襯、反襯和墊襯。正襯，是只用相同性質的事物
> 來互相襯托，使之更加生動，更富感染力。也可以說是用美好的
> 景物來襯托歡樂的感情，用淒苦的景物來襯托悲哀的感情。……
> 反襯，是指用對立性質的客體事物來襯托主體，達到服務主體的
> 目的。即用淒苦的景物來襯托歡樂的感情，用美好的景物來襯托
> 悲哀的感情。……襯墊，又叫鋪墊，它是指為主要情節和故事高
> 潮的到來，從各個方面、各個角度所作的準備。它的作用在於

---

74 董小玉：《文學創作與審美心理》（成都市：四川教育出版社，1992 年 12 月一版一
刷），頁 338。

75 有人以為「對比」往往是「雙方並重」，所呈現的是雙方的矛盾，而另以「映襯」稱
呼它。如黃慶萱釋「映襯」：「在語文中，把兩種不同的，特別是相反的觀念或事實，
貫串或對列起來，兩相比較，互為襯托，從而使語氣增強，使意義明顯的修辭方
法，叫做『映襯』。……既然在客觀上，人性跟宇宙都存在著許多矛盾；而在主觀
上，人類的差異覺閾又足以辨認這些矛盾。那麼，作為反映人類對宇宙人生之感覺
的文學作品，把這些矛盾排列在一起，使其映襯成趣，實在是很自然的事。」見《修
辭學》（臺北市：三民書局，2002 年 10 月增訂三版一刷），頁 409-410。

「托」或「墊」。[76]

這樣，無論是「正襯」、「墊襯」或「反襯」，亦及無論是「調和」或「對比」，都可以形成「美」，而對「多」（多樣）或「一（0）」（統一），更有結合的作用，在顯示出「多」（多樣）與「一（0）」（統一）之「美」時，充當必要的橋樑。所以歐陽周等《美學新編》說：

> 對比是強調相同形式因素中強烈的對照和映襯，從而更鮮明地突出自己的特點；調和是尋求相同形式因素中不同程度的共性，以達到治亂、治雜、治散的目的。無論是對比還是調和，其本身都要求在統一中有變化，在變化中求統一，把兩者巧妙地結合在一起，就能顯示出多樣與統一的美來。[77]

可見由「邏輯思維」與「綜合思維」之「二」，其調和、對比之美，是有結合「多」（秩序、變化）與「一（0）」（統一、和諧）之美的作用的。

三　「一（0）」（統一、和諧）之美

　　所謂的「一（0）」，籠統地說，就是「統一」，也可說是「和諧」。這是統括「多」與「二」所獲致的結果，如就「篇章意象」來說，則是聯結在時、空結構中，由「反復」（秩序）與「往復」（變化）所引起之「節奏」、「調和」與「對比」所顯之「剛柔」（陰陽），以串成整體「韻律」，而達於「和諧」的一個境界。而這種「統一」或「和諧」，可以從「形式原理」方面來探討。陳望道在其《美學概論》裡說：

---

76 《文學創作與審美心理》，頁 339-341

77 《美學新編》，頁 81。

所謂形式原理，就是繁多的統一。我們對於美的形式，雖不一定
其如此如彼，只是四分五裂雜亂無章，總覺得是與審美的心情不
合的。所以第一，「統一」實為對象所不可不具的一個要質。而
且它所統一的又該不只是簡單的一、二個要素。如只是一、二個
要素，則統一固易成就，卻頗不免使人覺得單調。所以第二，繁
多又為對象所不可不具的一個要質。我們覺得美的對象最好一面
有著鮮明的統一，同時構成它的要素又是異常的繁多。卻又不是
甚麼統一與否定了統一的繁多相並列，而是統一即現在繁多的要
素之中的。如此，則所謂有機的統一就成立。能夠「統一為繁多
的統一，而繁多又為統一的分化」。既沒有統一的流弊的單調板
滯，也沒有繁多的流弊的厭煩與雜亂。所以古來所公認的形式原
理，就是所謂繁多的統一（Unity in Variety），或譯為多樣的統
一，亦稱變化的統一。[78]

所謂「統一為繁多的統一，而繁多又為統一的分化」，將「多」與「一
（0）」不可分的關係，說得很明白。而這「多」與「一（0）」，是要徹
下徹上的「二」來作橋樑的。對這「多樣的統一」，歐陽周、顧建華、
宋凡聖等在其《美學新編》裡，也加以闡釋說：

所謂統一，是指各個部分在形式上的某些共同特徵以及它們之間
的某種關聯、呼應、襯托、協調的關係，也就是說，各個部分都
要服從整體的要求，為整體的和諧、一致服務。有多樣而無統
一，就會使人感到支離破碎、雜亂無章、缺乏整體感；有統一而
無多樣，又會使人感到刻板、單調和乏味，美感也難以持久。而

---

[78] 《美學概論》，頁 77-78。

在多樣與統一中，同中有異，異中求同，寓「多」於「一」，「一」中見「多」，雜而不越，違而不犯；既不為「一」而排斥「多」，也不為「多」而捨棄「一」；而是把兩個對立方面有機結合起來，這樣從多樣中求統一，從統一中見多樣，追求「不齊之齊」、「無秩序之秩序」，就能造成高度的形式美。……多樣與統一，一般表現為兩種基本型態：一是對比，二是調和。……無論對比還是調和，其本身都要要求在統一中有變化，在變化中求統一，把兩者巧妙地結合在一起，就能顯示出多樣與統一的美來。[79]

可見「一（0）」與「多」也形成了「二元對待」，有機地結合在一起。也就是說，「一（0）」之美，需要奠基在「多」之上；而「多」之美，也必須仰仗「一（0）」來整合。在此，最值得注意的是，歐陽周他們特將這種屬於「二元對待」的「調和」（陰）與「對比」（陽），結合「多」（多樣）與「一（0）」（統一）作說明，凸顯出「二」（「調和」（陰）與「對比」（陽））徹下徹上的居間作用。這對篇章意象之「多」、「二」、「一（0）」螺旋結構及其所產生美感方面的認識而言，有相當大的幫助。

而這個「一（0）」中的「（0）」，簡單地說，在意象世界中，指的是風格、韻律、氣象、境界等抽象力量。這些抽象力量，是與「剛」（對比）、「柔」（調和）息息相關的。就以風格而言，即可用「「剛」（對比）、「柔」（調和）」來概括。關於這點，姚鼐在其〈復魯絜非書〉中就已提出，大致是「姚鼐把各種不同風格的稱謂，作了高度的概括，概括為陽剛、陰柔兩大類。像雄渾、勁健、豪放、壯麗等都可歸入陽剛類；含蓄、委曲，淡雅、高遠、飄逸等都可歸入陰柔類。就這兩類看，認為『為文者之性情形狀舉以殊焉』」，性情指作者的性格，跟陽剛、

---

[79] 《美學新編》，頁 80-81。

陰柔有關；形狀指作品的文辭，跟陽剛、陰柔有關。又指出這兩者『糅而氣有多寡進絀』，即陽剛和陰柔可以混雜，在混雜中，陰陽之氣可以有的多有的少，有的消，有的長，這就造成風格的各種變化」[80]。據此，則陽剛（對比）和陰柔（調和），不但與風格有關，而為各種風格之母，且為韻律、氣象、境界等的決定因素。

對這種道理，吳功正在其《中國文學美學》裡，以美學的觀點，從「陰陽」這一範疇切入說：

> 由一個最簡括的範疇方式：陰陽，繁孳衍化出眾多的美學範疇：言與意、情與景、文與質、濃與淡、奇與正、虛與實、真與假、巧與拙等等，顯示出中國美學的一個顯著特徵：擴散型；又顯示出中國美學的另一個顯著特徵：本源不變性。這兩個特徵的組合，便顯示出中國美學在機制上的特性。如劉勰的《文心雕龍》就以此作為理論的結構框架。關於審美的主客體關係，劉勰認為，心（主體）「隨物以宛轉」，物（客體）「與心而徘徊」。關於情與物的關係：「情以物興，故義必明雅；物以情觀，故詞必巧麗」。其他關於文質、情文、通變等範疇和問題，也都是兩兩對舉，都有著陰陽二元的基本因子的構成模式。[81]

在此，他提出了兩個重要觀點：一是指出心（意）與物（象）、文與質、情與文、通與變等等範疇，都與「陰陽二元」有關，而所引《文心雕龍》的「情以物興」，說的正是主體之「意」（陰）與客體之「象」（陽）；二為「陰陽二元」的特徵，既是「擴散」（徹下）的，也是「本源不變」

---

80 《文學風格例話》，頁 13。
81 吳功正：《中國文學美學》下卷（南京市：江蘇教育出版社，2001 年 9 月一版一刷），頁 785-786。

（徹上）的。也正由於「陰陽二元」，是諸多範疇構成的基本因子，有著擴散（徹下）、本源不變（徹上）的特徵，所以既能繁衍為「多」，也能歸本於「一（0）」。由此可知，陽剛（對比）和陰柔（調和）之重要，因而也凸顯了「二」（陽剛、陰柔）在「多」、「一（0）」之間不可或缺的地位。

　　這樣看來，這「（0）」之美，是統合了「多」、「二」、「一」所形成的；而「多」、「二」、「一」之美，則依歸了「（0）」而呈現的，這就說明了此種「意象（思維）系統」，亦即「篇章意象」與「多二一（0）」螺旋結構美之一體性。

第六章
結語

　　本書試將「意象」由「偏義詞」換作「合義複詞」來看待，因此，就以此為主軸，特對「篇章意象」，聚焦於其組織、主題（主旨、綱領）與「風格」，分五章作了探討。由於各有重心，且限於篇幅，使得所舉之例，也不免隨著角度之不同，各有所偏，而無法呈現出比較細緻而完整之樣貌，所以在此，用大家最熟知之范仲淹〈岳陽樓記〉這一經典作品為例，結合「真」（主題為主）、「善」（組織為主）、「美」（風格為主），加以分析說明，以補上文之不足。

　　這樣將「真、善、美」與「篇章意象」結合起來看，則所謂的「真」，是表現在統合「篇章意象」的「內容義旨」上；所謂的「善」，是表現在組織「篇章意象」的「邏輯結構」上；所謂的「美」，是表現在統合「篇章意象」的「審美風貌」上。底下就以此為範圍分別予以探討。

一　篇章意象之「真」

　　「篇章意象」之「真」，是由統合「篇章意象」的內容義旨加以表現的。它的主要成分，不外情、理與事、物（景）。其中情與理為「意」，屬核心成分；事與物（景）乃「象」，為外圍成分[1]。這種關係

---

[1] 陳滿銘：〈談篇章的縱向結構〉，臺灣師大《中國學術年刊》22 期（2001 年 5 月），頁 259-300。

可用下圖來表示：

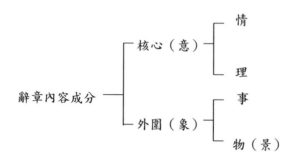

而此情、理與事、物（景）之辭章內容成分，就其情、理而言，是「意」；就其事、物（景）而言，是「象」。

　　所謂核心成分，為「情」或「理」，乃一篇之主旨所在。它安排在篇內時，

　　都以「情語」或「理語」來呈現，既可置於篇首，也可置於篇腹，更可置於篇末[2]，以統合各個事、物（景）之「象」。而如果核心成分之「情」或「理」（主旨）未安置於篇內，就要從篇外去尋找，這是讀者要特別費心的。但無論是「理」或「情」，皆指「意象」之「意」來說。

　　所謂外圍成分，則以事語或物（景）語來表出。也就是說，形成外圍結構的，不外「景」（物）材與「事」材而已。先就「景」（物）材來說，凡是存於天地宇宙之間的實物或東西都可以成為文章的材料。以較大的物類而言，如天（空）、地、人、日、月、星、山（陸）、水（川、江、河）、雲、風、雨、雷、電、煙、嵐、花、草、竹、木（樹）、泉、石、鳥、獸、蟲、魚、室、亭、珠、玉、朝、夕、晝、

2　陳滿銘：〈談安排辭章主旨（綱領）的幾種基本形式〉，臺灣師大《國文學報》14 期（1985 年 6 月），頁 201-224。

夜、酒、餚……等就是；以個別的對象而言，如桃、杏、梅、柳、菊、
蘭、蓮、茶、麥、梨、棗、鶴、雁、鶯、鷗、鷺、鵜鴂、鷓鴣、杜鵑、
蟬、蛙、鱸、蚊、蟻、馬、猿、笛、笙、琴、瑟、琵琶、船、旗、
轎……等就是。這些物材可說無奇不有，不可勝數。大抵說來，作者在
處理內容成分時，大都將個別的物材予以組合而形成結構。

　　再就「事」材來說，凡是發生在天地宇宙之間的事情都可以成為文
章的材料。以抽象的事類而言，如取捨、公私、出入、聚散、得失、逢
別、迎送、仕隱、悲喜、苦樂、歌舞、來（還）往（去）、成敗、視聽、
醒醉、動靜，甚至入夢、弔古、傷今、閒居、出遊、感時、恨別、雪
恥、滅恨、修身、齊家、治國、平天下，泛論、舉證、經過、結果……
等就是；以具體的事件而言，如乘船、折荷、繞室、讀書、醉酒、離
鄉、還家、邀約、赴約、生病、吃糠、遊山、落淚、彈箏、倚杖、聽
蟬、接信、拆信、羅酒漿、備飯菜、甚至行孝、行悌、致敬……等就
是。這些事材，可說俯拾皆是，多得數也數不清。作者通常都用具體的
事件來寫，卻在無形中可由抽象的事類予以統括[3]。

　　上舉的「景」（物）材，主要用於寫「景（物）」；而「事材」則主
要用於敘「事」。所敘寫的無論是「景（物）」或「事」，皆指「意象」
之「象」而言。因此梳理這種內容意旨，是可掌握「篇章意象」中「真」
的表現的。

　　以〈岳陽樓記〉而言，影響其「篇章意象」之「真」的，是其寫作
背景。大致說來，由於：

　　　范與滕既是同年，又彼此思想和政見也比較一致。滕就是由范之

3　以上參見陳滿銘：《章法學綜論》（臺北市：萬卷樓圖書公司，2003 年 6 月初版），
　　頁 107-119。

推舉，先知涇州，後知慶州。慶曆三年，滕至慶州，並代理鳳翔知府。不久就被言官糾彈他擅用官錢，范知是政治事件，與自己、韓琦有關，於是大力營救，結果謫守岳州（即巴陵郡）……作者對此並未多說，只著力表彰了滕的政績，……留給讀者去涵泳、思考……這場政治鬥爭直到慶曆五年，范仲淹、韓琦、歐陽修等一批人完全被貶出朝廷，才算告一段落。[4]

　　因此范仲淹此作，是含有政治意味在內的。這樣，此篇內容就顯然除牽扯當事人之外，更關係到作者，甚至全天下的讀書人。

　　由此切入來看此文內容，作者在首段，約略誇讚了滕子京請守巴陵郡後的政績，一方面帶有替滕氏申冤的意思，一方面也交代了寫作本文的緣由，似乎這就是「作文」的真正目的了。其實，這只是就表面來說的，它的真正目的是想藉此以寬慰、激勵滕子京這個朋友，要做到這一點，所用來寬慰、激勵的話，既不能說得過於瑣細，又不能太過冠冕堂皇，於是作者幾經搜尋之後，終於找到《孟子·梁惠王》下「樂以天下，憂以夫下」兩句話，並將它衍為如下十四個字：「先天下之憂而憂，後天下之樂而樂。」這是扣緊人的仁心、胸襟來說的。由於它透入生命裡層，不但足以寬慰、激勵滕子京個人，更足以寬慰、激勵天下所有的讀書人，也包括作者自己在內。不僅如此，甚且又可以寬慰、激勵未來世世代代的人。這樣把當代與後世的仁人志士，連同作者自己，來為滕子京作陪襯，所產生的效果當然是非常巨大的。不過，這種主旨要按在岳鶴樓上，是有困難的，於是作者又設法打通關節，特別從主旨的十四個字中抽出核心的「憂」與「樂」二字，將古仁人的憂樂，與一般

---

4 吳小如：《古文精讀舉隅》（天津市：天津古籍出版社，2002 年 7 月一版一刷），頁237-238。

騷人墨客面對岳陽樓畔不同異物所產生的憂樂之情（覽物異情），形成強烈對比，如此一來，先憂後樂的主旨便與岳陽樓融成一體，而作者所以在第三、四兩大段，針對著「覽物之情，得無異乎」大寫特寫，預為末段「古仁人之心，或異二者之為」作鋪墊，以帶出一篇主旨，其原因也就不難明白了。如此看來，作者寫這篇文章，是有著非凡的「眼力」的。

　　對此，林雲銘解析說：

> 題是記岳陽樓，任他高手，少不得要說此樓前此如何傾壞、如何狹小，然後敘增修之勞，再寫樓外佳景，以為滕公此舉大有益於登臨已耳。文正卻把這些話頭點過，便盡情擱起，單就遷客騷人登樓異情處，轉入古仁人用心，遂將平日胸中致君澤民、先憂後樂大本領，一齊揭出。蓋滕公以司諫謫守巴陵，居廟堂之高者，忽處江湖之遠，其憂讒畏譏之念、寵辱之懷，撫情感觸，不能自遣，情所必至。若知念及君民之當憂，自有不暇於為物喜、為己悲者。篇首提出「謫守」二字，本是此意，妙在借他方之遷客騷人閒閒點綴，不即不離，謂之為子京說法可也，謂之自述其懷抱可也，即謂之遍告天下後世君子俱宜如此存心，亦無不可也。嘻！此所以為文正公之文歟！[5]

　　所以這篇文章相當完整地涵蓋了辭章的「景（物）」、「事」、「情」、「理」等四大要素：其中第一、二兩段，主要用以敘「事」，由滕子京之謫守巴陵郡與重修岳陽樓，敘到囑己作記的實事：

5　林雲銘：《古文析義合編》（臺北市：廣文書局，1965 年 10 月再版），頁 278。

　　慶曆四年春，滕子京謫守巴陵郡。越明年，政通人和，百廢具
興，乃重修岳陽樓，增其舊制，刻唐賢今人詩賦於其上；屬予作
文以記之。

第二段主要用以寫「景（物）」敘「事」，先將岳陽樓的不變景觀（全湖、
湖面、氣象）作概略的描述：

　　巴陵勝狀，在洞庭一湖，銜遠山，吞長江，浩浩湯湯，橫無際
涯；朝暉夕陰，氣象萬千。

這是寫「景（物）」的部分；然後泛寫騷人墨客「覽物異情」的境況：

　　北通巫峽，南極瀟湘，遷客騷人，多會於此，覽物之情，得無異
乎！

這是敘「事」的部分。第三、四等三段，主要用以寫「景」（雨、晴）
抒「情」（悲、喜），其中第三段寫「雨景」是：

　　霪雨霏霏，連月不開；陰風怒號，濁浪排空；日星隱耀，山岳潛
形；商旅不行，檣傾楫摧；薄暮冥冥，虎嘯猿啼。

寫「悲情」是：

　　有去國懷鄉、憂讒畏譏，滿目蕭然、感極而悲者矣。

第四段寫「晴景」是：

> 春和景明，波瀾不驚，上下天光，一碧萬頃；沙鷗翔集，錦鯉游泳，岸芷汀蘭，郁郁青青。而或長煙一空，皓月千里，浮光躍金，靜影沈璧，漁歌互答。

寫「喜情」是：

> 有心曠神怡、寵辱偕忘、把酒臨風，其喜洋洋者。

第五段主要用以說「理」（含「情」），先說明古仁人之心，不同於一般的墨客騷人：

> 予嘗求古人之心，或異二者之為，何哉？不以物喜，不以己悲，居廟堂之高，則憂其民；處江湖之遠，則憂其君。是進亦憂，退亦憂。

再明白點出「先憂後樂」的道理：

> 然則何時而樂耶？其必曰：「先天下之憂而憂，後天下之樂而樂」手！

然後表達一己嚮往之情來：

> 噫！微斯人，吾誰與歸！

茲作一統合，以簡圖表示其關係如下：

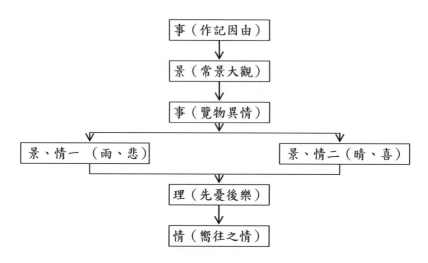

其中不僅「事」與「事」、「景（物）」與「景（物）」、「情」與「情」
彼此相關，就是「景（物）」、「事」、「情」、「理」等，都融為一體，
而且其「景（物）」是真「景（物）」、其「事」是真「事」、其「情」
是真「情」、其「理」是真「理」，於是產生了最大的感動力量，使人
千讀不倦。

　　或許有人以為范仲淹作此文時，不在當地，有失「真」的疑慮。其
實，只要所寫不離當地實景，在不在當地實無關緊要。自古以來，辭章
中所寫之「象」（事、景〔物〕），往往只要能蘊含「真」的「意」（情、
理），在眾人所能認知、覺知之範圍內，是被允許「虛構」的。也就是
說「象」（事、景〔物〕）只是手段，「意」（情、理）才是目的，因此
創作辭章，能飽藏充分的「意」之「真」，以「理」說服人、以「情」
感動人，至關重要。這樣來看待「篇章意象」之「真」，才是平正允當
的。

二　篇章意象之「善」

「篇章意象」之「善」，是由組織「篇章意象」的邏輯結構加以表現的，這涉及了所謂的「章法」。而「章法」，乃源自於人類共通之理則，亦即對應於自然規律來說的。所以一般創作者雖日用而不知、習焉而不察，但很早就受到辭章學家的注意，只不過所看到的都是其中的幾棵「樹」，而一概不見其「林」。一直到晚近，經過多年努力的探究，才逐漸「集樹成林」，並確定它的原則、範圍和主要內容（含類別與模式），尋得它的哲學、心理基礎和美感效果，建構了一個體系，而形成一個新的學科[6]。而目前所能掌握之章法，約四十種，那就是：今昔、久暫、遠近、內外、左右、高低、大小、視角轉換、知覺轉換、時空交錯、狀態變化、本末、淺深、因果、眾寡、並列、情景、論敘、泛具、虛實（時間、空間、假設與事實、虛構與真實）、凡目、詳略、賓主、正反、立破、抑揚、問答、平側（平提側注）、縱收、張弛、插補[7]、偏全、點染、天（自然）人（人事）、圖底、敲擊[8]等。這些章法，用在「篇」或「章」（節、段）都可以擔負組織材料情意之作用。茲依章法

6　鄭頤壽：「臺灣的辭章章法學體系完整、科學，已經具備成『學』的資格。它研究成果豐碩，已經『集樹而成林了』」見〈中華文化沃土，辭章學圃奇葩──讀陳滿銘《章法學新裁》及其相關著作〉（蘇州市：《海峽兩岸中華傳統文化與現代化研討會文集》，2002 年 5 月），頁 131-139。又王希杰：「陳滿銘教授初步建立了科學的章法學體系。……如果說唐鉞、王易、陳望道等人轉變了中國修辭學，建立了學科的中國現代修辭學，我們也可以說，陳滿銘及其弟子轉變了中國章法學的研究大方向，建立了科學的章法學，把漢語章法學的研究轉向科學的道路。」見〈章法學門外閑談〉，《平頂山師專學報》18 卷 3 期（2003 年 6 月），頁 53-54。

7　以上章法，見陳滿銘：〈談辭章章法的主要內容〉，《章法學新裁》（臺北市：萬卷樓圖書公司，2001 年 1 月初版），頁 319-360。又見仇小屏：《篇章結構類型論》上、下（臺北市：萬卷樓圖書公司，2000 年 2 月初版），頁 1-620。

8　以上五種章法，見陳滿銘：〈論幾種特殊的章法〉，臺灣師大《國文學報》31 期（2002 年 6 月），頁 193-222。

之四大律[9]，約略說明如下：

　　首先是秩序律：所謂「秩序」，是將材料依序加以整齊安排的意思。任何章法都可依循此律，由於「移位」而形成其先後順序。茲舉較常見的十幾種章法來看，它們可就其先後順序，形成如下「移位」結構：（一）今昔法：「先今後昔」、「先昔後今」；（二）遠近法：「先近後遠」、「先遠後近」；（三）大小法：「先大後小」、「先小後大」；（四）本末法：「先本後末」、「先末後本」；（五）虛實法：「先虛後實」、「先實後虛」；（六）賓主法：「先賓後主」、「先主後賓」；（七）正反法：「先正後反」、「先反後正」；（八）抑揚法：「先抑後揚」、「先揚後抑」；（九）立破法：「先立後破」、「先破後立」；（十）平側法：「先平後側」、「先側後平」；（十一）凡目法：「先凡後目」、「先目後凡」；（十二）因果法：「先因後果」、「先果後因」；（十三）情景法：「先情後景」「先景後情」；（十四）論敘法：「先論後敘」、「先敘後論」；（十五）底圖法：「先底後圖」、「先圖後底」。這些「順」或「逆」所形成的結構，隨處可見。

　　其次是變化律：所謂「變化」，是把材料的次序加以參差安排的意思。每一章法依循此律，也都可以因「轉位」而造成順逆交錯的效果。同樣以上舉十幾種常見章法來看，可形成如下「轉位」結構：（一）今昔法：「今、昔、今」、「昔、今、昔」；（二）遠近法：「遠、近、遠」、「近、遠、近」；（三）大小法：「大、小、大」、「小、大、小」；（四）本末法：「本、末、本」、「末、本、末」；（五）虛實法：「虛、實、虛」、「實、虛、實」；（六）賓主法：「賓、主、賓」、「主、賓、主」；（七）正反法：「正、反、正」、「反、正、反」；（八）抑揚法：「抑、揚、抑」、「揚、抑、揚」；（九）立破法：「立、破、立」、「破、立、破」；（十）

9　陳滿銘：〈論辭章章法的四大律〉，《國文天地》17 卷 4 期（2001 年 9 月），頁 101-107。

平側法：「平、側、平」、「側、平、側」；（十一）凡目法：「凡、目、凡」、「目、凡、目」；（十二）因果法：「因、果、因」、「果、因、果」；（十三）情景法：「情、景、情」、「景、情、景」；（十四）論敘法：「論、敘、論」、「敘、論、敘」；（十五）底圖法：「底、圖、底」、「圖、底、圖」。這些「順」和「逆」交錯的結構，也到處可以見到。

又其次是聯貫律：所謂「聯貫」，是就材料先後的銜接或呼應來說的，也稱為「銜接」。無論是哪一種章法，都可以由局部的「調和」與「對比」，形成銜接或呼應，而達到聯貫的效果。在約四十種章法中，大致說來，除了貴與賤、親與疏、正與反、抑與揚、立與破、眾與寡、詳與略、張與弛……等，比較容易形成「對比」外，其他的，如今與昔，遠與近、大與小、高與低、淺與深、賓與主、虛與實、平與側、凡與目、縱與收、因與果……等，都極易形成「調和」的關係。通常「前者會因此而產生對比美，後者則會產生調和美；不過第三種情形是：有一些章法所組織起來的內容材料，並非絕對會形成對比或調和的關係，而是必須視個別篇章的情況來判定，因此它可能產生對比美，也可能產生調和美，圖底法、今昔法和空間諸法等就是如此。」[10]

最後是統一律：所謂的「統一」，是就材料情意的通貫來說的。這裡所說的「統一」，乃側重於內容（包含內在的情理與外在的材料）之整體而言，與前三律之側重於個別或部分內容材料者，有所不同。也就是說，這個「統一」，和聯貫律中由「調和」所形成的「統一」，所指非一。因此要達成內容的「統一」，則非訴諸主旨（情意）與綱領（大都為材料的統合）不可。而綱領既有單軌、雙軌或多軌的差別，就是主旨（含綱領）也有置於篇首、篇腹、篇末與篇外的不同[11]，這就必須主

10　仇小屏：〈論章法的對比與調和之美〉，《第四屆中國修辭學國際學術研討會論文集》（臺北市：臺灣師大國文系，2002 年 5 月），頁 118。

11　〈談辭章章法的主要內容〉，《章法學新裁》，頁 351-359。

要由「邏輯思維」，而輔以「形象思維」來加以完成。一篇辭章，無論是何種類型，都可以由此「一以貫之」，以呈現其特殊條理[12]。

　　如此由不同的章法，以形成不同的章法結構，如「先遠後近」、「先平提後側注」、「先凡後目」、「先敘後論」等；而同一個章法，又可形成不同的結構類型，如「先正後反」、「先反後正」、「正、反、正」、「反、正、反」等。熟悉了這些條理，才能夠對應於每一作者「習焉而不察」之各種邏輯思維，將其篇章的邏輯結構梳理清楚，因此梳理這種邏輯結構，是可掌握「篇章意象」中「善」的表現的[13]。

　　以〈岳陽樓記〉而言，它是主要用「先敘後論」的核心結構[14]寫成的。

　　「敘」的部分，包括一、二、三、四等段。這個部分，依其內容，又可別為如下兩截：首截敘作記因由，即起段。由滕子京之謫守巴陵郡與重修岳陽樓，寫到囑己作記的情事，預為下文對樓外景觀的敘寫鋪路。次截敘樓外景觀，包括二、三、四段。這三段，依其內容，也可析為兩個部分：第一個部分寫常景，自次段開頭至「前人之述備矣」句止，依先條分（全湖、湖面、氣象）後總括的方式，將岳陽樓的不變景觀作概略的描述。然後以「然則北通巫峽」六句，充作上下文的接榫，帶出下文寫變景的部分來。第二個部分包括三、四兩段，寫的是變景，特地採用對照的手法，先以「若夫霪雨霏霏」十句，寫雨景；「登斯樓也則有去國懷鄉」五句，寫悲情（覽物異情之一）。再以「至若春和景明」十四句，寫晴景；「登斯樓也則有心曠神怡」四句，寫喜情（覽物

12　陳滿銘：〈章法四律與邏輯思維〉，臺灣師大《國文學報》34 期（2003 年 12 月），頁87-118。

13　陳滿銘：〈談課文結構分析的重要——以高中國文課文為例〉（臺北市：《兩岸暨港新中小學國語文教學國際研討會論文集》，1995 年 6 月），頁 13-41。

14　陳滿銘：〈論章法「多、二、一（0）」的核心結構〉，臺灣師大《師大學報·人文與社會類》48 卷 2 期（2003 年 12 月），頁 71-94。

異情之二），以生發末段的感慨。

　　「論」的部分，則僅一段，即末段，採「先因後果」的結構寫成。其中「因」的部分又用「先敲後擊」之結構加以組織：「敲」先應變景之部分，寫古仁人之心，不同於一般的遷客騷人，既不會以物而喜，也不會因己而悲，從而以「擊」逼出「先天下之憂而憂，後天下之樂而樂」的一篇主旨。「果」的部分則表出無比的嚮往之情，以自抒懷抱，並勉知己於遷謫之中。

　　茲附結構分析表如下，以供參考：

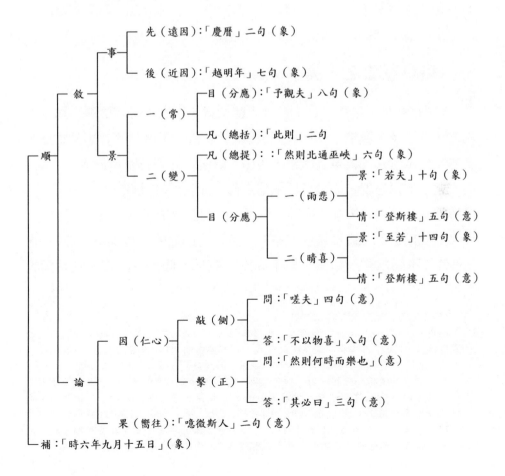

可見此文，共用七層結構加以組成：底層（第七層）有「情景」兩疊，六層有「並列」一疊，五層有「凡目」與「問答」各兩疊，四層有「先後」、「並列」與「敲擊」[15]各一疊，三層有「景事」、「因果」各一疊，次層有「敘論」一疊，上層有「順補」一疊。這些結構，表面看來，皆屬「移位」性質，但第五層的兩疊「凡目」結構，卻蘊含「目、凡、目」的「轉位」性質，而且全篇結構雖以「調和」為主，卻在「並列」之「雨、悲」與「晴、喜」形成「對比」。因此，這樣層層組織起來，在「秩序」（移位）中藏有「變化」（轉位）、「調和」中含有「對比」（聯貫），而以一篇主旨與風格「一以貫之」（統一），是完全合乎篇章邏輯所謂「秩序、變化、聯貫、統一」之四大規律的。

三　篇章意象之「美」

　　「篇章意象」之美，是由統合「篇章意象」的「審美風貌」加以表現的，這涉及「風格」。而嘗試辨析篇章風格，可著眼於其剛柔成分之多寡。如眾所知，篇章之風格，可由「陰陽二元對待」所形成之「剛」與「柔」加以呈現，成為各種風格之母。而我國涉及此「剛」與「柔」的特性來談風格的，雖然很早，但真正明明白白地提到「剛」與「柔」，而又強調用它們來概括各種風格的，首推清姚鼐的〈復魯絜非書〉。它「把各種不同風格的稱謂，作了高度的概括，概括為陽剛、陰柔兩大

---

15 新發現章法之一。「敲擊」一詞，一般用作同義的合義複詞，都指「打」的意思。但嚴格說來，「敲」與「擊」兩個字的意義，卻有些微的不同，《說文》說：「敲，橫擿也。」徐鍇《繫傳》：「橫擿，從旁橫擊也。」而《廣韻・錫韻》則說：「擊，打也。」可見「擊」是通指一般的「打」，而「敲」則專指從旁而來的「打」。也就是說，以用力之方向而言，前者可指正（前後）面，也可指側面，而後者卻僅可指側面。依據此異同，移用於章法，用「敲」專指側寫，用「擊」專指正寫，以區隔這種篇章條理與「正反」、「平側」（平提側注）、賓主等章法的界線，希望在分析辭章時，能因而更擴大其適應的廣度與貼切度。見陳滿銘：〈論幾種特殊的章法〉，頁196-202。

類。像雄渾、勁健、豪放、壯麗等都歸入陽剛類，含蓄、委曲、淡雅、高遠、飄逸等都可歸入陰柔類。」[16] 由於篇章「剛」與「柔」之呈現，主要得靠同樣由「陰陽二元對待」所形成之邏輯結構[17]，它由可分陰陽剛柔的章法形成，以呈現篇章內容材料之邏輯關係，而這種結構，藉其移位、轉位、調和、對比等變化，可粗略透過公式推算出其陰陽剛柔消長之「勢」，以見其風格之梗概。因此透過篇章邏輯結構之分析，是可以看出篇章「剛」與「柔」之「多寡進絀」（姚鼐〈復魯絜非書〉）所形成「勢」之強弱、剛柔[18] 的。

要辨析篇章風格，除著眼於其剛柔成分多寡之辨析外，又可進一步著眼於其剛柔成分比例之推定。眾所周知，篇章各層之意象組織，是以「陰陽二元」之互動為基礎，經其「調和」性或「對比」性之「移位」（順、逆）、「轉位」（拗）所形成的[19]；如此透過它們所產生之或強或弱之「勢」，使得層層「篇章意象」組織之「陰柔」或「陽剛」起了「多

---

16 周振甫：《文學風格例話》（上海市：上海教育出版社，1989 年 7 月一版一刷），頁
   13。
17 陳滿銘：〈章法風格論──以「多、二、一（0）」結構作考察〉，《成大中文學報》
   12 期（2005 年 7 月），頁 147-164。
18 涂光社指出：「勢」有「順」有「逆」。「順」指其運動方式和取向與審美主體的心理
   傾向或思維習慣協調一致，能使欣賞者有意氣宏深盛壯、淋漓暢快的感受；「逆」則
   是其運動方式和取向與審美主體的心理傾向或思維習慣相牴觸、相違背，於是波瀾
   陡起，衝突、騷動和搏擊成為心態的主導方面。見《因動成勢》（南昌市：百花洲文
   藝出版社，2001 年 10 月一版一刷），頁 256-265。準此以觀，「順勢」較渾成暢快，
   「逆勢」較激盪騷動；「拗勢」則自然地，比起順、逆來，更為渾成暢快、激盪騷動。
   而這些「勢」的本身，雖然也有其陰陽（以弱、小者為陰、強、大者為陽），卻不能
   藉以確定章法結構之「陰」、「陽」，是完全要看結構內之運動而定的，如結構是向
   「陰」而動，則加強的是陰柔之「勢」；如「結構」是向「陽」而動，則加強的是陽
   剛之「勢」了。見〈章法風格論──以「多、二、一（0）」結構作考察〉，頁 153-
   154。
19 陳滿銘：〈論章法結構之方法論系統〉，《肇慶學院學報》總 95 期（2009 年 1 月），
   頁 33-37。

寡進絀」（多少、消長）的變化，結果就由「多」而「二」而「一〇」[20]，
以呈現其篇章風格。而進一步對風格中「剛柔成分之量化」，則可試著
依據幾種相關因素（如陰陽二元、移位、轉位、對比、調和、結構層
級、核心結構……等[21]）所形成之「勢」的大小強弱，可約略對一篇辭
章剛柔「多寡進絀」之比例加以推定。大抵而言，據各相關因素作如下
之推定：

1. 判定各二元結構類型之陰陽，以起始者取「勢」之數為「1」
   （倍）、終末者取「勢」之數為「2」（倍）。

2. 將「調和」者取「勢」數為「1」（倍）、「對比」者取「勢」
   之數為「2」（倍）。

3. 將「順」之「移位」取「勢」之數為「1」（倍）、「逆」之「移
   位」取「勢」之數為「2」（倍）、「轉位」之「扚」取「勢」
   之數為「3」（倍）。

4. 將處「底層」者取「勢」之數為「1」（倍）、「上一層」者取
   「勢」之數為「2」（倍）、「上二層」者取「勢」之數為「3」
   （倍）……以此類推。

5. 以核心結構一層所形成「勢」之數為最高，過此則「勢」之
   數（倍）逐層遞降。

　　雖然這些「勢」之數（倍），由於一面是出自推測，一面又為了便
於計算，因此其精確度顯然是不足的，卻也已約略可藉以推測出一篇辭
章剛柔成分之比例來。而且可由這種剛柔成分比例之高低，大概分為三

---

20 陳滿銘：〈論章法「多、二、一（〇）」結構的節奏與韻律〉，臺灣師大《國文學報》
　　33 期（2003 年 6 月），頁 81-124。
21 《章法學綜論》，頁 298-328。

等：（甲）首先為純剛或純柔：其「勢」之數為「66.66%→71.43%」；
（乙）其次為偏剛或偏柔：其「勢」之數為「54.78%→66.65%」；（丙）
又其次為剛柔互濟：其「勢」之數為「45.23%→54.77%」。其中
「71.43%」是由轉位結構的陰陽之比例「5/7」推得，這可說是陰陽之
比例之上限；而「66.66%」是由移位結構的陰陽之比例「2/3」推得，
這可說是陰陽之比例之中限；至於「45.23%」與「54.77%」是以「50」
為準，用上限與中限之差數「4.77」上下增損推得。如果取整數並稍作
調整，則可以是：

1. 純剛、純柔者，其「勢」之數為「66%　→　72%」。
2. 偏剛、偏柔者，其「勢」之數為「56%　→　65%」。
3. 剛、柔互濟者，其「勢」之數為「45%　→　55%」。

如此雖略嫌粗糙，但已可初步為姚鼐「夫陰陽剛柔，其本二端，造萬物
者糅而氣有多寡、進絀，則品次億方，以至於不可窮，萬物生焉」的說
法，作較具體的印證[22]。

　　這種新的嘗試，雖屬於「模式」之探索，卻不能不置於「直觀」所
累積成果之基礎上[23]。若在分析辭章時，能兼顧「直觀」的累積結晶與
「模式」的探索成果，以探求其審美風貌，將最為理想。因此梳理這種
審美風貌，是可掌握「篇章意象」「美」的表現的。

　　以〈岳陽樓記〉而言，其陰陽流動圖可表示如下：

22　〈章法風格論──以「多、二、一（0）」結構作考察〉，頁147-164。
23　陳滿銘：〈篇章風格教學之新嘗試──以剛柔成分之多寡與比例切入作探討〉，收入
　　戴維揚、余金龍主編：《漢學研究與華語文教學》（臺北市：萬卷樓圖書公司，2009
　　年9月初版），頁41-54。

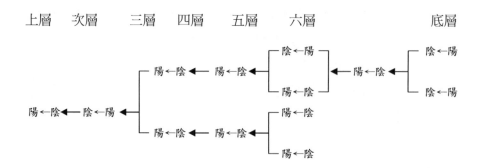

如進一步加以量化，則其剛柔（陰、陽）成分之量化，可表示如下圖：

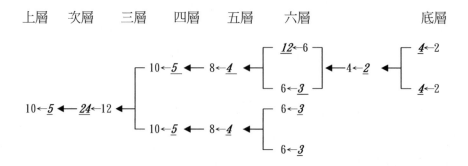

此文含七層「移位」結構：底層（第七層）有「情景」兩疊，其「勢」之數為「陰 8、陽 4」；其六層有「並列」一疊，其「勢」之數為「陰 2、陽 4」；五層有「凡目」與「問答」各兩疊，其「勢」之數為「陰 21、陽 24」；四層有「先後」、「並列」與「敲擊」各一疊，其「勢」之數為「陰 8、陽 16」；三層有「景事」、「因果」各一疊，其「勢」之數為「陰 10、陽 20」次層有「敘論」一疊，其「勢」之數為「陰 24、陽 12」；上層有「順補」一疊，其「勢」之數為「陰 5、陽 10」。總結起來看，此文所形成之「勢」，其數為「陰 76、陽 92」，如換算成百分比（四捨五入），則為「陰 45、陽 55」。量化結果雖然「剛」（陽）稍多於

「柔」（陰），卻在「剛柔互濟」的範圍內。

四　綜合探討

　　經由上文將「篇章意象」對應於「真」、「善」、「美」三者，分別
舉例說明之後，在此綜合起來探討。先以「真」、「善」、「美」來說，
可製成下圖以表示其互動關係：

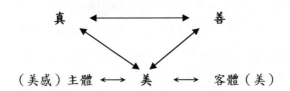

　　如此互動就形成螺旋結構，如落在「篇章意象」來看，則是這樣子
的：

（一）寫作（順向─由意而象）：

　　　美感（作者）　←→　真　←→　善　←→　美（作品）

（二）閱讀（逆向─由象而意）：

　　　美（作品）　←→　善　←→　真　←→　美感（讀者）

從寫作面來看，所呈現的是由「意」下貫到「象」的過程；從閱讀面看，
所呈現的是由「象」回溯到「意」的過程[24]。這種流動性的雙向過程，

---

24 陳滿銘：〈論章法結構與意象系統──以「多」、「二」、「一（0）」螺旋結構切入作

無論是寫作或閱讀，都是經互動、循環而提升的作用，而形成「意→象→意」或「象→意→象」的螺旋關係的。而且如就同一作品而言，作者由「意」而「象」地在從事順向寫作的同時，也會一再由「象」而「意」地如讀者作逆向之檢查；同樣地，讀者由「象」而「意」地作逆向閱讀的同時，也會一再由「意」而「象」地如作者在作順向之揣摩。這樣順逆互動、循環而提升，形成螺旋結構，而最後臻於至善，自然使得「寫作」與「閱讀」合為一軌了。這樣將「寫作」與「閱讀」合為一軌，是最能掌握作品意象表現之「真、善、美」來的。

以〈岳陽樓記〉而言，綜合上文之探討，發現其「篇章意象」表現之「真」，在於所寫之「景（物）」是真「景（物）」、所敘之「事」是真「事」、所抒之「情」是真「情」、所表之「理」是真「理」，由此產生了最大的感動力量，使人千讀不倦。而其「篇章意象」表現之「善」，即在於運用多種章法分七層組織，在「秩序」（移位）中藏有「變化」（轉位）、「調和」中含有「對比」（聯貫），而以一篇主旨與風格「一以貫之」（統一），完全合乎篇章邏輯所謂「秩序、變化、聯貫、統一」之四大規律。至於其「篇章意象」表現之「美」，即在於其剛柔成分，雖然「剛」（陽）稍多於「柔」（陰），卻在「剛柔互濟」的範圍內。對這種「剛柔互濟」，陳望衡說：

《周易》強調的不是陰陽、剛柔之分，而是陰陽、剛柔之合。這一點同樣在中國美學、藝術中留下深廣的影響。中國美學向來視剛柔相濟的和諧為最高理想。中國的藝術批評學也總是以剛柔相濟作為一條最高的審美標準。於是，中國的藝術家們也都自覺地去追求剛柔的統一，並不一味地去追求純剛或純柔，而總是或柔

考察〉，《浙江師範大學學報・社會科學版》30卷4期（2005年8月），頁40-48。

中寓剛或剛中寓柔。劉熙載是我國清代卓越的藝術批評家，他的
《藝概》一書，涉及文、詩、賦、詞、曲、書法等藝術領域，有
不少精闢的論斷，他最為推崇的藝術審美理想就是剛柔相濟。[25]

這樣看來，范仲淹此文以達到「藝術審美理想」之境界了。

就針對范仲淹此文「篇章意象」之「真、善、美」來說，自來有一
些文論家或多或少地多注意到。如袁行霈認為此文：

> 記事、寫景、抒情合議論交融在一篇文章中，記事簡明，寫景鋪
> 張，抒情真切，議論精闢。[26]

這顯然對此文意象表現之「真」作了重點讚美。次如古林士指出：

> 這篇散文有如下特點值得我們加以總結：剪裁的繁簡得宜。它把
> 文章的重心放在說理申志上，因而寫巴陵勝狀只以幾筆帶過，惜
> 墨如金。用「前人之述備矣」一句加以概括，文詞不過於鋪張，
> 枝蔓不旁逸斜出。兩類登樓者的所見所感，雖縱情鋪敘，潑墨如
> 注，實用貶抑之筆，目的為了反襯下文的「古仁人之心」，抑此
> 而揚彼。詳略得當，則中心突出，不致因平均用墨而湮沒主旨，
> 又不致因輕重倒置而喧賓奪主。情景的互相交融。劉勰《文心雕
> 龍・物色》中：「歲有其物，情以物遷，辭以情發」，闡述景中
> 生情、攝情入景的形象思維規律。〈岳陽樓記〉正是如此。喜時

25 陳望衡：《中國古典美學史》（長沙市：湖南教育出版社，1998 年 8 月一版一刷），
　　頁 186-187。
26 袁行霈評析，見《歷代名篇賞析集成》下（北京市：中國文聯出版公司，1988 年 12
　　月一版一刷），頁 1308。

則萬物俱明，悲時則諸景皆黯，觸景生情，緣物抒情。不僅因景生情，而且寓情於景，字字皆景而聲聲有情。[27]

其中所謂「中心突出，不致因平均用墨而湮沒主旨」、「不僅因景生情，而且寓情於景，字字皆景而聲聲有情」就涉及〈岳陽樓記〉「篇章意象」表現之「真」，而所謂「繁簡得宜」、「抑此而揚彼。詳略得當」、「不致因輕重倒置而喧賓奪主」，則涉及〈岳陽樓記〉「篇章意象」表現之「善」，如此切入贊美，焦點十分明顯。又如汪涌豪強調：

本文在寫法上很有特色，它造格矜莊，潤色宏麗，且聲調清越，氣色蒼渾，堪稱古代散文中的佳篇。[28]

其中「矜莊」與「清越」，比較偏於「陰柔」一面來說；而「宏麗」與「蒼渾」，則比較偏於「陽剛」一面來說；如此剛柔互濟，便形成本文風格之特色。這樣顯然已對此文意象表現之「美」作出了重點之贊美。

　　如果從創作面對應於「多二一（0）」螺旋結構來看，則可用如下見圖來表示：

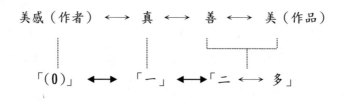

美感（作者）　⟷　真　⟷　善　⟷　美（作品）

「（0）」　⟷　「一」　⟷　「二　⟷　多」

---

27 古林士評析，見吳公正主編：《古文鑑賞辭典》（南京市：江蘇文藝出版社，1987 年 11 月一版一刷），頁 882。

28 汪涌豪評析，見徐中玉主編：《古文鑑賞大辭典》（杭州市：浙江教育出版社，1996 年 3 月二版四刷），頁 837。

　　由此看來，范仲淹〈岳陽樓記〉意象表現之「真、善、美」，用「模式探索」（後天研究）之分析結果，和「直觀表現」（先天直覺）之累積結晶，是可以互相對照來觀察的。

　　總結起來看，「真」、「善」、「美」三者，是可落到「篇章意象」上來加以呈現的，在寫作層面可形成「美感 → 真 → 善 → 美」的順向結構，由此呈現出由「意」而成「象」之歷程；在閱讀層面可形成「美 → 善 → 真 → 美感」的逆向結構，由此呈現出由「象」而溯「意」之歷程。如果由此進一步落到「篇章意象」來探討，則可得出結論，那就是：以其真誠的內容義旨反映「真」、以其完善的邏輯結構反映「善」、以其優秀的審美風貌反映「美」，並且由此形成其「多二一（0）」螺旋結構。相信這樣來看待「篇章意象」的「真」、「善」、「美」，將有助於對「篇章意象」之深入了解與研究。而「篇章意象」之輪廓，也可由此完整窺知。